Fantasy

Herausgegeben von Wolfgang Jeschke

Aus der SAGA VON DRAY PRESCOT erschienen in der Reihe HEYNE SCIENCE FICTION & FANTASY:

1. Roman: Transit nach Scorpio · 06/3459
2. Roman: Die Sonnen von Scorpio · 06/3476
3. Roman: Der Schwertkämpfer von Scorpio · 06/3488
4. Roman: Die Armada von Scorpio · 06/3496
5. Roman: Der Prinz von Scorpio · 06/3504
6. Roman: Die Menschenjäger von Antares · 06/3512
7. Roman: In der Arena von Antares · 06/3534
8. Roman: Die Flieger von Antares · 06/3547
9. Roman: Die Waffenbrüder von Antares · 06/3567
10. Roman: Der Rächer von Antares · 06/3585
11. Roman: Die fliegenden Städte von Antares · 06/3607
12. Roman: Die Gezeiten von Kregen · 06/3634
13. Roman: Die Abtrünnigen von Kregen · 06/3661
14. Roman: Krozair von Kregen · 06/3697
15. Roman: Geheimnisvolles Scorpio · 06/3746
16. Roman: Wildes Scorpio · 06/3788
17. Roman: Dayra von Scorpio · 06/4671
18. Roman: Goldenes Scorpio · 06/4296
19. Roman: Ein Leben für Kregen · 06/4297
20. Roman: Ein Schwert für Kregen · 06/4298
21. Roman: Ein Schicksal für Kregen · 06/4357
22. Roman: Ein Sieg für Kregen · 06/4358
23. Roman: Die Bestien von Antares · 06/4359
24. Roman: Der Rebell von Antares · 06/4394
25. Roman: Die Legionen von Antares · 06/4395
26. Roman: Die Verbündeten von Antares · 06/4396
27. Roman: Die Labyrinthe von Scorpio · 06/4472
28. Roman: Delia von Vallia · 06/4510
29. Roman: Die Feuer von Scorpio · 06/4511
30. Roman: Die Klauen von Scorpio: · 06/4554
31. Roman: Die Masken von Scorpio · 06/4593
32. Roman: Seg der Bogenschütze · 06/4624
33. Roman: Die Werwölfe von Kregen · 06/4642
34. Roman: Die Hexen von Kregen · 06/4675
35. Roman: Sturm über Vallia · 06/4717

Weitere Bände in Vorbereitung

ALAN BURT AKERS

Dayra von Scorpio

Siebzehnter Roman
der Saga
von Dray Prescot

Fantasy

WILHELM HEYNE VERLAG
MÜNCHEN

HEYNE SCIENCE FICTION & FANTASY
Band 06/4671

Titel der amerikanischen Originalausgabe
CAPTIVE SCORPIO
Deutsche Übersetzung von Thomas Schlück
Das Umschlagbild schuf Ken Kelly
Die Karte auf Seite 5 zeichnete Erhard Ringer

Umschlaggestaltung mit einem Motiv
von Vicente Segrelles/Norma
durch Atelier Ingrid Schütz, München

Dieser Roman erschien 1982 unter
gleichem Titel als
HEYNE-BUCH Nr. 06/3861

Redaktion: Friedel Wahren

Printed in Germany 1990
Satz: Schaber, Wels
Druck und Bindung: Ebner Ulm

ISBN 3-453-04292-1

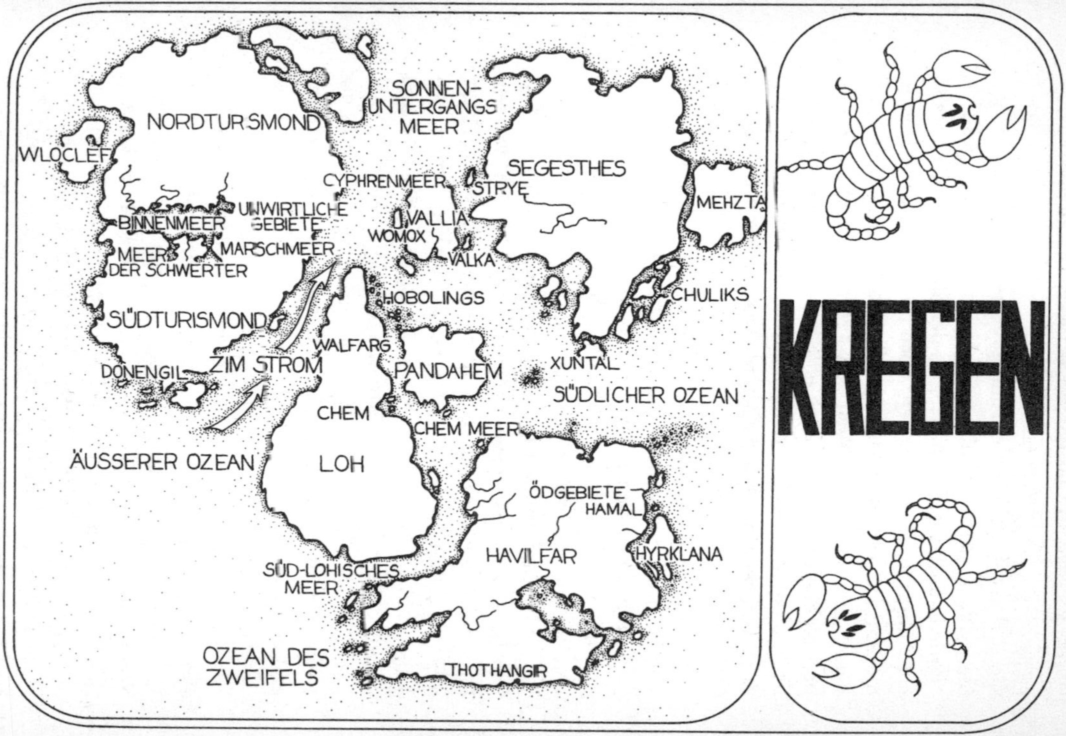
NORDTURSMOND
SONNEN-
UNTERGANGS
MEER
WLOCLEF
SEGESTHES
CYPHRENMEER
STRYE
MEHZTA
UNWIRTLICHE
GEBIETE
VALLIA
BINNENMEER
WOMOX
MEER
DER SCHWERTER
MARSCHMEER
VALKA
HOBOLINGS
CHULIKS
SÜDTURISMOND
KREGEN
WALFARG
DONENGIL
ZIM STROM
PANDAHEM
XUNTAL
SÜDLICHER OZEAN
CHEM
CHEM MEER
ÄUSSERER OZEAN
LOH
ÖDGEBIETE
HAMAL
HAVILFAR
HYRKLANA
SÜD-LOHISCHES
MEER
OZEAN DES
ZWEIFELS
THOTHANGIR

ANMERKUNG ZU DRAY PRESCOT

Dray Prescot ist eine rätselhafte Gestalt. Durch die unmenschlich harte Schule von Nelsons Marine gestählt, wurde er später durch die Herren der Sterne und die Savanti nal Aphrasöe, die sterblichen, doch übermenschlichen Männer und Frauen der »Schwingenden Stadt«, oft auf die wunderschöne und brutale Welt von Kregen gebracht, vierhundert Lichtjahre von der Erde entfernt. Seine atemberaubenden Abenteuer haben wahrscheinlich ein bestimmtes Ziel, doch bislang sind ihm Sinn und Absicht verborgen geblieben.

Er wird als gut mittelgroß beschrieben, hat braunes Haar und gelassen blickende braune Augen, ungewöhnlich breite Schultern und einen muskulösen Körperbau. Er legt kompromißlose Ehrlichkeit und einen unbezwingbaren Mut an den Tag und bewegt sich wie eine große Wildkatze, lautlos und gefährlich. Auf der ungezähmten, exotischen Welt Kregen ist er zu verschiedenen Zeiten und aus verschiedenen Gründen Vovedeer und Zorcander seiner wilden Klansleute von Segesthes gewesen, Lord von Strombor, Strom von Valka, Prinz Majister von Vallia, König von Djanduin und Mitglied des Ordens der Krozairs von Zy – eine Vielzahl von Titeln, die er mit einem Achselzucken und einer Ironie eingesteht, die gewiß ein tieferes Gefühl verbergen, das wir erahnen können.

Prescots glückliche Verbindung zu Delia, der Prinzessin Majestrix von Vallia, ist in Gefahr, denn der berüchtigte Phu-Si-Yantong, ein Zauberer von Loh, versucht Delias Vater, den Herrscher, zu vernichten. Gemeinsam mit ihren Freunden bewahren Delia und Prescot den Herrscher vor dem Gifttod und stärken seine Macht in der Hauptstadt Vondium. Doch ihre Gefährten sind überall auf Kregen verstreut. Noch vom Blut des letzten Kampfes im Palast bedeckt, ist Prescot entschlossen, den Aufenthaltsort seiner Töchter festzustellen, die ihm durch seine erzwungene Versetzung auf die Erde entfremdet worden sind. Aber das großartige, wilde Kregen unter der Doppelsonne Antares im Sternbild des Scorpios wird Prescot stets neue Probleme und Abenteuer bescheren. Dray Prescot weiß nur zu gut, daß er seinen Kampf gegen sich selbst wie auch gegen das böse Geschick fortsetzen muß, das ihn im vermengten Licht der beiden Sonnen verfolgt.

Alan Burt Akers

1

»O ja, es ist allgemein bekannt«, sagte Travok Ott herablassend, lehnte sich zurück und kostete geziert von seinem leichten Wein. »Delia, die Prinzessin Majestrix, hat ständig Liebesaffären. Ihr jüngster *Inamorato* ist dieser muskulöse Ringertyp Turko. O ja, ein hübscher Mann. Wer kann es ihr verdenken?«

Duftende Ströme warmer Luft bewegten sich liebkosend durch die Gruppe Männer, die in der Ord-Kammer des Neunfachen Va-Bades saß. Die Kammer vermittelte eine neuzeitliche, entspannende Atmosphäre. Junge Sklavinnen brachten Wein und Parclear in glasierten Keramikflaschen und Bronzetabletts mit gesüßten Fleischstückchen und schmackhaftem Gebäck. Weibliche Badende waren hier nicht zugelassen; ihr Badebecken lag hinter einer dicken Mauer und hatte einen getrennten Eingang.

»Aber das ist doch gewiß nur ein Gerücht, Travok?« sagte Urban der Handschuhträger und stopfte sich eine Paline-Frucht in den Mund.

»O nein.« Travok Ott, ein schlanker Mann, der sein braunes Haar lockig trug, trank mit einem wissenden Lächeln seinen Wein. Er war nackt wie alle anderen und hatte sich lediglich mit einem kleinen gelben Handtuch bedeckt. »Habt ihr diesen Turko schon einmal gesehen? Ein Khamorro, so heißt es, aus irgendeinem primitiven Land im südwestlichen Havilfar.«

»Ich habe nicht besonders viel für den Herrscher übrig«, sagte ein dicker Mann mit Doppelkinn, das nun gefährlich ins Wabbeln geriet, als er warnend den Kopf schüttelte. »Er würde dir aber den Kopf abschlagen lassen, wenn . . .«

»Kein Zweifel, Ortyg – vielleicht!« Travok warf einen schnellen Blick in die Runde. »Aber ich will keineswegs respektlos werden, soweit es den Herrscher betrifft. Er versteht sein Geschäft, und das genügt mir.«

Die Badenden waren ausnahmslos Geschäftsleute, Händler, Einkäufer, Ladenbesitzer, denen ein Krieg und landesweite Unruhen Gewinne bringen konnten, denn sie kannten sich aus mit den Geheimnissen des Schacherns und der Börse und der menschlichen Schwäche von Angebot und Nachfrage. Dieses Neunfache Bad befand sich an einer Kreuzung im südlichen Teil der großen Stadt Vondium, der Hauptstadt des Vallianischen Reiches. Es gehörte nicht zu den Luxus-Etablissements seiner Art; trotzdem waren die Gebühren hoch, und die Kundschaft setzte sich aus den mittleren Schichten zusammen, Kaufleute und reisende Händler, die für die erlesenen Annehmlichkeiten einer Nacht bezahlen konnten.

Die meisten Männer kannten sich bereits, kamen sie doch seit Jahren hierher, um sich zu entspannen und zu plaudern. Ein Stück entfernt saßt ein Mann auf einer Marmorbank; er lächelte, schloß sich dem Gespräch an und nickte angemessen respektvoll; doch er war ein Fremder. So verlief das Gespräch auf vorsichtigeren Bahnen als sonst.

Eine prächtige Fristle-Fifi eilte herbei, um Travok Otts Kelch nachzufüllen; ihr glänzendes dunkelblaues Fell unterstrich die herrliche Figur und machte aus ihr eine Erscheinung von atemberaubender Schönheit.

»Ich habe mich immer für den Herrscher eingesetzt«, fuhr Travok fort. »Habe ich nicht Opaz gedankt, als er sich von seiner Krankheit erholte? Habe ich nicht meine Läden zugemacht, als die opaz-verfluchten Chyyanisten mit ihren Schwarzen Federn Unruhe stifteten? Habe ich nicht einen Sohn in der Marine?« Der Wein schimmerte auf seinen Lippen. »Vallia ist auf dem Rücken von Männern wie mir erbaut.«

Der dürre Mann in der Ecke, durch die der wärmste Lufthauch strich, schürzte die Lippen, und sein dünner Ziegenbart richtete sich auf. Seine braunen vallianischen Augen saßen tief unter sandpapierähnlichen Brauen. Er zupfte an seinem gelben Handtuch und sagte: »Gewißlich, Travok. Vallia stützt sich auf Männer wie dich – und wie Kov Layco.«

Diese Worte waren doppeldeutig gesprochen, doch Travok Ott nahm sie als Kompliment.

»Kov Layco Jhansi ist die rechte Hand des Herrschers, Vandrop, da hast du recht. Es heißt, er habe Ashti Melekhi mit eigenen Händen umgebracht. Die Wächter . . .«

Ortyg lachte und ließ seine Fettschichten wabbeln. »Diese Wächter werden wir in Vondium nicht mehr zu Gesicht bekommen.«

»Trotzdem weiß auch er von der Untreue der Prinzessin Majestrix. Es ist beinahe schon stadtbekannt . . .«

»Und dieser ruppige Klansmann, ihr Ehemann? Er weiß nichts?«

»Er weiß nichts über Vallia, soviel ist klar, bei Vox!«

In diesem Punkt schienen die Anwesenden einer Meinung zu sein.

Vandrop hob eine Hand an seinen dürren Ziegenbart und streichelte ihn nachdenklich. »Dieser primitive Klansmann ist ein Fremdkörper. Es heißt, er trägt einen Bart bis zum Bauchnabel.«

»Bei Vox!« rief Travok. »Ein muskulöser, haariger Klansmann aus dem fernen Segesthes hat die Frechheit, in unser Land zu stürmen und unsere Prinzessin zu entführen wie ein Graint oder Cramph oder Leem . . .«

»Aber war er gestern abend nicht im Palast?« fragte Vandrop. »Die Berichte sind widersprüchlich, sogar wirr, aber . . .«

»Er war dort, Vandrop«, sagte Ortyg. »Ich habe aktuelle Nachrichten von meinem freigelassenen Sklaven, der Kontakt hat zu einer Shishi aus dem Palast – dieser Dray Prescot war tatsächlich dabei. Wie er dorthin gekommen ist, weiß niemand. Jedenfalls rettete Koc Layco den Herrscher vor Asthi Melekhi . . .«

Mehrere Stimmen unterbrachen ihn und überredeten Ortyg, die Geschichte von Anfang an so zu erzählen, wie er sie gehört hatte. Er machte das Beste daraus und schilderte in allen Details, wie die Vadnicha Ashti Melekhi den Herrscher hatte vergiften wollen und wie Layco Jhansi sie mit seinem Dolch getötet hatte. Überall tote Wächter und Blut; doch Ortygs Informanten lieferten keine Erklärung dafür, wenn auch geflüstert wurde, daß es sich um Jiktars der Chulik-Söldnergarde handeln sollte - aye, und der Chuktar gehörte ebenfalls zu den Toten.

Das Gerede nahm kein Ende. Während des langen Abends suchten Männer und Frauen Erholung und Entspannung im Neunfachen Bad, ehe sie zu Bett gingen. In Kürze würden sich die Männer erheben und entweder nach Hause gehen oder in die Neunte Kammer wechseln. Besucher mochten es vorziehen, in dem geschmackvoll eingerichteten Gästetrakt zu schlafen. Der Fremde, ein gutgebauter junger Mann, dessen Haar dunkler war als das übliche vallianische Braun, würde vermutlich im Etablissement übernachten.

»Bei Vox!« sagte Vandrop und gähnte. »Was du da über die Prinzessin Majestrix gesagt hast, ist schwer zu glauben ...«

»Wie dem auch sei«, warf Travok ein. »Wenn Königin Lushfymi zurückkehrt, wird sie die Wahrheit schnell erfahren ...«

»Ja, denn sie ist eine kluge Königin«, sagte Urban der Handschuhträger.

»... und wird diesen Turko einen Kopf kürzer machen und die Prinzessin nach Valka oder Delphond abschieben.«

»Glaubst du, Königin Lushfymi wird den Herrscher heiraten?«

»Wenn Sie auch nur ein Quentchen Verstand besitzt, ja.«

Das Gespräch drehte sich um die Königin Lushfymi von Lome, die den Spitznamen ›Königin Lust‹ hatte. Der Herrscher hatte bei Todesstrafe verboten, die hohe Dame so zu nennen.

Im Beisein von zwei Fremden unterhielten sich die Männer zurückhaltender als sonst. Ohne Kleidung war nicht sofort zu erkennen, welcher politischen Gruppierung sie angehörten, und ihre Worte verbargen, was sie nicht offenkundig machen wollten. Als Händler und Kaufleute der Mittelschicht neigten sie vermutlich der Racter-Partei zu, einige vielleicht auch den Khanders von Vondium, einer Gruppe, die in der Gemeinschaft der Geschäftsleute eine neue Kraft schmieden wollte. Die Racters stellten die mächtigste Partei in Vallia, ihr gehörten Aristokraten und Edelleute an, und die Kaufleute erhofften von ihr eine Fortsetzung des Status quo und eine ausgeglichene Wirtschaftslage. Ohne die farbigen Ärmelstreifen, ohne Symbole und Ansteckzeichen waren die Männer in ihrer Nacktheit gleich, sich ähnlich und in der Persönlichkeit doch wieder sehr verschieden.

Sie redeten verschlüsselt. Trotzdem hatten sie viel gesagt. Bei ihnen herrschte die Ansicht vor, es sei an der Zeit, daß der Herrscher wieder heiraten und einen Sohn zeugen sollte, der die Familientradition fortsetzte, wenn er in der Lage war, sein Erbe zusammenzuhalten, und daß der Herrscher seine Tochter Delia und ihren unzivilisierten Graint von Ehemann auf die Großen Ebenen von Segesthes verbannen sollte. Einige ließen sogar anklingen, daß ihrer Meinung nach der Prinz und die Prinzessin auf die Eisgletscher Sicces gehörten.

In den letzten Minuten vor dem Auseinandergehen wandten sie sich wieder den Themen zu, die noch interessanter für sie waren, den Preisen und Liefermöglichkeiten, den geschäftlichen Aussichten, den Kosten des Geldes, der Faulheit der Sklaven, der wiederaufflackernden Gefahr eines Krieges mit dem Hamalischen Reich und dem Schutz vor künftigen Katastrophen.

Sie erwähnten sogar die Einkommensteuer – doch Obszönitäten hatten im Neunfachen Bad keine große Chance, jedenfalls nicht Obszönitäten dieser Art.

Travok Ott gähnte und wandte sich freundlich an den Fremden. »Du schläfst hier heute nacht, Koter? Du hast uns deinen Namen noch nicht gesagt.«

»Ja, ich werde hier wohl übernachten. Ich heiße Nath Delity.«

Die anderen nickten. Es lag auf der Hand, was sie dachten: ein Mann aus der Provinz, der sich die Pracht Vondiums anschaute, der größten Stadt der Kontinentgruppe Paz.

Nath Delity setzte ein schwaches Lächeln auf. »Ich komme aus Evir und finde Vondium ein bißchen warm.«

Darüber lachten die anderen, stolz auf ihre Stadt, ein wenig verächtlich auf die Provinzen herabblickend, besonders auf Evir, das im hohen Norden Vallias lag.

»Du hättest hier sein sollen, als der Herrscher im Sterben lag, als die Chyyanisten Unruhe stifteten und die Dritte Partei ihr Unwesen trieb, Koter Delity. Dann wäre dir noch wärmer geworden.«

Vandrop zwirbelte sein Ziegenbärtchen und blickte zu der Nische hinüber. »Und du, Koter?« sagte er mit höflichem Lächeln. »Du hast bisher kein Wort gesagt. Wir möchten nicht den Eindruck erwecken, wir seien ungesellig. Es ist nur, daß wir uns alle so gut kennen. Dein Name, Koter – wenn du ihn uns anvertrauen möchtest.«

Einige hatten sich bereits zum Gehen gewandt und verließen rufend und lachend den Raum, andere aber blieben stehen, um die Antwort zu hören. Zweifellos wollten sie besänftigt werden. Vielleicht hatten sie etwas gesagt, das sie lieber hätten für sich behalten sollen. Es gab überall Spione, die Ärger machen konnten ...

»Ich heiße Jak Jakhan«, sagte ich – schnell genug, damit die anderen nicht merkten, daß ich log. »Aus Zamra. Euer Gespräch hat mir großes Vergnügen bereitet, Koters.«

»Zamra?« fragte Travok Ott.

»Zamra?« fragte Ortyg mit bebendem Doppelkinn.

»Wenn ich recht informiert bin«, sagte Vandrop, »ist Zamra ein Kovnat des Prinzen Majister?«

»Oh«, gab ich zurück, »ich bin seit meiner Kindheit nicht mehr dort gewesen ...«

Das nahmen die anderen mit sichtlicher Erleichterung zur Kenntnis. Ich hätte wohl besser eine Racterprovinz als Geburtsort angegeben oder über meine Herkunft überhaupt nichts gesagt. Aber ich bin nun mal stolz auf Zamra.

Dicht hinter Vandrop betrat ich den Ankleideraum und trödelte ein wenig herum, denn ich wollte nicht – noch nicht –, daß er meine Kleidung zu Gesicht bekam.

»Stimmt es, was über die Prinzessin Majestrix gesagt wurde, Koter Vandrop?« fragte ich.

Er starrte mich aus zusammengekniffenen Augen an. »Ich habe diesen Dray Prescot nie gesehen – das gilt übrigens für viele von uns, bis auf Travok, der behauptet, er sei bei der Hochzeit auf Steinwurfweite an ihn herangekommen. Aber was die Prinzessin Delia, die Prinzessin Majestrix, angeht – so weiß ich nicht recht. Es laufen da einige Gerüchte um ...«

»Und wer könnte Travok Ott so etwas erzählt haben?«

Vandrop reichte dem für ihn zuständigen Bekleidungssklaven den Schlüssel zu seinem Schrank.

»Bei Opaz, das weiß ich nicht. Er ist eben gern informiert ...«

Vandrop scheuchte den Sklaven fort, der ihm helfen wollte, und legte seine Abendkleidung an. Eine Freizeitrobe in Dunkelblau, silbern bestickt, verlieh ihm neue Würde, eine gewisse Autorität, die besser zu seinem Charakter paßte. Es heißt nicht umsonst, daß Kleider Leute machten. Ich betrachtete das Abzeichen auf seiner linken Brustseite. Es wies nicht die schwarz-weißen Farben der Racters und auch nicht die weißen und grünen Symbole der Panvals auf. Es hatte die Form eines geöffneten Buches mit einem alten Tintenfaß und einer Schreibfeder und war mit weißem, grünem und gelbem Zwirn in den Stoff gestickt. Das Zeichen der Khanders von Vondium.

Er bemerkte meinen Blick.

»Ich finde, wir Geschäftsleute müssen zusammenhalten. Du magst Racter sein, ich weiß es nicht, aber meiner Meinung nach setzen sich die Racters in erster Linie für sich selbst ein, für den Adelsstand.«

»Und der Herrscher und seine Familie?«

Er runzelte die Stirn.

Ich fügte sofort hinzu: »Meine Bemerkung war ungehörig, Koter Vandrop. Bitte schreibe sie der Unerfahrenheit eines Fremden zu.«

Mit gefurchter Stirn seufzte er. »Nein, nein, Koter Jakhan. Man muß so etwas auf die schlimmen Zeiten zurückführen, die in Vallia und Vondium begonnen haben. Es gab eine Periode, da wir uns alle rückhaltlos für den Herrscher eingesetzt hätten. Und für seine Tochter. Aber es sind Kräfte am Werk – einige magst du kennen, aber es gibt auch andere, über die ich nichts Genaues weiß, die ich aber spüre. Ich bin fast hundertfünfundsiebzig Jahre alt. Ich kenne mich in solchen Dingen also aus. Nein, es liegt an der seltsamen und unangenehmen neuen Welt, in der wir leben.«

Der Sklave reichte ihm einen Gürtel, der mit einigen kostbaren Juwelen besetzt war und an dem ein langer, schmaler vallianischer Dolch baumelte. Er legte den Gürtel um, seufzte noch einmal und fuhr fort: »Wenn du nicht hier im *Duftenden Lotus* übernachtest, könntest du vielleicht . . .?«

Ich wollte schon sagen, daß ich ihn gern ein Stück begleiten würde, überlegte es mir aber anders.

Ich hatte einiges zu tun. Das Blut war abgewaschen, doch noch konnte ich nicht zur Ruhe kommen.

Würde es jemals Ruhe für mich geben, bei Zair?

»Könntest du mir den Weg zum Haus von Travok Ott beschreiben?«

Sein Ziegenbärtchen bebte. »Er ist ein guter Mensch, Koter«, sagte er. »Das solltest du nicht vergessen. Er hat sich sein Vermögen mit harter Arbeit verdient. Er ist Elfenbeinkaufmann. Du findest ihn in der Chem-Gasse.«

»Ich danke dir.« Damit wandte ich mich zum Gehen und fügte hinzu: »Remberee, Koter Vandrop.«

»Remberee, Koter Jakhan.«

Aus den Augenwinkeln nahm ich den anderen Fremden wahr, Nath Delity der im Gang vorbeikam, als Vandrop den Raum verließ.

Der Bekleidungssklave – ein kleiner Och, dessen mittlerer linker Arm verkümmert war – umtänzelte mich, als ich meinen Schrank erreichte und öffnete. Mein vallianischer Lederanzug sah ziemlich mitgenommen aus; er stammte aus der Garderobe, die ich im Palast der Vier Winde von Djanguraj bereithielt. Ich legte ihn gelassen an und zog die hohen schwarzen vallianischen Stiefel über. Meine Waffen waren in den Mantel gewickelt. Ich nahm das Bündel in die Hand, wie es war, und machte mich bereit, die Räumlichkeiten des Neunfachen Bades zu verlassen, die ich nach der Auseinandersetzung im Palast des Herrschers aufgesucht hatte.

Als der Och den Silber-Stiver sah, den ich ihm als Trinkgeld gab, stammelte er seinen Dank; ich nickte und trat ins Freie.

Einer der kleineren kregischen Monde stand tief am Himmel und spendete diffuses Licht. Dunkle Schatten breiteten sich aus, durchbrochen von Lampenschein an den Ecken und von den Laternen der Lampenträger, die ihre Kunden nach Hause geleiteten – oder in Spielsäle, Theater oder Tanzlokale, je nachdem, was der jeweilige Kreger unter einem angenehmen Abend verstand.

Der Herrscherpalast füllte eine Insel zwischen den Kanälen und dem Fluß – dem Fluß der Fruchtbarkeit. Mit schnellen Schritten marschierte ich los, ohne mir einen Lampenträger zu nehmen. Der Herrscher war in Sicherheit. Kov Layco Jhansi, der Erste Minister, hatte Ashti Melekhi, die den Herrscher hatte umbringen wollen, getötet. Das üble Komplott war im letzten Augenblick vereitelt worden.

Natürlich würde es weitere Angriffe auf den Herrscher geben. Das war nur natürlich.

Der alte Teufel besaß aber neuerdings ein tausendjähriges Leben, hatte er doch im Zauberwasser des Heiligen Taufteiches gebadet. Ich nahm nicht an, daß ihm die Folgen dieses Bades bewußt waren. Zumindest noch nicht. Aber der Gedanke brachte mich zum Lachen, was nun wirklich ein seltenes Ereignis ist, bei Zair.

Ein leichter Wind bewegte Baldachine, die im schwachen Licht nur zu erahnen waren. Laub raschelte auf dem Pflaster. Vondium ist in der Tat eine zauberhafte Stadt und sehr wohl dazu geeignet, die Hauptstadt eines großen Reiches zu sein. Vor mir ragte der Palast auf, ein gewaltiges Bauwerk, und inspirierte mich zu dem tröstlichen Gedanken, daß ich dort nun ungehinderten Zugang hatte. Ich mußte nicht mehr heimlich hineinschleichen oder mir mit Gewalt Zugang verschaffen, wie es bis zu den Ereignissen dieses Abends der Fall gewesen war.

Die Wächter ließen mich durch. Mir fiel auf, daß die Anzahl der Chuliks erheblich geschrumpft war. Wie Jhansi das geschafft hatte, wußte ich damals nicht; trotzdem waren die Männer aufmerksam und hielten mich an und kontrollierten mich.

Es ist eine seltsame Tatsache, daß die meisten Zauberer ihre Räume in Türmen haben. Man möchte meinen, daß sie Kellerverliese vorziehen würden, da sich doch die meisten mit Kräften einlassen, die aus dieser Richtung kommen. Aber so ist es nun einmal.

Am Ende der langen Wendeltreppe, im Weihrauch-Turm befand sich die bronzebeschlagene Tür. Wächter gab es hier nicht. Einige meinen, ein Zauberer aus Loh braucht keine menschliche Bewachung, doch obwohl diese Ansicht weitverbreitet ist, stimmt sie nicht. Die Zauberer aus Loh sind berühmt, gefürchtet und sehr mächtig; trotzdem sind sie sterblich wie wir alle.

Eine seltsame Kälte schien von der Tür auszugehen – ein irrationales Gefühl, das ich gereizt unterdrückte, ehe ich mit dem Stiefel gegen das Holz hämmerte.

Schwach erleuchtet, gefüllt mit makabren Gegenständen, öffnete sich die Kammer des Zauberers aus Loh vor mir. In der Ecke brannte eine Lampe neben dem Schädel eines Risslaca. Das Skelett eines Chavonth, mit Draht zusammengefaßt, lauerte in Sprungstellung gegenüber der Tür. Schwarze Tücher bedeckten die Wände, vor den schmalen Fenstern hingen lange, blutrote Vorhänge. Auf einem Sturmholztisch standen etliche bizarre Objekte – Menschenschädel, Tierknochen, Flaschen mit Blut und Embryos, Krüge mit farbigem Pulver und seltsam geformte Instrumente.

Das ganze Durcheinander war darauf angelegt, Leichtgläubige zu beeindrucken. Dieser Vorraum glich dem Arbeitszimmer eines ganz normalen Zauberers. Mir war bisher noch kein Zauberer aus Loh begegnet, der an solchem Unsinn Interesse hatte.

Deb-so-Parang war Zauberer aus Loh am Hofe des vallianischen Herrschers gewesen, allerdings war er vor einigen Jahren gestorben. Nach meinen Informationen war Deb-sa-Chiu, der neue Zauberer aus Loh, der seinen Platz eingenommen hatte, mit ihm verwandt.

Der Mann saß hinter einem Tisch im inneren Raum. Auf dem Tisch wand sich ein Gebilde und schrie, und Deb-sa-Chius Hände waren grün.

Er hob den Kopf und runzelte die Stirn.

Die Schatten hüllten mein Gesicht in Dunkelheit, meine Gestalt ragte mächtig in der Tür auf und überraschte ihn.

»Du forderst dein Schicksal heraus, Rast!« sagte er in dem harten, zischelnden lohischen Dialekt, den einige Angehörige dieses rothaarigen Volkes niemals ablegen. Ruckhaft hob er die Hände. Ich gedachte nicht herauszufinden, ob er mich mit einem Zauberspruch in eine Kröte verwandeln oder etwas ähnlich Unangenehmes mit mir anstellen konnte. Den Zauberern von Loh werden übernatürliche Kräfte nachgesagt, und selbst ich habe bei meinen Abenteuern auf Kregen so manches verrückte Ereignis miterlebt, bei Vox!

Hastig sagte ich also: »Lahal, Deb-sa-Chiu. Ich bin gekommen, um unter vier Augen mit dir zu sprechen, San, und um deine Hilfe zu erbitten.«

Er legte das grüntropfende Ding auf den Arbeitstisch.

»Du stellst meine Geduld auf eine harte Probe . . .«

»Damit soll es bald vorbei sein, San.«

Ich redete ihn mit dem Ehrentitel San an, der allen wahrhaft Weisen zusteht –, obwohl ich in seinem Fall so meine Zweifel hatte. Doch mußte ich von diesem Manne etwas erfahren und wollte meine Chancen nicht unnötig herabsetzen. Die Zeit flog dahin. Vielleicht hätte ich auf direktem Wege hierherkommen sollen, anstatt zunächst den *Duftenden Lotos* aufzusuchen, um mir das Blut abzuwaschen.

Er musterte mich unter seiner Hand hervor und bedeutete mir dann, zur Seite zu treten, damit das Licht der Samphronöllampe auf mein Gesicht fiel. Sein Gesicht war glatt und faltenlos und gekrönt von dem typischen lohischen Rotschopf. Sein Blick war wachsam. Ein schwarzer Schnurrbart hing zu beiden Seiten des Mundes weit herab.

»Du könntest mir einen Gefallen tun, San«, sagte ich und setzte mich in Bewegung, »indem du mir mitteiltest, wo sich die Prinzessin Majestrix zur Zeit aufhält.«

Sein glattes, wissendes Gesicht fuhr bei meinem barschen Tonfall hoch. »Und wer bist du, der du diese Information verlangst? Ich habe dich darauf aufmerksam gemacht, daß du meine Geduld auf eigene Gefahr strapazierst. Ich kann dafür sorgen, daß du ins Verlies geworfen wirst. Naghan die Zange wird dir beibringen, wie falsch es war . . .«

Abrupt hörte er auf zu sprechen.

Das Licht berührte mein Gesicht.

Einen Augenblick lang regte er sich nicht, nur seine schwarzen Knopfaugen verrieten die Gedanken, die ihm durch den Kopf rasten. Dann fuhr er langsam fort: »Ich habe das offizielle Porträt von dir gesehen, das in der Galerie der Prinzen hängt. Was du von mir verlangst . . .«

»Nicht zum ersten Mal fordere ich einen Zauberer aus Loh auf, sich in Lupu zu begeben und den Aufenthaltsort Delias, der Prinzessin Majestrix, festzustellen.« Mein Blick bannte ihn. »Ich habe diesen Dienst nicht gefordert, daß dies ohne Lohn geschehe.«

Ich gebe zu, daß mir in diesem Augenblick das schlechte Gewissen schlug. Im fernen und feindlichen Hamal, in Ruathytu, hatte der Zauberer aus Loh Que-si-Rening mir geholfen, das goldhaarige Löwenmädchen Saffi ausfindig zu machen – ohne daß ich ihm die Anstrengung vergelten konnte. Ich unterdrückte den Gedanken und starrte Deb-sa-Chiu aufgebracht an, bereit, den Mann hart anzufassen, doch zugleich hoffend, daß das nicht nötig sein würde.

»Es heißt, die Prinzessin Majestrix habe mit einer großen Gruppe ihrer Freunde Vondium heimlich und in großer Eile verlassen.«

»So heißt es?« Ich mußte mir Mühe geben, meine Stimme nicht spöttisch klingen zu lassen. »Sicher hat doch ein mächtiger Zauberer aus Loh genauere Informationsquellen?«

»In der Tat, in der Tat. Aber Informationen sind nicht billig.«

Aha, sagte ich mir. Der Mann will sich die Taschen füllen. Na, mit solchen Leuten kann ich umgehen.

»Du weißt, daß ich die Möglichkeit habe, dich zu entlohnen.«

Er neigte den Kopf – aber nur ein wenig, denn ein Zauberer aus Loh ist sich seiner Überlegenheit auf stolze Weise bewußt – und sagte: »Dann wollen wir zu einer Übereinkunft kommen.« Er legte Daumen und Zeigefinger zusammen und streckte die anderen Finger. »Denn es hat im Palast Erscheinungen gegeben – Wesenheiten sind aufgetreten, Gespenster . . .«

»Erzähl mir davon!«

»Du hast die Ehre, von Khe-hi-Bjanching unterstützt zu werden. Er ist eine Kapazität unter den Zauberern aus Loh, die den Prinzen helfen. Der Herrscher, der die Ehre meiner Unterstützung genießt, äußert sich sehr lobend über ihn. Da bist du wahrlich in einer glücklichen Lage.«

Ich sagte nichts, sondern starrte ihn nur mürrisch an.

»Khe-hi-Bjanching«, fuhr er hastig fort, »hat zu mir von einem gewissen Zauberer aus Loh gesprochen, dem es daran liegt, dich ständig zu beobachten . . .«

»Phu-Si-Yantong.«

Er schluckte und trat an einen Wandtisch aus Sturmholz,

auf dem funkelnde Krüge und mit Leinen bedeckte Tabletts standen. Er begann Wein einzuschenken. Als er mich mit hochgezogenen Brauen anschaute, schüttelte ich den Kopf. Mit dem Schauspiel, das er mir hier vorführte, verlor ich langsam die Geduld.

»Phu-Si-Yantong. Ein sehr mächtiger Zauberer aus Loh. Seine Wesenheit ist im Palast beobachtet worden. Ich habe diese Manifestationen persönlich wahrgenommen. Khe-Hi-Bjanching ebenfalls. Wir sind besorgt.«

»Ich ebenfalls. Was hat das alles mit dem Aufenthaltsort der Prinzessin Majestrix zu tun?«

»Sie kehrte allein von einem unbekannten Ort zurück.« Bei diesen Worten verdüsterte sich Chius Gesicht, und er trank hastig einen Schluck Wein. Ich wußte genau, daß ihm bekannt war, wohin Delia mit unseren Freunden geflogen war – nach Aphrasöe, in die Schwingende Stadt der Savanti. Dorthin hatte Delia den Herrscher gebracht, um ihn vom Gift Ashti Melekhis zu erretten, die nun tot war. Mir war weiterhin bekannt, daß selbst der mächtigste Zauberer aus Loh große Angst hat vor den Savanti nal Aphrasöe.

»Sie kehrte also zurück«, sagte ich. »Ich möchte aber wissen, wo sie sich *jetzt* aufhält . . .«

Er fuhr mit der Hand über seinen Seidenmantel, der reich mit Symbolen bestickt war – mit Runen und anderen archaischen Zeichen, die leichtgläubige Hilfesuchende beeindrukken mochten. Er wanderte in der Kammer hin und her, wobei er sorgfältig darauf achtete, mit seinen hochgekrümmten braunen Pantoffeln nur auf die Teppiche zu treten und nicht auf die kalten Steine. Den Wein trug er in einer klauengleichen Hand mit sich herum. Endlich blieb er stehen und musterte mich.

»Ich lasse mich für dich in Lupu sinken, Prinz, und stelle den Aufenthaltsort der Prinzessin Majestrix fest. Der Preis dafür . . .«

Beinahe hätte ich gelächelt. Für einen so hochmütigen Burschen war das ein sehr primitives Wort.

»Sag ihn mir!«

(Natürlich ahnen Sie, die Sie sich das Tonband mit meiner Geschichte anhören, daß ich davon ausging, all meine Freunde wären durch Zauberkraft an ihre kregischen Geburtsorte zurückversetzt worden, und Delia müsse sich deswegen wieder in Vondium aufhalten. Da ich sie kannte, wußte ich, sie würde sich sofort in ein Flugboot setzen und nach Aphrasöe zurückkehren, um mich zu finden. Vielleicht hatte sie sich aber zuerst nach Osten begeben, nach Valka. Ich hatte keine Lust, den weiten Weg zur Insel Ba-Domek zurückzulegen, auf der sich Aphrasöe erhebt, und sie dort womöglich nicht anzutreffen. Und ich wollte keine Zeit auf den Flug nach Valka verschwenden, wenn sie dort nicht war. Also mußte ich wissen, wo sie sich in genau diesem Augenblick aufhielt.)

»Gold«, sagte Chiu, und sein Mund verzog sich zu einem Lächeln. »Die Zauberer aus Loh können stets Gold gebrauchen, denn bisher ist es uns nicht gelungen, das Geheimnis seiner Herstellung zu ergründen.« Er machte eine schwungvolle Handbewegung. »Aber Gold ist nur ein kleiner Teil des Preises.«

Er sagte mir nichts, was nicht auf Kregen allgemein bekannt war. Ich starrte ihn an, und er fuhr hastig fort:

»Die Pläne Ashti Melekhis, den Herrscher zu töten, sind zunichtegemacht worden . . .«

Ich hatte langsam genug von seiner Überheblichkeit. »Daran trägst du aber keinen Anteil«, unterbrach ich ihn. »Es war deine Pflicht, ihn zu warnen. Warum sollte er dich weiter kleiden und ernähren, wenn du ihn dermaßen im Stich gelassen hast?«

Er fuhr hoch, und hektische Röte überzog sein Gesicht. »Mit einem Zauberer aus Loh solltest du vorsichtiger sprechen, Prinz!« rief er zornig. »Hast du vergessen . . .?«

»Ich will vergessen, daß du deine Pflichten gegenüber dem Herrscher vernachlässigt hast, wenn du mir auf der Stelle sagst, wo sich die Prinzessin Majestrix aufhält. Was deinen Lohn in Gold angeht – so sollst du Gold erhalten.« Ich rollte meinen Mantel auf und ließ die darin ruhenden Waffen im Schein der Samphronöllampen funkeln. »Und was die weitere Bezahlung betrifft, so läßt sich das sicher einrichten . . .«

Mordlust funkelte in seinen Augen. Doch er nickte, als habe er plötzlich einen Entschluß gefaßt. Er hockte sich auf den Boden. Mit der Person, die er suchte, brauchte er nicht bekanntgemacht zu werden; er hatte Delia im Palast persönlich kennengelernt. Er hob die Hände vor die Augen und begann sich vor und zurück zu wiegen, wobei er einen Ton anstimmte, der immer schriller wurde, bis er als unhörbare Vibration verstummte.

Es lag auf der Hand, daß Chiu ein sehr mächtiger Zauberer war oder mehr wußte, als er mir gesagt hatte. Er begann sofort mit der dritten Phase der Lupu-Versenkung – ohne den anfänglichen langen und stummen Kampf mit den Fesseln der Seele – des Ib –, die allmählich gelockert werden und die Wirklichkeit und die darüber hinausreichenden Kräfte zusammenbringen und miteinander verschmelzen lassen.

Er stand auf. Mühselig zog er die Hände vom Gesicht. Er begann sich zu drehen, zuerst nur langsam, mit ausgestreckten Armen, dann immer schneller. Es gibt bei den Zauberern aus Loh zwei verschiedene Lehren, deren Anhänger sich auf unterschiedliche Weise in Lupu versetzen. Die Ergebnisse sind jedoch sehr ähnlich. Ich wußte, daß das Ib Chius sich aus seinem Körper gelöst hatte und nun in freiem Flug den Aufenthaltsort Delias festzustellen versuchte.

Abrupt ließ sich der Mann zu Boden sinken, geduckt dahockend, die Hände gegen den Teppich gepreßt. Er legte den Kopf in den Nacken. Langsam öffneten sich seine Augen, und wieder bemerkte ich den berauschten, unheimlich, *wissenden* Blick.

Ich wartete ab.

»Ja, Prinz«, sagte er flüsternd und in der Kehle würgend.

»Ja. Die Prinzessin Majestrix fliegt in einem Flugboot. Wind weht. Sie fliegt in Richtung Westen.«

»Über das Sonnenuntergangsmeer?«

»Nein.«

»Über Vallia?«

»Ja.«

Sie war also doch zuerst nach Valka geflogen . . .

»Erzähl mir mehr!«

»Die Prinzessin Majestrix fliegt nach Vondium. Ich spüre den Wind. Die Luft ist schneidend kalt. Sie ist allein.«

Diese Worte ließen mich zusammenzucken. Sie gefielen mir ganz und gar nicht.

Dann fuhr der große Deb-sa-Chiu fort: »Sie ist sehr aufgeregt. Und es gibt einen Schatten . . . ich sehe einen dunklen, lauernden Schatten . . .« Er riß die glasigen Augen auf und verschränkte die Hände. Er starrte mich an, und das Wissen auf seinem Gesicht bestürzte mich. »Phu-Si-Yantong! Er ist es . . . er ist es . . . Aber die Kräfte versagen, das Ib wird schwach und muß zurückkehren – Phi Phu-Si-Yantongs Kharrna überlagert alles . . .«

Abrupt umfaßte der Zauberer seine Kehle und begann entsetzlich zu würgen. Seine Augen rollten hoch und zeigten nicht die weißen Halbmonde eines in Lupu Versunkenen, sondern die schreckliche Panik eines Mannes, der zu Tode gewürgt wird. Ich trat einen Schritt vor, packte ihn energisch an der Schulter und schüttelte ihn.

»Chiu! Chiu! Wach auf, Mann!«

Erschaudernd löste er sich aus meinem Griff, doch ich hielt ihn fest und schüttelte diesen mächtigen und teuflischen Zauberer aus Loh wie ein störrisches Kind.

Als ich erkannte, daß das alles nichts nützte, krallte ich meine Finger unter die seinen und brach die zupackenden Finger von seinem Hals. So groß war der Widerstand seiner Arme, die mich an brüchige Winteräste erinnerten, daß ich schon fürchtete, sie würden abbrechen. Doch ich zwängte seine Hände auseinander und brachte die tödlichen Finger aus der Gefahrenzone. Er würgte und gurgelte und atmete in rasselnden Zügen. Tränen rannen ihm über die glatten Wangen. Er schloß die Augen, und ein gewaltiger Schauder schüttelte seinen Körper.

Nach einiger Zeit hatte er sich soweit erholt, daß er ein Glas Wein trinken konnte. Dann betrachtete er mich über den Rand des Kristallglases hinweg, noch immer zitternd, aber allmählich wieder Herr seiner Sinne.

»Phu-Si-Yantong«, flüsterte er. »Welche Kraft! Welche *Kraft!*«

»Also schön, San. Erzähl mir davon!«

»Die Macht seines Kharrna war stärker als mein Wissen, als meine Kunst, als meine Zauberkräfte. Ich hätte mich selbst zu Tode gewürgt – auf seinen Befehl.«

»Das habe ich gesehen.«

Ehrlich gesagt bestürzte mich die Vorstellung, daß ein Mann aus großer Entfernung einen anderen dermaßen beherrschen konnte, daß er Selbstmord beging. Es war angsteinflößend. Ich klammerte mich an jene erlauschte Information, wonach Phu-Si-Yantong meinen Tod nicht wünschte. Er würde keine bezahlten Mörder anheuern, keine Stikitches, denen es allein um das Geld ging. Ashti Melekhi hatte mir ihre Mörder nachgeschickt, die mir noch auf den Fersen sein mochten. Aber Phu-Si-Yantong . . . Im nächsten Augenblick kam mir der Gedanke, daß man womöglich in Lupu sein mußte, um auf diese Weise attackiert werden zu können. Ich hoffte jedenfalls, daß es so war.

»Und mehr kannst du mir nicht sagen?«

»Du hast mir das Leben gerettet, Prinz. Aber ich frage mich, wie lange ich es werde behalten können, wenn . . .«

»Yantong hat nichts gegen dich persönlich.«

Er warf mir einen mitleidigen Blick zu, während er langsam wieder zu sich selbst fand, zur respektablen Person eines Zauberers aus Loh, die unter allen kregischen Magiern eine Sonderstellung innehaben.

»Die Prinzessin Majestrix wird bei Sonnenaufgang in

Vondium eintreffen«, sagte er. Er blies die Backen auf, in die langsam die normale Farbe zurückkehrte. »Und jetzt, Prinz, müssen wir über den Rest deiner Zahlung an mich sprechen.«

Ich starrte ihn an. Ich hätte zuhören sollen. Ich hätte mir anhören sollen, was er wollte. Vielleicht wären damit einige tausend Menschenleben gerettet worden, etliche brennende, geplünderte Städte. Aber ich alter Onker sagte nur barsch: »Was die Bezahlung angeht, San, so wirst du dein Gold erhalten. Aber wenn du wirklich meinst, ich habe dir das Leben gerettet, sollte deine Leistung mehr als entgolten sein, sollte ich nicht mehr in deiner Schuld stehen.«

Damals kam mir diese Äußerung durchaus fair vor.

Aber Fairness und Gerechtigkeit haben wenig mit Nützlichkeit und Schläue und Stolz zu tun. Als Onker aller Onker nickte ich dem Mann also herablassend zu, raffte meine Waffen und den Mantel auf und stapfte hinaus.

Damals war ich in vielen Dingen wahrlich noch ein Idiot.

Andererseits plagte mich die Angst um Delia, wie Sie ermessen können. Wenn der heimtückische Phu-Si-Yantong neue finstere Pläne schmiedete und meine Delia allein unterwegs war ... Ich schwitzte und zitterte und eilte auf die hohe Plattform, auf der ihr Flugboot landen würde.

Wenn ich vernünftig gewesen wäre, hätte ich gewartet. Ich war schon lange auf den Beinen. Ich hatte im Schlafzimmer des Herrschers einen Kampf ausgefochten, den manche als Jikai bezeichnet hätten – auch wenn ich selbst nicht so weit gehen wollte. Ich hatte die Chuliks abgewehrt, die den Herrscher töten wollten, während Ashti Melekhi, ihr Auftraggeber, von Kov Layco Jhansi erstochen worden war. Ich war also rechtschaffen müde. Aber Müdigkeit ist eine Todsünde.

So brüllte ich die Wache zusammen und tobte herum wie ein hoher Prinz, der ich ja auch war, beschaffte mir ein Flugboot und jagte in die sternenhelle Nacht hinaus.

Geradewegs nach Osten steuerte ich, auf direktem Kurs

nach Valka, in der Hoffnung, daß sich Delias Voller auf genauem Gegenkurs befand und ich ihn im hellen Schein der Sterne ausmachen würde. Die Frau der Schleier, Kregens vierter Mond, versteckte sich hinter Wolken, doch je weiter ich nach Osten kam und den großen Kreis der Stadt hinter mir ließ, desto mehr lösten sich die Wolken auf, und rosagoldenes Mondlicht fiel herab. Meine Sicht besserte sich. Das Land schoß unter mir dahin. Der Wind fuhr mir ins Gesicht und brauste in meinen Ohren. Immer weiter flog ich, den Himmel nach einer Spur des Flugbootes absuchend.

Dabei kam mir Deb-sa-Chius Lupu-Schilderung in den Sinn, von der mir ein Wort besonders im Kopf herumging: »Kharrna«. Mit dieser Bezeichnung konnte ich nichts anfangen. Ich würde meinen Zauberer Khe-Hi-Bjanching fragen müssen.

Aber der war weit.

Nachdem meine Freunde dem Herrscher und sich selbst im Heiligen Taufteich am Zelph-Fluß im fernen Aphrasöe zu einem tausendjährigen Leben verholfen hatten, waren sie von Vanti, dem Wächter des Teichs, an ihren Ausgangspunkt zurückversetzt worden. Das hatte zur Folge, daß Bjanching sich irgendwo in Loh befand, auf jenem geheimnisvollen Kontinent im Südwesten Vallias. Es bedeutete, daß Seg Segutorio sich zu Hause in Erthyrdrin aufhielt, einer gebirgigen Landzunge an der Nordspitze Lohs. Es bedeutete, daß Inch in Ng'groga war, im Südosten Lohs. Es war seltsam – fast alle kamen aus Loh, ein Umstand, der mir bisher kaum bewußt geworden war. Und meine anderen Freunde, meine Gefährten der Expedition, waren ebenfalls zu Hause – Gloag in Mehzta, Hap Loder auf den Großen Ebenen von Segesthes, Turko der Schildträger in Herrelldrin im fernen Havilfar, Tilly, Oby, Naghan die Mücke wieder in Hyrklana. Und Balass der Falke in Xuntal.

In dem bevorstehenden Kampf war von ihnen keine Hilfe zu erwarten. Sie waren nicht erreichbar.

Viele meiner Freunde hatten bei Delia und mir in Valka

eine neue Heimat gefunden. Ich nahm mir vor, ihnen bei ihrer Rückkehr zu helfen, denn ich ging davon aus, daß sie zu mir zurück wollten, woran ich angesichts der engen Freundschaft zwischen uns keinen Zweifel hatte.

Aber zuerst gab es dringlichere Dinge zu erledigen.

Die Kreiselbewegungen der Sterne und die Wanderung der Frau der Sterne bezeichneten das Vergehen der Stunden, die auf Kregen Burs genannt werden und etwa vierzig terrestrische Minuten lang sind. Als ich den Punkt erreichte, da ein Weiterfliegen sinnlos war, stoppte ich den schnellen Flug des Vollers. Wenn Deb-sa-Chiu die Wahrheit gesprochen hatte und Delia Vondium bei Sonnenaufgang erreichen würde, mußte sie eine imaginäre Linie um die Stadt längst überschritten haben und mir begegnet sein. Ich hatte sie also verfehlt.

Offensichtlich näherte sie sich auf einem leicht abweichenden Kurs.

Ohne zu zögern riß ich den Voller herum und stellte den Hebel auf höchste Geschwindigkeit – etwas, das ich in letzter Zeit immer häufiger getan hatte. Ob eine Dauerbelastung bei Höchsttempo die Leistungsfähigkeit eines Vollers beeinträchtigte, wußte ich nicht. Jedenfalls gab es in Vallia noch immer bestürzend häufig Schäden an Flugbooten. Wir kauften unsere Voller in Hamal, das uns nach wie vor minderwertige Modelle lieferte, trotz der Niederlage, die wir diesem Land bei der Schlacht von Jholaix beigebracht hatten. Ich hing meinen düsteren Gedanken nach, während der nächtliche Wind mir ins Gesicht peitschte, Gedanken, die um das mächtige und stolze hamalische Reich kreisten und seine wahnsinnige und grausame Herrscherin Thyllis.

Es gab so viele üble Bestrebungen auf Kregen, denen Einhalt geboten werden mußte. Vierhundert Lichtjahre von meinem Geburtsplaneten Erde entfernt, ist Kregen eine wunderbare Welt, bevölkert von großartigen Lebewesen, angefüllt mit Licht und Lärm und voll ausgekostetem Leben. Kregen hat aber auch eine dunkle Seite, Orte, da über unschuldige

Lebewesen Schrecknisse hereinbrechen, da Zauberkräfte den Verstand verwirren, da Ungerechtigkeit das Licht schwinden läßt.

Ja, es gab auf Kregen noch viel zu tun.

Ich bin nur ein einfacher Sterblicher – wenn ich auch ein tausendjähriges Leben zu erwarten habe. Obwohl meine Schultern als breit gelten, gibt es doch eine Grenze für die Last, die sie zu tragen vermögen. Mit wachsender Verzweiflung dachte ich an die Dinge, die ich bisher unerledigt gelassen hatte. Aber bei Zim-Zair! Ich würde sie anpacken. Sie alle, beim Schwarzen Chunkrah!

Die schnelle Fahrt des Vollers wurde abgebremst.

Ringsum die winddurchtoste Leere des Himmels, über mir Sterne und der rosa Schein des Mondes, dahinwehende Wolkenschatten. Das Flugboot verlor an Höhe.

Der Wind versuchte mich zu packen; pfeifend schoß er am zerbechlichen Holz- und Leinengestell des kleinen Zweisitzers entlang. Das Gefährt begann zu ruckeln, begann kreiselnd zu fallen. Immer tiefer stürzte ich, raste dem sicheren Tod entgegen.

Die Steuerung gehorchte nicht mehr. Ich zog verzweifelt an den Hebeln und glaubte zu meiner großen Erleichterung plötzlich eine Reaktion wahrzunehmen. Die Abdeckung über den Silberkästen flog davon, die den Voller in der Luft hielten. Ich schaute in das Behältnis und versuchte mir darüber klar zu werden, wo der Schaden lag. Wenn die Silberkästen schwarz angelaufen waren, gab es keine Hoffnung mehr, denn dann hatten sie ihre Kraft verbraucht. Aber ich nahm im Dämmerschein ein mattes Blinken wahr. Mit fliegenden Händen tastete ich die Verbindungsstege aus Bronze und Balassholz ab, die Kreise, auf denen sich die Bewegungen der beiden Silberkästen abspielten, das Vaol und das Paol.

Das Boot gewann wieder ein bißchen an Höhe und flog ein Stück geradeaus. Ich richtete mich keuchend auf; im gleichen Augenblick schmierte das Boot zur Seite ab.

Im rosa Mondlicht entdeckte ich ein zweites Flugboot, das tief unter mir auf Westkurs war. Es handelte sich um ein großes Gefährt mit hochgeschwungenem Poopdeck – es konnte also nicht Delias Voller sein.

Das Mondlicht funkelte auf den Beschlägen und Verzierungen. Flaggen wehten im Wind, bloße Stoffetzen im unsicheren Licht. Erneut verlor mein Flugboot an Höhe, zur Seite ausbrechend. So schwankte ich durch die Luft wie ein Betrunkener nach einer langen Nacht in Sanurkazz.

Wieder hantierte ich verzweifelt an den Kontrollen und brachte den Voller noch einmal in die Waagerechte. Doch es konnte nur noch eine Sache von Minuten sein, bis mein Fluggerät den Geist ganz aufgab und mit mir ein hübsches Loch in die Kregische Landschaft bohrte.

Das Flugboot unter mir bewegte sich parallel zu mir dahin. Nach der Form zu urteilen, handelte es sich um ein erstklassiges Schiff hamalischen Ursprungs. Allerdings zeigte sich keine Spur von Leben an Bord; zweifellos schliefen die Passagiere in der Achterkabine, während sich die Besatzung irgendwo niedergelassen hatte.

Darin lag eine Chance – eine minimale Chance, aber mehr hatte ich nicht.

So sanft es ging, steuerte ich den Voller tiefer und hoffte auf meine alte Geschicklichkeit als Seemann.

Mich auf die eigenen Kräfte zu verlassen, ist nichts Neues, doch immer wieder überkommt mich dabei eine große Unsicherheit. Nie bin ich mir einer Sache ganz gewiß. Ich bedachte Zair – und Opaz und Djan – mit leisen Gebeten, während ich den Voller immer tiefer sinken ließ, im Gefühl der weiten Leere unter mir.

Immer mehr verloren wir an Höhe, einer Chance von eins zu tausend entgegenfliegend.

Eins zu tausend?

Zu einer Million ...

2

Natürlich vermochte ich die geringe Chance wahrzunehmen, sonst könnte ich Ihnen nicht heute auf Tonband von meinen Abenteuern berichten.

Der defekte Voller gehorchte unsicher den Bewegungen der Kontrollen. Mir blieb wenig Zeit, als ich das kleine Boot über das Vorderdeck des großen Flugschiffs steuerte. Die Entfernungen waren kaum abzuschätzen. Einen verrückten Augenblick lang fühlte ich mich an den Moment erinnert, da ich an einem langen Seil unter einem flügelschlagenden Corth hing und mit zupackenden Händen auf dem Turm von Umgar Stro landete. Auf gleiche Weise ließ ich das Flugboot herabschwingen, berührte das Deck und wäre beinahe über die Reling katapultiert worden. Zuerst versuchte uns der Wind fortzublasen, doch er hörte plötzlich auf wundersame Weise auf, was mir zeigte, daß der große Flieger zu dem Typ gehörte, der eine eigene kleine Biosphäre besitzt, in der sich keine Natureinflüsse von außen bemerkbar machen können.

Stille. Ich atmete tief und stieg vorsichtig über die Holzreling meines Vollers.

Ich gebe zu, meine Ankunft geschah recht überraschend. Aus dem Nachthimmel war ein Voller herabgerast und auf dem Vorderdeck des großen Schiffes gelandet. Kregen ist eine Welt, auf der abrupte Aktionen dieser Art beinahe unweigerlich negative Ereignisse einleiten. Als ich auf das Deck sprang, rief ich daher so freundlich ich konnte:

»Llahal! Ich erbitte euer Pardon. Bitte laßt mein Flugboot . . .«

Weiter kam ich nicht. – Im Gegensatz zu meinem ersten Eindruck aus der Ferne, war der große Voller nicht verlassen. Wie von Zauberhand herbeigerufen, sprangen Männer empor, schwarze Silhouetten vor dem Schein des untergehenden Mondes. Blinkende Waffen umringten mich.

Diese Waffen zuckten zielstrebig vor, ohne zu zögern, Schwert- und Lanzenspitzen waren auf mein Herz gerichtet.

Wie gesagt, es war eine unhöfliche und wenig formvollendete Landung. Aber trotz des Umstands, daß wir uns auf Kregen befanden, hätte ein kleines Pappattu stattfinden können, hätte man sich ein wenig Zeit nehmen sollen, die Lage aufzuhellen, zu klären, warum ich so plötzlich aus dem nächtlichen Himmel gefallen war.

Aber nein.

Die Speere zuckten auf mich zu, die Schwerter senkten sich blitzend.

Mit dem Instinkt, den jeder Kämpfer besitzen muß, wenn er nicht binnen kürzester Zeit das Leben verlieren will, sprang ich zurück und zog mein Rapier und meine Main-Gauche.

Die so plötzlich aufgetauchten Kämpfer waren Chuliks. Ihre eingeölte gelbe Haut schimmerte im Licht der Frau der Schleier, die nach oben gerichteten Hauer funkelten. Stumm rückten sie vor, kampfentschlossen, unbarmherzig, und ich mußte tänzelnd ihre tödlichen Klingen abwehren.

»Hört zu, ihr Onker!« brüllte ich und hüpfte und sprang über das Deck und schlug Speerklingen und Schwertspitzen zur Seite. »Ich bin kein Stikitche! Ich will niemanden umbringen!«

Aber sie bedrängten mich wortlos. Ich muß zugeben, daß die Stille, mit der sie ihre Aktion betrieben, mich stutzig machte, denn selbst ein Chulik neigt dazu, sich im Kampf dann und wann mit einem Schrei Luft zu machen.

Rapier und linkshändiger Dolch funkelten im Schein des Mondes, und ich mußte mich wahrhaft sputen, um den Ereignissen einen Schritt voraus zu bleiben. Bis jetzt hatte ich noch keinen meiner Gegner verwundet oder gar getötet; aber sie rückten immer dichter an mich heran, und die Enge behinderte mich bei meinen Aktionen. Ziemlich bald mußte sich einer dieser Idioten einen tödlichen Streich einhandeln – und dieser Jemand wollte auf keinen Fall ich sein. Wenn es dann darum ging, die Ereignisse zu erläutern, mochte ich in der Klemme stecken.

»Ihr blöden Onker, hört mich an!« brüllte ich und unterlief einen Schlag. Mein Rapier zuckte wie aus eigenem Antrieb vor, und ich mußte mir große Mühe geben, einem Chulik nur über die Wange zu streichen, anstatt ihm die Kehle durchzuschneiden. Er taumelte zurück. Ich versetzte einem seiner Gefährten einen Tritt in den Sack und brüllte von neuem los. Ihre Sturheit begann mich langsam zu ärgern.

Einer der Kerle stürmte geradewegs auf mich zu und versuchte mich mit schierer Körperkraft und Geschwindigkeit aus dem Gleichgewicht zu bringen. Ich bückte mich rechtzeitig, und er fegte mit wirbelnden Armen über mich hinweg, ohne einen Laut auszustoßen, nicht einmal ein überraschendes Ächzen. Er machte einen klassischen Salto und landete mit rippenbrecherischem Krachen auf der Reling.

Meine Angreifer trugen dunkle Schutzpanzer, schwarze Gürtel und Lederschienen an Beinen und Armen, und ich sah keinerlei Abzeichen oder Insignien und auch keine Farben. Schwerter und Speere waren die Zeichen ihres Handwerks. – Über die Poopreling fiel Licht. Der Schein erfaßte den Mann, der eine Lampe in die Höhe hielt. Es handelte sich um einen Fristle, dessen Katzengesicht sich kantig im Licht abzeichnete. Neben ihm stand eine massige Gestalt in einem schwarzen Mantel, einen Bronzehelm auf dem Kopf, darauf ein Kamm aus goldenen und weißen Federn. Über einem Tuch, das der Unbekannte sich vor das Gesicht gehoben hatten, funkelten tiefliegende Augen.

»Tötet ihn nicht!« Die Worte klangen grollend und barsch, und wurden mit fauchender Bosheit gesprochen. Die Chuliksöldner reagierten sofort auf das Kommando – die Schwerter bewegten sich in den gelben Händen. Jetzt würden sie nur noch mit der Breitseite zuschlagen . . .

»Nehmt ihn lebendig gefangen! Sollte jemand ihn töten, fliegt der schuldige Rast sofort über Bord!«

Wieder taten die Worte sofort ihre Wirkung. Der Mann in dem allesverhüllenden schwarzen Mantel hatte die Chuliks gut im Griff.

Zwei Och-Bogenschützen, die sich auf dem Poopdeck postiert hatten, senkten ihre Waffen. Sie hätten eine gute Chance gehabt, mich hinterrücks zu töten. Jetzt würden sie sich dem Befehl ihres hohen Herrn beugen und nicht mehr schießen. Ich wich vor den anrückenden Chuliks zurück.

»Sag diesen verflixten Rasts, daß ich als Freund auf dieses Schiff gekommen bin!« brüllte ich. »Ich bin kein . . .«

»Was du bist oder nicht bist, geht mich nichts an!« antwortete die heisere, zischende Stimme. Ich fand, sie klang entfernt nach einem üblen Burschen, den ich einmal am Binnenmeer, dem Auge der Welt, kennengelernt hatte, aber natürlich war ich mir meiner Sache nicht sicher. Und da ich alle Hände voll damit zu tun hatte, die Schwerter und Speere abzuwehren, dachte ich nicht weiter darüber nach.

Wie diese kleine Auseinandersetzung hätte enden können – oder wie sie hätte enden sollen, nachdem der ganze Haufen über Bord verschwunden war –, wage ich mir nicht vorzustellen. Doch wie es sich ergab, machte die schwarzgekleidete Gestalt abrupt eine halbe Wendung nach rechts. Sie verhielt in angespannt lauschender Pose, und ich nahm an, der Mann vernahm die Stimme eines Mannes, den ich nicht sehen konnte. Nach ein oder zwei Sekunden, die mich der Gefahr nahe brachten, einem Chulik das Rapier zwischen die Rippen zu rammen, drehte sich der Mann wieder in meine Richtung.

Seine Silhouette zeichnete sich vor schwindendem Mondlicht ab, denn die Frau der Schleier ging im Westen unter. Wir hatten also in der Luft kehrtgemacht und flogen wieder nach Osten. Den Grund dafür wußte ich nicht. Der Unbekannte hob befehlend die Hand, und etwas an der Geste, eine Art Umständlichkeit dieser Bewegung, erinnerte mich an einen Mann aus meiner Vergangenheit.

»Halt!« brüllte er und fuhr fort: »Landet das Flugboot. Laßt den Mann frei, tut ihm nichts.«

Die sich senkenden Schwerter funkelten.

»Nun dann«, sagte ich. »Bei Vox, das hat aber gedauert!«

Der Voller verlor schnell an Höhe. Das Bild ringsum war von lauernd dastehenden Chuliks bestimmt. Die Seltsamkeit der Szene verfehlte ihre Wirkung auf mich nicht.

Das Flugboot landete. Ein schwacher Wind raschelte in den Bäumen. Die Schatten waren undurchdringlich. Das düstere Land breitete sich aus, da und dort von Baumgruppen unterbrochen. Kein Licht war zu sehen.

»Über Bord mit dir!« rief der Mann im dunklen Mantel. Er deutete mit dem Schwert auf meinen Voller. »Und das werft ihr ihm nach.«

Die Chuliks wichen zurück; sie waren Kämpfer. Für das Über-Bord-Werfen eines Flugboots waren die Volmänner des Vollers zuständig. Diese Seeleute des Himmels waren Apims wie ich, einige auch Brokelsh und Womoxes, Diffs, Rasser, die sich einigermaßen miteinander vertrugen. Außer dem Lampenträger auf dem Poopdeck konnte ich keine anderen Fristles ausmachen, denn in der Regel kommen Chuliks und Fristles nicht so gut miteinander aus. Aber auch da kann es Ausnahmen geben.

Rücksichtslos schob man meinen Voller über Bord. Ich hörte Holz splittern und Leinwand reißen.

»Bei Vox!« brüllte ich. »Wer zahlt mir dafür?«

Die barsche, zischende Stimme zeigte kein Amüsement. »Du bist ein Mann, der viel Gold besitzt. Ein zerstörter Voller dürfte dich nicht weiter bekümmern.«

Er sagte »Voller« – die Bezeichnung für Flugboot, wie sie in Havilfar am gebräuchlichsten ist, wo diese Fahrzeuge gebaut werden.

»Du kennst mich also?« fragte ich.

»Aye.«

Ich forschte in meiner Erinnerung. Der Unbekannte war seiner selbst sehr sicher.

Wieder wandte er lauschend den Kopf, und als er das Gesicht wieder in meine Richtung drehte, hob er das Tuch noch höher, so daß nur noch seine weit auseinanderstehenden, funkelnden Augen zu sehen waren.

»Jetzt geh! Verschwinde! Und danke deinen Göttern, daß du noch am Leben bist!«

Nachdenklich näherte ich mich der Reling. Natürlich hätte ich die Treppe zum Poopdeck emporstürmen, den Mann an der Kehle packen und ihm ein wenig Höflichkeit beibringen können. Die Besatzung hätte ich vielleicht einschüchtern können, ebenso die Söldner, wenn ich Glück hatte. Aber im Augenblick galt meine Sorge Deliah, und noch während mir diese Gedanken durch den Kopf gingen, sah ich eine halbe Ulm entfernt ein Licht angehen. Dort lag sicher ein Bauernhof, wo man sich gerade auf die Arbeit des Tages vorbereitete. Dort fand ich sicher eine Transportmöglichkeit.

Es würde mich viel Zeit kosten, mit diesen Rasts und dem Kommandeur des Flugboots abzurechnen. Zuviel Zeit. So begab ich mich zum Geländer und drehte mich dort noch einmal um. Ein Chulik stand in meiner Nähe und musterte mich mit düsterem Blick. Von vielen Diff-Rassen wird behauptet, daß man ein Wesen nicht vom anderen unterscheiden kann. Diesen Chulik aber würde ich wiedererkennen. Mein Blick fiel auf sein Schwert, ein Rapier, dessen Griff und Knauf kunstvoll zur Gestalt eines Mortils geformt waren. Als ich zu Boden sprang, nickte ich dem Mann zu.

Er sagte nichts.

Keiner der verflixten Chulik-Söldner hatte ein Wort oder einen Schrei geäußert.

Kaum hatte ich mich ein halbes Dutzend Schritte entfernt, als der Flieger hinter mir startete und sich im Tiefflug in östlicher Richtung entfernte. Der dunkle Schatten verschwand hinter einem kleinen Hain. Wo immer das Ziel dieses Cramphs und seines befehlegebenden Herrn lag, die beiden hatten es verflixt eilig.

Ich machte mich auf den Weg zu dem Bauernhof.

Als ich das geheimnisvolle Schiff entdeckte, war es in westlicher Richtung unterwegs gewesen. Während des Kampfes hatte man den Kurs um hundertundachtzig Grad gewechselt. Auch jetzt war das Boot in östlicher Richtung gestartet. Ich vermutete, daß man nicht gleich auf Höhe gegangen war, um außer Sichtweite erneut zu wenden und auf den ursprünglichen Kurs zurückzukehren.

Das Boot war nach Vondium unterwegs. Und die Männer hatten nicht gewollt, daß ich das erfuhr.

Ich schlug mir die Unbekannten aus dem Kopf, begab mich zu den Hofgebäuden und hämmerte gegen die Tür.

Ein halbes Dutzend Stavrers begann zu bellen.

»Ruhig, ihr Famblys!« versuchte ich sie zu beruhigen.

Der Stavrer besitzt einen furchteinflößenden Wolfskopf, einen Stummelschwanz und acht Beine, von denen die hinteren sechs gleich gebaut sind, und gilt als der treueste Wachhund Kregens. Das Tier vermag einen Sprint vorzulegen, neben dem ein Chavonth wie eine Schnecke aussieht, dafür sind seine Beine nicht auf Dauerbelastung eingerichtet.

Hinter den Fenstern erschien Licht, und jemand öffnete vorsichtig die Tür. Es hatte in Vallia letzthin viel Ärger gegeben, und als ich Waffen funkeln sah, rief ich hastig: »Lahal und Llahal. Mein Flugboot ist abgestürzt, ich brauche eure Hilfe, Koters.«

Das Weitere ergab sich ohne große Schwierigkeiten. Ich befand mich im Vadvarat von Valhotra, dessen Vad General Arclay war. Die Provinz schloß sich im Osten an das Terrain Vondiums an und stand umsichtigerweise unter der Kontrolle einer dem Herrscher treu ergebenen Familie. Hier gab es fruchtbares Ackerland und Weiden mit gutem Vieh, ein Land, das reiche Ernten brachte. Ich kannte Vad General als sympathischen und umgänglichen Mann, der eine Schwäche für Sleeth-Rennen hatte. Die Bauersleute hießen mich willkommen und boten mir Erfrischungen und ihr bestes Flugboot an – das zugleich ihr einziges war. Ein uraltes Modell und ziemlich zerschlissen – aber ein Zeichen für die Wohlhabenheit des Hofes in diesem Distrikt.

Ich sagte mir, daß offenbar nicht überall auf Kregen boshafte und feindselige Kräfte daran arbeiteten, den Herrscher zu stürzen. Er hatte auch seine Freunde.

Ich entbot den Leuten mein Remberee und machte mich mit dem Voller auf den Rückweg nach Vondium.

Die Sonnen gingen auf, ehe das alte Flugboot die Stadt erreichen konnte.

Tief atmete ich die süße, angenehme Luft Kregens. Die beiden Sonnen von Scorpio stiegen über den Horizont und füllten die Welt mit Licht und Pracht – Zim, die große rote Sonne, und Genodras, der kleinere grüne Himmelskörper, vertrieben mit ihrer bunten Strahlung die Schatten der Nacht. Ich genoß ihre Wärme und Helligkeit.

Wenn Deb-sa-Chiu die Wahrheit gesprochen hatte, mußte Delia in diesem Augenblick auf den hohen Plattformen des Palasts zur Landung ansetzen. Vermutlich würde sie sehr schnell erfahren, daß ich zurückgekehrt war. Allerdings bestand die Gefahr, daß sie sich sofort auf den langen Weg nach Ba-Domek und Aphrasöe machte, wenn ihr mitgeteilt wurde, daß ich mit einem Voller abgeflogen war. Gnadenlos trieb ich das Flugboot an, doch es war ein langsamer alter Kasten. So raufte ich mir fluchend die Haare und hatte wenig Erfolg bei dem Versuch, mich zu beruhigen.

Die Landschaft glitt unter mir als Gewirr von grünen, braunen und blauen Flächen dahin, durchzogen von den silbern glitzernden Kanälen Vallias, die einen prächtigen Anblick bieten. Ihr Wasser allerdings ist Gift für jeden, der nicht den Kanalschiffern angehört – einem Volk, das sich von den übrigen Vallianern fernhält und auch bei den Machtkämpfen im Reich keine Position bezieht. Nachdem der Herrscher nun ein tausendjähriges Leben erwarten konnte, sah ich seinen Thron gesichert. Er brauchte nur die derzeitigen Probleme hinter sich zu bringen und war dann in Sicherheit.

Das glaubte ich jedenfalls.

Was mich selbst betraf, so lag mir neben meinen persönlichen Problemen daran, herauszufinden, wer Ashti Melekhi gelenkt hatte.

Sie hatte ihre Befehle von einer im Hintergrund stehenden

Persönlichkeit erhalten, die große Macht ausübte. Melekhis Versuch, den Herrscher zu töten, war fehlgeschlagen, und sie hatte dabei das Leben verloren. Der große Unbekannte mußte sich nun neue Werkzeuge für seine Pläne suchen, und daraus ergab sich die Wahrscheinlichkeit, daß mir wieder einmal hektische Zeiten bevorstanden. Darin sollte ich mich nicht irren, wie Sie hören werden.

Im zunehmenden Licht offenbarte sich die Schönheit Vallias immer mehr. Zu meiner Rechten ragten zwei hohe Felsspitzen auf und zeigten mir, daß Vondium nicht mehr fern sein konnte. Diese ungewöhnliche Doppelformation wird »Draks Heim« genannt. Von seinen Hängen wird Eis in die Stadt hinuntergebracht.

Der Große Fluß – die Mutter aller Gewässer, die Frau der Fruchtbarkeit, schimmerte vor mir. Und dann Vondium – ah! Vondium! Eine stolze Stadt. Ich habe bisher nur wenig über diese prächtige Metropole gesagt, und die Erinnerung daran erfüllt mich mit schmerzhafter Sehnsucht. Die vermengten Strahlen der Sonnen spiegelten sich auf den ungleichmäßigen Reihen von Kuppeln und Türmen, Firsten und Giebeln, funkelten auf Vergoldungen und ließen in den Fensterreihen Funken sprühen. Mächtige Granitmauern umgaben die Stadt – doch dieser alte Kreis war längst überwuchert, unzählige Gebäude erstreckten sich außerhalb der Befestigungen. Da und dort bewegten sich die Punkte am Himmel; früh aufsteigende Flugboote. Über weitgespannte Aquädukte lief das Wasser aus den Bergen in die Stadt. Der Rauch der Kaminfeuer stieg in die ruhige Luft empor. Auf den breiten Straßen drängten sich bereits Menschen und Kutschen – ein Verkehrsstrom, der den Tag über nicht abreißen würde. Schmale Boote und Barken glitten lautlos durch die Kanäle. Bewegung, Farben, Leben – dies alles breitete sich unter mir aus, als ich über der brodelnden Metropole des stolzen Vondiums Kurs auf den Palast des Herrschers nahm.

In oder bei Vondium münden etliche Nebenflüsse unterschiedlicher Größe und Bedeutung in den Großen Strom.

Die Windungen des breiten Flusses führen mit etlichen Zuläufen dazu, daß an einer Stelle ein Teil der Stadt isoliert wird, völlig abgetrennt durch einen verbindenden Kanal. Diese Zone ist die Altstadt, die auch »Draks Stadt« genannt wird. Ein Gassengewirr, da und dort ziemlich heruntergekommen, in anderen Bereichen wieder sehr vornehm. Hier finden sich jene nicht immer erwünschten Elemente wie Freigeister, Künstler, Dichter und Studenten, die auf dieser Insel eine gewisse Sicherheit finden.

Während meines Landeanflugs verschwendete ich kaum einen Gedanken an Draks Stadt, denn ich kannte Vondium damals noch nicht so gut. In Ruathytu, das mir viel mehr vertraut war, übte das Heilige Viertel auf seine Weise eine ähnliche Funktion aus. Dabei gab es zwischen den beiden Stadtvierteln keine Ähnlichkeit – im Gegenteil.

Uralt und den Rätseln ihrer Vergangenheit verhaftet ist Draks Stadt. Hier schlugen die ersten Siedler bei Erreichen des Großen Flusses ihr erstes Lager auf. Allmählich erweiterten sich das bebaute Gebiet und seine Schutzmauern, bis die Altstadt das umliegende Land beherrschte. Heute war diese erste Siedlung nur noch ein Stadtteil von vielen, umgeben von der modernen Metropole, aber noch immer von eigenem Leben erfüllt. Wie früher galten hier eigene Regeln, und die Kreger, die hier wohnten, kümmerten sich wenig um die Ereignisse in Groß-Vondium.

Das Flugboot landete auf der hohen Plattform des Palasts, unbehindert von den Vollern des Vallianischen Luftdienstes, wiesen mich doch die valhotrischen Farben am Boot als Freund aus.

Ich hatte mich in Delia getäuscht; sie kennt mich doch besser, als ich zuweilen annehme. Kaum hatte sie von meiner Rückkehr in den Palast gehört und vom Fehlschlagen der neuesten Verschwörung gegen ihren Vater, war sie mit einem Picknickkorb und einem Buch zur Plattform emporgestiegen. Wie sie auf solche Dinge kommt, erstaunt mich immer wieder.

In meiner staubigen Reisekleidung stapfte ich über das Dach. Sie hob den Kopf und schob einen Finger in das Buch – diese Geste kenne ich sehr gut. Im nächsten Augenblick erkannte sie mich. Das Buch wirbelte durch die Luft. Der Picknickkorb flog in die andere Richtung und verstreute seine Palines und anderen köstlichen Früchte und belegten Brote. Sie warf sich mir in die Arme.

Immer wieder bin ich zu Delia zurückgekehrt – nach Hause. Es ist immer dasselbe und doch immer wieder anders. Innig umarmten wir uns. Meine Delia – meine Delia aus Delphond, meine Delia aus den Blauen Bergen.

3

Ich hängte mir den mächtigen braunen Bart an den Drahtenden über die Ohren und fuhr über die Goldplättchen an meinem Helm. Dann drehte ich mich zu Delia um.

Sie lag auf dem Sofa, den Ellbogen aufgestützt, und begann schallend zu lachen. »Dray! Dray! Du siehst aus wie ...«

»Wie ein zotteliger Graint aus den Ebenen von Segesthes, ich weiß. Wenn sich die Menschen in Vondium ihren Prinz Majister so vorstellen, sollen sie ihn auch so vorgeführt bekommen!«

Seit dem vorherigen Morgen war viel geschehen – vieles davon auch nur in privaten Gesprächen. Andere Dinge gingen nur Delia und mich etwas an. In diesem Augenblick waren wir damit beschäftigt, uns für die große Erntedank-Parade auszustaffieren – ein prunkvolles Staatsereignis, vor dem mir graute.

»Aber so kannst du doch nicht allen Ernstes mit auf die Parade gehen!«

»Warum denn nicht?«

»Nun ja – erstens kann man dich kaum erkennen. Dann dieser Aufzug ...«

Ich lachte sie aus. »Ich möchte ja auch nicht erkannt werden, und wenn ich in den Augen dieser Leute jemals Respekt genossen habe . . .«

»Ich kenne dich, Dray Prescot, wenn du das Leben eines ganz normalen Bürgers führen müßtest, würdest du vor Langeweile sterben.«

»Das stimmt.«

Sie richtete sich auf und blickte mich schmollend an. »Also schön. Behalte den Bart um. Aber Tilly soll ihn wenigstens – ach, das habe ich ja vergessen.«

»Richtig. Unsere Freunde sind in ganz Kregen verstreut. Tilly hält sich bestimmt in Hyrklana auf.«

»Wir müssen ihnen helfen – ich bin überzeugt, Tilly will nach Hause zurückkehren. Valka ist jetzt ihre Heimat.«

»Wir werden helfen. Wir fangen damit an, sobald der Herrscher den Unsichtbaren Zwillingen durch den Allherrlichen Opaz gedankt hat.«

Ein Schatten huschte über ihr Gesicht, das für mich das schönste auf zwei Welten ist. »Ach, Dayra . . .«

Ich runzelte die Stirn. Ja, unsere Kinder Lela und Drak, Zwillinge wie Jaidur und Dayra, geboren während meines langen Aufenthalts auf der Erde. Zeg und schließlich Velia. Ich konnte mich nicht so um meine Kinder kümmern, wie es geboten gewesen wäre – und daran waren auch die Herren der Sterne schuld, die oft nach eigenem Gutdünken über mich geboten. – »Was ist mit Dayra?«

»Sie ist den Schwestern der Rose davongelaufen. Ich habe mit der . . . habe dort mit den maßgeblichen Leuten gesprochen und die Sache aus der Welt geschafft. Aber sie hat sich mit einer wilden Bande eingelassen. Seg und Inch haben sich bemüht, Informationen darüber zu sammeln. Segs Tochter Silda hatte ebenfalls vorübergehend mit diesen Leuten zu tun. Seg sorgte aber für ihre Rückkehr.«

Ich hatte mich umgedreht und starrte sie an, und während sie weitersprach, kroch die Röte in ihre Wangen, und sie wandte den Blick ab und fuhr hastig fort:

»Jedenfalls waren die Ermittlungen sehr schwierig und mußten geheimgehalten werden. Ich kann nur sagen, daß Dayra sich einbildet, in diesen Mann verliebt zu sein, der sich jeden Namen zulegt, der ihm gefällt. Niemand weiß genau, wer er ist – vermutlich kennt ihn Dayra näher als uns lieb ist.« Sie seufzte leise. »Aber was sollte ich tun?«

Meine Wut steigerte sich. – Gefaßt sagte ich: »Und das war das Problem, um das du dich kümmern mußtest? Mit Lela?«

»O nein.« Sie hob den Kopf. »Das ist inzwischen erledigt. Nun ja, mehr oder weniger. Dayra ist jedenfalls vom rechten Weg abgekommen. Das wollte ich dir klarmachen, als du eben sagtest, du möchtest nach Hyrklana reisen, um Tilly und Oby und Naghan die Mücke zu dir zu holen.«

»Ja, und die anderen versammeln wir auch wieder um uns. Aber ich verstehe, was du meinst.« Ich nahm den lächerlichen goldenen Helm ab und kratzte mir den falschen Bart. »Zuerst müssen wir Dayra finden – dann können wir uns um unsere Freunde kümmern. Hast du eine Ahnung, wo man mit der Suche beginnen sollte?«

»Die Bande ist viel herumgezogen und hat in den Tavernen Raufereien angefangen.«

»Verstanden.«

»Und Barty Vessler ist in Vondium, und sehr unglücklich. Er möchte mir zu gern helfen.«

»In Zairs Namen!« rief ich. »Wer ist Barty Vessler?«

Delia schüttelte den Kopf. »Du kennst doch den alten Strom Naghan Vessler. Den Strom von Calimbrev?«

»Oh! O ja! Barty Vessler ist also der Strom von Calimbrev. Warum ist er denn so unglücklich?«

Aber ich konnte es mir denken. Calimbrev ist eine Insel vor der Südostküste Vallias und etwa so groß wie Valka. Wenn dieser Vessler unglücklich war und uns helfen wollte, dann sicher nur deswegen, weil er und Dayra Freunde gewesen waren. Wahrscheinlich wollte der junge Mann sie sogar heiraten. Ich blickte Delia fragend an, die meine Vermutung mit einem Lächeln bestätigte.

»Ein charmanter junger Mann. Viele Leute halten große Stücke auf ihn. Behandle ihn wohlwollend.«

»Und er hat mit Dayras Verschwinden nichts zu tun? Mit ihrem seltsamen Umgang? Er ist nichts weiter als ein guter Freund?«

»Ja, davon bin ich überzeugt. Als sein Vater starb, hatte er Mühe, das Stromnat zu halten. Aber es ist ihm gelungen.«

»Gut für ihn.«

Der Gedanke, daß es ein Mann auf meine Tochter abgesehen hatte, ging mir schon ziemlich gegen den Strich. Ich dachte an den Meeres-Zhantil Gafard, den Kämpfer des Königs, der Velia geheiratet hatte, und seufzte . . .

»Wenn er nur halb der Mann ist, der Gafard war, ist wohl gegen ihn nichts einzuwenden – vorausgesetzt, du bist einverstanden.«

»Bei Opaz, mein Liebling! So klar ist die Sache noch gar nicht! Ganz und gar nicht!«

Die Prozession war riesig und von einzigartiger Pracht. Alles, was Rang und Namen hatte, war zur Stelle. Die Edelleute stellten sich ihrem Rang entsprechend auf und boten ein großartiges Bild – selbst ich hatte mich ja herausgeputzt. In den verschiedenen Tempeln fanden Dankgottesdienste statt, bei denen auch für die Errettung des Herrschers Dankgebete gesprochen wurden. Er, der alte Teufel, wahrte die ganze Zeit über den steinernen Gesichtsausdruck, hart und doch hochmütig, den Beifall der Massen genießend, jeden Blick, jede unterwürfige Geste registrierend, die Spreu vom Weizen trennend – jene, die für ihn waren, die gegen ihn standen und die Angehörigen jener dritten Gruppe, die sich vielleicht mit Gold beeinflussen ließen.

Weihrauchgeruch machte sich überall breit. Parfum überdeckte jene Gerüche, die vielleicht nicht so angenehm gewesen wären. Die Menschenmassen jubelten brausend. Es war eine überwältigende Zeremonie. Vondium sollte sehen, daß der Herrscher bei bester Gesundheit war.

Meine wenigen Freunde im Kreise des hohen Adels – etwa Lord Farris – wußten genau, daß ich bei solchen Gelegenheiten eher einem Graint glich, der sich einen Dorn in die Pfote getreten hat. Folglich bedachten sie meine prächtig herausgeputzte Gestalt lediglich mit einem Kopfnicken und Lächeln und machten weiter, ohne sich um mich zu kümmern. Was meine Feinde anging, so wurde ich von ihnen ignoriert, was mir nur recht sein konnte.

Auch Kov Layco Jhansi war anwesend, der Erste Minister des Herrschers. Er schien mit sich sehr zufrieden zu sein. Nachdem er die heilige Person des Herrschers gegen einen heimtückischen Angriff verteidigt hatte, stand er in hoher Gunst. Ich nickte ihm zu und wandte mich ab, und die Zeremonien nahmen ihren Fortgang.

Als alles vorüber war und ich sofort zum Palast zurückkehren wollte, um mich meiner lächerlichen Kleidung zu entledigen, hielt Delia mich am Arm zurück.

Ein junger Mann kam auf uns zu – schlank, geschmeidig, das braune Haar modisch, doch ansprechend geschnitten. Sein Gesicht schien frisch gewaschen zu sein und wirkte hellwach und fröhlich. Allerdings übersah ich die Furche zwischen seinen Brauen nicht, Zeichen innerer Nervosität, die er mannhaft zu überspielen suchte. Er trug graue, rote und grüne Farben, durchkreuzt von einem schwarzen Streifen, und als Symbol einen springenden Schwertfisch. Daran erkannte ich, daß er aus Calimbrev kommen mußte. Es handelte sich also um Barty Vessler, den Strom von Calimbrev.

Er verneigte sich. »Majestrix, Majister«, sagte er.

Wir standen auf einer Marmorplattform hoch über der jubelnden Menschenmenge, hinter uns die Säulen und Statuen des Tempels von Lio. Ein Stück entfernt machte eine Gruppe Edelleute Anstalten, in die Sänften oder Zorcakutschen zu steigen, um in ihre Villen auf den Hügeln zurückzukehren. Auf ihrer bunten Kleidung hoben sich die schwarz-weißen Abzeichen besonders deutlich ab, stolz, trotzig, arrogant.

Ich deutete mit einem Kopfnicken auf die Gruppe, die uns beobachtete. »Junger Barty, indem du mit mir sprichst, gewinnst du bei denen dort keine Freunde. Aber du bist willkommen.«

Überrascht hob er den Kopf. Man hatte ihm wohl allerlei über den wilden Klansmann eingetrichtert, aber so etwas hatte er nicht erwartet.

Die Schwarzweißen legen es darauf an, den Herrscher und seine Familie zu verdrängen. Und wie immer meine persönlichen Gefühle gegenüber dem Herrscher auch aussehen mögen, er ist mein Schwiegervater.

Das Rot seiner Wangen verriet ihn, doch er antwortete recht vernünftig – und bestimmt: »Ich bin auf Schlimmeres gefaßt, Prinz. Aber meine Sorge gilt einzig und allein Prinzessin Dayra.«

Ich sagte nicht: »Gut gesprochen, Bursche«, wie ich es früher wohl getan hätte. Der junge Mann mußte schon Taten vollbringen und nicht nur mit Worten um sich werfen, wenn er sich auf die Hand meiner Tochter Hoffnungen machen wollte.

Als Delia ihn einlud, uns in den Palast zu begleiten, hatte ich nichts dagegen. Wir fuhren in einer Zorcakutsche, die von Sarfi dem Peitschenschwinger gesteuert wurde. Unterwegs plauderte Barty auf das Höflichste mit uns, indem er sich nach den Mitgliedern unserer Familie erkundigte. Drak mußte sich noch in Valka aufhalten, denn Delia hatte ihn dort gesehen, als sie mich suchte. Ihre Aufregung, die Deb-sa-Chiu mir so bildhaft beschreiben konnte, hatte allein mir gegolten. Inzwischen wußte sie, daß ich dazu neigte, in den unmöglichsten Augenblicken zu verschwinden – wenn sie auch keine Ahnung hatte von meiner Verbindung zur Erde. Barty erkundigte sich nach Jaidur, und Delia erzählte ihm, der junge Bursche sei an einen Ort zurückgekehrt, den er gut kannte, um seinen Bruder Zeg zu besuchen. Daraus schloß ich, daß Jaidur ans Binnenmeer gereist war, einen Ort, von dem Barty gehört hatte, ohne viel darüber zu wissen. Unserer jüngsten Tochter Velia ging es ebenfalls gut; sie stand noch unter der Aufsicht von Tante Katri. Und Lela, nun, sie führte in Vallia ihr eigenes Leben. Und Dayra . . .?

»Ich habe etwas Neues erfahren, Prinzessin«, sagte Barty zögernd, während die Zorcakutsche am Kyro der Geizigen vorbeiratterte.

Delia beugte sich vor, und ich runzelte die Stirn. Barty saß uns gegenüber und faßte sich ein Herz.

»Man hat gesehen, wie sie durch Thengelsax reiste. Eine Gruppe verließ den Großen Fluß und mietete Zorcas. Sie wurde von einem Pferdeburschen erkannt, der früher im Palast arbeitete und in seine Heimatstadt zurückgekehrt ist.«

Ich unterdrückte die in mir aufkeimende Besorgnis – eine Sorge, die schon beinahe Angst war. Der ganze Nordosten Vallias hatte etwas dagegen, zum Vallianischen Reich zu gehören. Allerdings ging dieser Widerstand weitgehend auf Agitatoren zurück, die ihre eigenen Ziele verfolgten. Sie führten immer wieder Überfälle durch, und eine der Städte, in deren Umfeld sie am aktivsten auftraten, war Thengelsax. Der dortige Machthaber hatte sich bitterlich beschwert. Steckte meine Dayra mit diesen Grenzräubern unter einer Decke?

Es kam mir nicht wahrscheinlich vor, doch mußte ich mit der Möglichkeit rechnen, so wenig sie mir auch gefiel.

»Das war alles, Barty?«

»Alles, Prinz. Die Unruhen im Nordosten sind bekannt. Die Machthaber dort mögen uns nicht besonders.«

»Man muß damit rechnen«, sagte Delia mit ruhiger Bestimmtheit, »daß Dayra sich mit ihren . . . Freunden dorthin begeben hat, um Ärger zu machen. Die Worte schmerzen mich, aber sie entsprechen der Wahrheit.«

»Hör zu, Barty!« sagte ich und musterte ihn abschätzend. »Ich kenne den Trylon von Thengelsax. Er war heute hier, burschikos und mürrisch wie eh und je. Ered Imlien ist sein Name – er hat einen Groll auf mich, weil ich ihm einmal eine Reitgerte zerbrochen und vor die Füße geworfen habe. Er sagte mir schon, was du mir eben anvertraut hast – allerdings auf weniger taktvolle Art.«

Delia blickte mich an. Barty schluckte trocken.

»Wenn Dayra sich mit der Befreiungsbewegung für den Nordosten eingelassen hat, müssen wir das zur Kenntnis nehmen. Wir holen sie da heraus, und wenn ich ihr anschließend das Hinterteil versohlen muß, werde ich das auch tun.« Ich warf einen Blick in die Runde und atmete tief durch. »Ist dir bekannt, daß ich meine Tochter Dayra überhaupt noch nie gesehen habe?«

»Du bist ziemlich – streng mit ihr, Prinz«, stotterte Barty leise. Er begann mir zu gefallen.

»Natürlich. Das ist doch nur natürlich. Es bedeutet . . .«

Ich sprach nicht weiter. Hastig warf ich die Arme um Delia und stieß sie zwischen den Sitzen zu Boden.

»Runter, Barty!«

Der lange lohische Pfeil bohrte sich dumpf ins Holz der Kutsche. Die Federn an seinem Ende bebten von dem Aufprall. Sie waren purpurn eingefärbt und wirkten beinahe schwarz.

»Unten bleiben! Sarfi Peitschenschwinger!« brüllte ich so laut ich konnte. »Mach zu mit den Zorcas! Galopp!«

Die Kutsche ruckelte heftig in den Lederhalterungen. Der harte Hufschlag der Zorcas auf dem Straßenpflaster beschleunigte sich zu einem Stakkatorhythmus. Delia lag geschützt auf dem Boden der Kutsche, und Barty hatte sich ebenfalls hingeworfen, so daß ich nun nach vorn schauen konnte. Die Menschen brachten sich vor unserem dahinrasenden Gefährt in Sicherheit. Sarfi machte sich mit seiner Peitsche zu schaffen und setzte knallende Akzente in den allgemeinen Lärm. Wir passierten einen Shandishalah-Stand, dessen Gestank sofort von den Fischgerüchen der benachbarten Bude abgelöst wurden.

Wer immer da auf uns geschossen hatte, konnte keinen zweiten Pfeil plazieren – aber dann bremste ich meine törichten Gedanken. Es handelte sich um einen lohischen Pfeil.

Noch ehe ich brüllen konnte, noch ehe Sarfi seine Peitsche zum erstenmal ins Spiel bringen konnte, hätte ein Bogenschütze aus Loh uns mit drei weiteren Pfeilen eindecken können – Seg Segutorio vielleicht mit noch mehr Geschossen.

Der eine Pfeil hatte also genügt.

»Ich setze mich jetzt wieder hin«, sagte Delia. »Dann können wir uns die Botschaft ansehen.«

Barty und ich halfen ihr auf – eine überflüssige Geste, denn sie ist so geschmeidig wie ein irdischer Puma oder kregischer Chavonth –, und dann zogen wir den Pfeil aus dem Holz und entrollten das Papier, das am Schaft befestigt war.

Sarfi zog die Zügel kurz. Der Lärm ließ nach, und wir bogen nach rechts in den Boulevard der Gelben Risslacas ein. Die Schrift auf dem Papier entsprach dem wunderschönen kregischen Stil. Eine gebildete Hand hatte die Zeilen niedergeschrieben. Es war gutes Papier – aber nicht das hervorragende und rätselhafte Papier, das ich bei den Savanti nal Aphrasöe kennengelernt hatte.

Die Botschaft war an mich gerichtet: »Dray Prescot, Prinz Majister von Vallia, Hyr Kov von Veliadrin, Kov von Zamra . . .« Es folgte eine lange Reihe vallianischer Titel, die ich schnell überflog. Dann ging es weiter:

»Du, als Ziel eines einwandfrei aufgesetzten und bezeugten Vertrages, wirst hiermit von einer Unregelmäßigkeit in Kenntnis gesetzt. Es wäre geboten, daß du, Prinz Majister, zu einer Audienz bei Nath Trerhagen dem Aleygyn erscheinst, Hyr Stikitche, Pallan der Stikitche-Khand von Vondium.«

»Bei Vox!« rief Barty. »Was sich dieser Rast erdreistet! Ich habe von ihm gehört – Nath das Messer – und unterzeichnet mit seinen sinnlosen, blöden Titeln!«

»Blöd mögen sie ja sein – das gilt nämlich für die meisten Titel«, sagte ich gelassen. »Aber sinnlos geführt? Das möchte ich doch bezweifeln. Ist er nicht der berühmteste Stikitche-Mörder von Vallia?«

Ich sollte den Mann in einer Taverne mit dem Namen *Kugel und Kette* treffen, einen Steinwurf vom Tor der Schädel entfernt.

»Das Tor der Schädel?« fragte Delia. »Also, dorthin gehst du nicht. Das liegt ja in Draks Stadt.«

»Ich bin noch nie in dem Viertel gewesen. Könnte ganz interessant werden.«

»Aber Majister!« rief Barty. »Du kannst dich doch nicht einfach in die Gewalt solcher Schurken begeben, nur weil sie dir eine Einladung schicken. So etwas macht man nicht!« Sein Gesicht hatte sich gerötet.

Delia blickte mich nachdenklich an. »Barty – spar dir die Worte«, sagte sie zu dem jungen Mann. »Der Prinz geht in Draks Stadt, und das ist alles.«

Das war bei weitem nicht alles, was sie auch wußte. Hätte Delia mich ernsthaft aufgefordert, der Einladung nicht zu folgen, wäre ich nicht gegangen. Doch im Grunde wußten wir beide, daß es gewichtige Gründe gab, dem Ruf dieser Meuchelmörder zu folgen. Hätten sie mich umbringen wollen, wäre der Pfeil nicht ins Holz der Kutsche gefahren.

»Nun denn, Prinz«, sagte der junge Barty und umfaßte den Griff seines Rapiers. »Wenn das so ist, werde ich dich begleiten.«

Oho, sagte ich mir – vielleicht hat sich Dayra hier einen richtigen Mann eingefangen. Nun, der Beweis dafür würde nicht lange auf sich warten lassen.

4

Es gibt viele Naths auf Kregen – wohl weil der legendäre Held Nath allgemein beliebt ist und auf Kregen ähnliche Eigenschaften vereinigt wie der irdische Herkules bei uns. Es gibt gute und böse Naths, Helden und Feiglinge, ganz normale Männer und Männer mit einem Charisma, das die Grenzen zwischen Gut und Böse verwischt. Unter den vielen Naths gibt es außerdem viele, die Nath das Messer genannt werden.

Der Nath das Messer, um den es mir ging, hatte einen üblen Ruf, war aber zugleich sehr angesehen – eine marode Frucht, natürlich sehr gefürchtet, doch gleichzeitig ein Mann voller Rätsel, der sich bewußt stets im Hintergrund hielt.

In diesem Punkt blieb ihm auch nichts anderes übrig. Mörder können nun mal keine schicken Uniformen anlegen und dann ihrem Beruf nachgehen – sie hätten ihre Pläne in den seltensten Fällen verwirklichen können.

Es gelang mir nach einigem guten Zureden, Barty am Tor der Schädel zurückzulassen. Ich versüßte ihm die bittere Pille, indem ich es so darstellte, als müsse er Wache stehen und mir den Rücken freihalten. Er betastete sein Rapier und trat unruhig von einem Fuß auf den anderen. Wir hatten einfache Kleidung angelegt, ponchoartige Umhänge, unter denen unsere Waffen nicht zu sehen waren. Ringsum wogte der ewige Strom der Menschen, kommend und gehend, geschäftig, schreiend, streitend, stehlend, ihr Leben lebend.

»Aber ich habe doch gesagt . . .«

»Dafür danke ich dir, Barty. Aber ich bin ehrlich davon überzeugt, daß ich allein besser durchkomme.«

Wie Sie sehen, behandelte ich den jungen Mann sehr wohlwollend, wie Delia gebeten hatte.

»Das wäre also geregelt. Du bleibst hier und paßt auf!« Mit diesen Worten mischte ich mich unter die Menschenmenge am Tor und schritt los. Ich hatte keine Lust, ihm erklären zu müssen, worauf er aufpassen sollte. Ich wußte es nämlich selbst nicht.

Wenn ich in den nächsten Burs nicht zurückkehrte – was würde er tun? Irgendwann würden sich Soldaten und Söldner in die Altstadt wagen, aber nur in großer Kampfformation. Nicht daß sie von den Einwohnern von Draks Stadt übermäßig gehaßt wurden oder ihrerseits unnötige Zerstörungen anrichteten. Es lag nur daran, daß die normalen Gesetze Vondiums in der Altstadt nicht galten und daß die

Leute daran lieber nicht rührten. Schlafende Leem sollte man ruhen lassen.

Das Problem lag in dem Umstand, daß es Barty sich in den Kopf setzen mochte, mir allein zu folgen, wenn ich nach einer bestimmten Zeit nicht zurück war.

Das Gewirr nahm die Formen eines Hexenkessels an, sobald ich die Altstadt betreten hatte. Die Menschen drängten und schrien durcheinander, versuchten zu stehlen oder mit Gewinn zu verkaufen. Die Gerüche verstärkten sich. Viele Menschen lebten hier auf engstem Raum zusammen, in einer Atmosphäre der Verkommenheit, wie ich sie bisher selten erlebt hatte. Das Lärmen, Schieben, Schreien verschmolz – wie es so oft geschieht – zu einem Bild, das aus der Entfernung eine gewisse romantische Anziehung ausüben mochte. So konnte man sich eine funkelnde barbarische Stadt vorstellen, die achtlos dem Trinken, Huren und Lachen verfallen war, sorglos dahintreibend, angefüllt mit Beutelschneidern und halbnackten Kindern, die früh auf die Straße geschickt wurden.

Ich schob mich über den Kyro der Verlorenen Seelen und versuchte unnötigen Problemen aus dem Wege zu gehen.

Die Taverne mit dem Namen *Kugel und Kette* sah aus, als würde sie nur durch die an der Tür Lehnenden aufrechtgehalten. Ich blieb vor dem Stand eines Mannes stehen, der gebrauchte Sandalen verkaufte. Im gleichen Augenblick spürte ich eine schmale und unglaublich geschickte Hand am Gürtel, die es auf meinen Lederbeutel abgesehen hatte. Im gleichen Augenblick entdeckte ich Barty, der sich mit rotem Gesicht keuchend durch die Menge drängte, um mir durch den Lärm etwas zuzubrüllen.

Ich packte die dünne Hand und zerrte daran.

Ein kleines zerlumptes Mädchen wirbelte um mich herum. Sie hatte langes braunes Haar und ein verschmutztes Gesicht. Ich betrachtete sie streng.

»Sieht so aus, als hätte der Langfingrige Diproo dich im Stich gelassen, Shishi.«

»Laß mich los!« Sie begann zu schreien.

In diesem Augenblick spürte ich eine zweite Hand, die sich auf den Weg zu den Schnüren meines Geldbeutels machte. Ich zerrte das Mädchen zur Seite, drehte mich und schnappte mir einen Jungen, der vermutlich ihr jüngerer Bruder war. Kopfschüttelnd betrachtete ich die beiden.

Sie waren Produkte dieser Stadt, zwar frei und nicht versklavt, doch auf die Dieberei angewiesen. Wie sah die Zukunft dieser und tausend anderer Kinder in der Altstadt aus? Tausend? Es mußte viele tausend halbnackter Jugendlicher geben, die frei in Draks Stadt herumliefen.

Barty drängte sich zu mir durch, wobei er beinahe seine braune Decke verloren hätte, an die er sich noch nicht gewöhnt hatte. Er sagte, daß er die beiden jungen Diebe den Behörden übergeben wolle.

»Behörden gibt es in Draks Stadt nicht«, sagte ich. »Die Macht geht einzig und allein von den Leuten aus, die Diebe wie diese beiden beschäftigen.«

Ohne das Mädchen loszulassen, zog ich einen Silber-Sinver aus meinem Beutel und gab ihn ihr. »Und jetzt fort mit euch, ihr kleinen Gauner – möge Diproo euch das nächstemal gewogen sein.«

Das Mädchen sah mich an. Ihr braunes vallianisches Haar, ihre braunen Augen – ihre Hagerkeit konnte nicht verbergen, daß sie eines Tages eine Schönheit sein würde.

»Ich danke dir, Dom. Würdest du mir deinen Namen sagen?«

»Ich bin Jak Jakhan. Es ist nicht wichtig.«

Barty, der neben mir zu Atem zu kommen versuchte, flüsterte mir zu: »Sollten wir uns bei ihr nicht nach der *Kugel und Kette* erkundigen – und nach Nath dem Messer? Vielleicht kann sie uns nützliche Informationen geben.«

Barty wollte mir helfen.

»Ich heiße Ashti«, sagte das Mädchen, »und mein Bruder Naghan – und wir danken dir. Möge Corg dir mit seiner Brise beistehen.«

Barty war ein Strom, ein Titel, der ungefähr dem eines irdischen Grafen entspricht. Als Edelmann kam er sich in dieser ungezügelten Welt wie ein gestrandeter Wal vor. Mit weit aufgerissenen Augen verfolgte er das ringsum ablaufende Geschehen, wobei er die rechte Hand unter dem Poncho verborgen hielt.

»Komm!« sagte ich. »Wir können hier nicht stehenbleiben. Wir würden bald von Kindern belästigt, die ebenfalls einen Silber-Sinver haben wollten.« Wir näherten uns der Taverne.

»Ich wollte eigentlich nur fragen, worauf ich eigentlich aufpassen sollte, Prinz . . .«

»Jak Jakhan.«

»Was?«

Ich lachte nicht. »Du hast so etwas noch nicht getan, das merkt man.«

Ein breiter Karren stand vor der Taverne. Käfige voller Enten wurden abgeladen. Es lag auf der Hand, was hier demnächst auf der Speisekarte stehen würde.

»Schau!« sagte ich und deutete auf eine auf der anderen Straßenseite liegende Taverne mit dem Namen *Die gelbe Rose.* »Du setzt dich dort an ein Fenster und hältst dich aus allem Ärger heraus. Und keine Würfelspiele! Dabei würdest du doch nur dein letztes Hemd verlieren.«

»Ich denke, du bist noch nicht in Draks Stadt gewesen.«

»Bin ich auch nicht. Aber solche Stadtviertel ähneln sich. Es gibt sie oft in den Ländern von Paz.«

Barty raffte seinen Umhang hoch und machte Anstalten, die Straße zu überqueren. Dabei wurde er beinahe von einem Quoffa-Karren umgefahren. Gleichzeitig versuchte ein dünner, pickeliger Jüngling seine Geldbörse an sich zu bringen. Im letzten Augenblick fuhr Barty herum und verscheuchte den Dieb mit einem lauten Schrei. Ich atmete langsam wieder aus. Ich hätte den jungen Mann nicht mitbringen dürfen. Aber nun war er hier. Ich setzte mein grimmiges Gesicht auf, zog die Schultern ein wenig hoch und betrat gebeugt die *Kugel und Kette.*

Es bereitet mir eine gewisse Freude – vielleicht hat auch Schadenfreude damit zu tun –, in diese Verkleidung zu schlüpfen. Es gelingt mir immer wieder, wie ein begriffsstutziger Bauer auszusehen. Es gibt Leute, die meinen, so etwas mache mir wirklich keine Mühe. So schlurfte ich über den mit Sägespänen bedeckten Boden, den Umhang eng um mich gerafft.

Der Wirtsraum war niedrig gebaut und noch ziemlich leer. Überall standen Tische und Bänke. Auf zwei Seiten verlief oben ein Balkon, von dem in regelmäßigen Abständen Türen in die hinteren Räumlichkeiten führten. Sklavinnen huschten hierhin und dorthin und füllten Bierkrüge nach. Für Wein war es noch zu früh. Ich ließ mich mit dem Rücken zur Wand nahe der Tür nieder und versuchte eine Stellung zu finden, in der mein Langschwert nicht zu auffällig in die Gegend ragte.

Draußen begann es zu regnen – ein Schauer, der sofort eine schimmernde Patina über alle Gegenstände legte.

Ein Mädchen näherte sich mit einer Kanne und füllte mir meinen Krug nach. Ich gab ihr einen Kupfer-Ob und streckte die Füße aus, bereit, mich ein wenig zu entspannen. Dann zog ich die Stiefel schnell wieder zurück. Es handelte sich um erstklassige Lederstiefel, auf die jemand ein Auge werfen mochte, wenn ich sie zu naiv zur Schau stellte. Ich war fremd hier und deshalb ein Kandidat für rauhe Scherze. Barty machte mir Sorgen. Ich hätte ihn zum Tor der Schädel zurückschicken sollen.

Nath das Messer, der Anführer der Mörder, hatte sich so dicht an den Außenmauern der Altstadt mit mir verabredet, um mir zu zeigen, daß er mir vertraute. Seine Schlupflöcher lagen bestimmt tiefer in Draks Stadt. Er wagte sich auf einen Steinwurf an die Mauern und das Tor heran, als Zeichen, daß er mit mir reden wollte. Das begriff ich. Wollte man versuchen, mich zu töten, hätte man nicht um die Unterredung gebeten.

Ehe ich selbst die Initiative ergreifen und mich in der

Schänke etwas umsehen konnte, kam das Serviermädchen an meinen Tisch.

»Koter Laygon der Strigicaw erwartet dich oben, Herr.« Sie blickte mich nervös an. »Dritte Tür.«

»Er kann warten, bis ich mit meinem Bier fertig bin.«

»Er ist . . . er wird dir die Haut bei lebendigem Leib abziehen, Herr, wenn du nicht . . .«

»Bist du sicher, daß er mich erwartet?«

»O ja. Ganz sicher.«

»Was ist er für ein Mann? Erzähl mir von ihm!«

Ich zog einen Silber-Sinver aus meinem Geldbeutel. Sie erbleichte und wich zitternd zurück.

»Nein, nein Herr!« sagte sie entsetzt. »Kein Geld! Sie beobachten mich – sie wissen, was du von mir verlangst . . .«

Mit ausgebreiteten Armen wich sie zurück und rannte dann davon, wobei ihre nackten Füße durch die nassen Sägespäne patschten. Unter gesenkten Augenbrauen hervor blickte ich zum Balkon hinauf. Dort oben mochte sich hinter jedem von hundert Astlöchern ein spionierendes Auge befinden.

Ich verschob meinen Sitz, um einen besseren Halt an der Mauer zu finden. Ein leises Geräusch, kaum mehr als das verstohlene Kratzen eines Woflo hinter einer Wandverkleidung, ließ mich nach unten blicken.

In der Mauer hatte sich ein schmaler Schlitz aufgetan. Zwei Scherenspitzen ragten hervor und tasteten herum. Langsam näherten sie sich mir. Hätte ich mich nicht bewegt, wäre der Bursche am anderen Ende der Schere mühelos an meine Geldbörse herangekommen und hätte sie abgeschnitten.

Ich griff nach meinem halbvollen Bierkrug.

Zweifellos besaß der Bursche eine ganze Serie verschiedener Werkzeuge, die er an der Schere festmachen konnte. Bei dem Lärm, der normalerweise in einem Wirtshaus herrschte, konnte er wohl auch mit einem Bohrer arbeiten, ohne daß es auffiel.

Mit fließender Bewegung fuhr ich herum und schleuderte das Bier in den Schlitz.

Ein Klatschen, ein überraschter Aufschrei, eine Folge feuchter Schluckgeräusche – dies alles besserte meine Laune sehr. Eine ziemlich kleinkarierte Rache, aber sie gehörte zur bunten Vielfalt des kregischen Lebens.

Ich beugte mich zu dem Wandschlitz hinab und sagte mit fauchender Stimme: »Du kannst Opaz danken, daß es nur Bier war und keine Klinge.«

Dann stand ich auf, warf mir den Umhang um die Schultern und ging zur hinteren Treppe.

Auf der linken Schulter hatte ich einen Köcher mit sechs Terchicks angebracht, den kleinen Wurfmessern der Klansleute, auch oft »Deldar« genannt. Ein Klankämpfer vermag eine solche Waffe links- oder rechtshändig vom Rücken einer galoppierenden Zorca aus zu werfen und damit ins Auge eines Chunkrah zu treffen. Auch die Frauen der Großen Ebenen benutzen den Terchik mit großem Geschick.

Von zahlreichen Blicken verfolgt – sicher hatte Nath Trerhagen überall seine Helfer postiert – erstieg ich die Treppe und näherte mich vorsichtig der dritten Tür, bereit, zur Seite zu springen und meine Waffe zu ziehen, oder ein Lächeln aufzusetzen, Llahal zu sagen und mir anzuhören, was man von mir wollte.

Die dritte Tür ging auf einen schmalen Korridor, der durch eine regenfeuchte offene Passage ins benachbarte Gebäude führte. Damit hatte ich nicht gerechnet.

Ade, Barty! Er konnte die *Kugel und Kette* beobachten, bis er schwarz wurde.

Ich ging weiter. Meine Überzeugung, daß die Stikitches mich nicht umbringen wollten, geriet nicht ins Wanken. Wozu sonst diese umständliche Kontaktaufnahme? Ich hatte mit Mördern dieser Gilde schon zu tun gehabt.

Zwei Männer in zerlumpter Prunkkleidung erwarteten mich an der gegenüberliegenden Tür. Sie trugen drei purpurne Federn demonstrativ auf der Brust. Ihre Rapiere steckten locker in den Scheiden. Ihre Gesichter waren düster und abweisend; trotzdem begrüßten sie mich mit einer gewissen Gelassenheit. Offensichtlich sollten sie mich nur weiterleiten.

»Laygon der Strigicaw?« fragte ich.

»Er wartet auf dich, Dom. Hier entlang.«

Wir betraten das Gebäude und durchschritten staubige, offensichtlich wenig benutzte Gänge. Dann stiegen wir eine Treppe hinab. Ich hatte das Gefühl, daß wir uns noch immer ein Stockwerk über der Straßenebene befanden; allerdings waren alle Fenster mit zerrissener Sackleinwand verhängt.

Öllampen erleuchteten den staubigen, halb zerstörten Raum, in den ich schließlich geführt wurde. In der Altstadt gingen so manche Häuser mangels Pflege zugrunde, ehe sie eingerissen wurden. Neubauten gab es nur selten und dann ohne jede Planung.

Es roch muffig. In den Lichtkegeln der Lampen bewegten sich Staubpartikel.

Vor eine Ecke war ein Tisch gezogen worden, davor stand ein Stuhl mit hoher Lehne. Hinter dem Tisch saßen drei Männer und eine Frau. Sie alle trugen Stahlmasken. Ihre Kleidung war bis auf die drei purpurnen Federn ganz unauffällig.

Meine beiden Begleiter deuteten auf den Stuhl, und ich setzte mich.

Einen Augenblick lang herrschte Stille.

Dann sagte die Frau: »Llahal, Dray Prescot.«

»Stikitches mag ich nicht«, antwortete ich. »Ihr habt mich herbestellt. Ich soll Nath das Messer sprechen. Ist er hier? Versteckt er sich hinter eine Maske?«

Der links sitzende Mann sagte mit einer Stimme, die wie reißendes Eisen klang: »Ich bin hier. Aber du sprichst mit Laygon dem Strigicaw.«

»Wer ist das?«

Der rechts sitzende Mann meldete sich: »Hier.« Seine Stimme klang weicher, besänftigt wie von Roastbeef und altem Portwein.

»Also, Laygon, dann sprich!«

»Du bist Prinz Majister von Vallia. Die Gesetze Vondium und Vallias gelten in Draks Stadt nicht.«

»Mir sind Gesetze gleichgültig, die man nicht durchsetzen kann. Sagt mir, was ihr wollt!«

Die Frau schaltete sich ein; ihre Stimme klang flach, als habe sie Schwierigkeiten beim Atmen. Vielleicht lag es an der schlechten Luft. »Du solltest lieber deine Zunge hüten, sonst . . .«

»Sagt mir, was ihr wollt! Kommt endlich zur Sache!«

Nath das Messer nickte, und seine Stahlmaske funkelte im Lampenschein. Ich betrachtete die Gestalten vor mir, ihre Körper, ihre Hände, ihre Haltung, die Art und Weise, wie sie die Köpfe bewegten.

»Sag es ihm, Koter Laygon!«

»Es geht darum, Dray Prescot, daß ein Bokkertu gegen dich vereinbart und besiegelt worden ist. Für uns bist du ein toter Mann, der für die Eisgletscher Sicces bestimmt ist.«

»Ich glaube, zwölf von euch haben das schon versucht und trieben dann im Kanal. Auch ich kann ein gültiges Bokkertu verfassen.« Mit dem Wort »Bokkertu« beschreibt man auf Kregen, wie Sie wissen, jede Art von vertraglicher Vereinbarung. – Laygon sprach weiter, und wenn ihm warm wurde, so konnte es mir nur recht sein.

»Ich habe diesen Auftrag gegen dich übernommen. Du bist mein Ziel. Aber . . .« Er hielt inne.

Dem fröstelnden Ernst der Lage konnte ich mich nicht entziehen. Diese Männer waren gefährliche Mörder, tödlich wie Leems. Sie würden töten, ohne zu zögern – aber natürlich wollten sie für ihre Arbeit gut bezahlt werden.

Mit schwerer Betonung fuhr Laygon fort: »Die Hälfte des Betrages ist bezahlt worden. Bis jetzt habe ich den Auftrag nicht ausgeführt.« Wieder hielt er inne, als erwarte er von mir eine Bemerkung. Doch ich schwieg weiter. »Die Unregelmäßigkeit besteht darin, daß unser Auftraggeber tot ist. Wir werden den Rest unseres Honorars nicht erhalten.«

Ich rutschte ein Stück auf meinem Stuhl zur Seite, um zu sehen, wo meine beiden Begleiter abgeblieben waren.

Laygon sprach weiter, und wieder lag unterdrückte Wut in seiner Stimme. »Der Aleygyn ist über diese Lage nicht erfreut. Die Stikitches von Vondium genießen den denkbar besten Ruf. Unsere Ehre steht auf dem Spiel.«

»Ich will nicht fragen, bei wem ihr in so hohem Ansehen steht«, sagte ich und schwenkte leichthin die Hand. »Vermutlich bei der Rasts der Misthaufen.«

Keine Reaktion. Das mußte ich ihnen zubilligen.

»Du bist ein toter Mann, Prinz Majister . . .«

»Ashti Melekhi ist tot«, unterbrach ich ihn. »Wollt ihr umsonst arbeiten?«

Nath das Messer, offensichtlich der wichtigste Mann im Raum, neigte seine Maske in meine Richtung und sagte barsch: »Wir nennen keine Namen.«

»Das mag sein. Aber es ändert nichts an der Tatsache, daß ihr umsonst arbeiten müßtet.«

»Genau. Wir bieten dir folgendes: du zahlst uns den Rest des Honorars, und der Kontrakt gilt als abgeschlossen. Zahlst du nicht, erfüllen wir ihn.«

Ich neigte mich ein wenig zur Seite. Der Stuhl fühlte sich seltsam wackelig an, als stünde er nicht fest auf dem Boden. Wahrscheinlich handelte es sich um einen Trickstuhl auf einer Falltür. Ich würde schnell handeln müssen.

»Von einem Betrag ist noch nicht gesprochen worden.«

»Zehntausend Gold-Talens.«

Ich unterdrückte die in mir aufkeimende Wut. »Ich bin es nicht gewöhnt, mein Leben mit Gold auszulösen.«

»Einmal ist immer das erste Mal.«

Nath das Messer war ein interessanter Bursche. Er ließ sich durch meine groben Bemerkungen nicht aus der Reserve locken. Er wollte sein Geld, sonst würde er mich umbringen.

»Es liegt auf der Hand, daß du mich kennst, denn dein Bogenschütze hat deine Botschaft beim richtigen Mann abgeliefert. Andererseits will mir scheinen, daß du mich nicht richtig kennst.«

»Wir wissen, daß du in gewissen Kreisen einen guten Ruf genießt«, sagte die Frau und beugte sich vor. »Aber wir haben auch Informationen, daß dieser Ruf auf Täuschung beruht, auf dem Umstand, daß du Prinz Majister bist. Logischerweise muß der mächtigste Prinz von Vallia auch ein großartiger Krieger sein, ein Hoher Jikai, denn etwas anderes würde das große Reich in negativem Licht dastehen lassen.«

»Eine hübsche Theorie«, sagte ich.

»Du zahlst also die fünftausend Gold-Talens und darfst weiterleben. Abgemacht.«

Ich überlegte. Kein Zweifel, die vier glaubten an ihre Geschichte. Andernfalls hätten sie den Kontrakt auf mein Leben niemals akzeptiert. Ich habe mir ein gewisses negatives Image zugelegt, wie Sie selbst wissen, und es gab auf Kregen Orte, an denen niemand – nicht einmal ein tobender Idiot – auch nur mit dem Gedanken spielen würde, einen Anschlag auf mein Leben zu versuchen. Aber Vondium, die Hauptstadt des Vallianischen Reiches, gehörte nicht zu diesen Orten.

Die vier Leute hinter dem Tisch glaubten die Angelegenheit geklärt. Sie begannen sich zu bewegen, wollten aufstehen, um sich zu entfernen. Meine beiden Begleiter traten einen Schritt zurück. Ich zog die Füße unter mich, bereit zum Sprung, und starrte meine Gegenüber an.

»Abgemacht? Ihr Onker, ich würde euch nicht mal einen halben Toc zahlen!«

Die vier erstarrten, als hätte ich sie mit der Lanze aufgespießt. Sie bildeten den Hohen Rat der Mördergilde von Vondium. Sie geboten über eine unvorstellbare Macht. Einen verräterischen Herzschlag lang wollten sie nicht glauben, daß sie richtig gehört hatten.

Der Frau stockte der Atem, dann beugte sie sich vor, und ihre Hand zuckte in meine Richtung. Edelsteine blitzten auf.

Nath das Messer hielt sie zurück. Laygon der Strigicaw begann zu fluchen und griff an seinen Gürtel. Der vierte Mann, der bis jetzt noch kein Wort gesagt hatte, hielt sich auch in diesem Augenblick zurück.

Mir ging auf, daß diese Mörder nicht imstande waren, die komische Seite der Situation zu erkennen. Sie hielten sie für alles andere als lustig. Ich, Dray Prescot, Lord von Strombor und Krozair von Zy, hätte mich dagegen ausschütten können vor Lachen.

Was hätten wohl meine wilden Djangs dazu gesagt – ihr König wurde feierlich aufgefordert, eine große Summe zu zahlen, damit jemand so nett war, ihn nicht umzubringen! Sie würden brüllen vor Lachen.

Die Öllampen flackerten. Im Augenblick der überraschten Stille klang das Rauschen des Regens lauter.

Dann sagte Nath das Messer mit seiner eisernen Stimme: »Du wirst bezahlen. Du wirst bezahlen – oder du bist tot.«

»Keinen halben Toc!« wiederholte ich.

Dabei ging mir auf, wie sinnlos die Äußerung überhaupt war. Ein Toc ist eine winzige Werteinheit, ein Sechstel eines Ob, wer sollte sich die Mühe machen, diese Münze noch zu halbieren? – Im nächsten Moment ächzte der Stuhl unter mir und verschwand rücklings in einem großen schwarzen Loch. Ich schnellte empor, auf sicherem Boden landend, und nackter Stahl zuckte im Lampenschein.

Nun kamen wir der Sache näher ...

5

Der Klappstuhl verschwand in der schwarzen Öffnung. Meine beiden Führer waren überrascht, daß ich nicht mit untergetaucht war, zogen aber schnell ihre Rapiere. Sie waren Stikitches und daher erfahren im Umgang mit den Waffen. Wortlos stürmten sie auf mich ein, entschlossen, sich ein wenig von Laygons Honorar zu verdienen.

Meine Füße prallten auf den Holzboden, und Staub wallte empor. Der ganze Boden ächzte; das Haus war so baufällig wie die wurmzerfressene Hülle des Schwertschiffs *Gull-i-mo.*

»Streckt ihn nieder!« knirschte die eiserne Stimme. »Er widersetzt sich einer Ehrenregelung, jetzt muß er die Strafe zahlen.«

Ich zog mein Rapier – eine gute Klinge, wenn auch keine Spitzenwaffe. Ich hatte in Draks Stadt nicht weiter auffallen wollen.

Die beiden Mörder griffen sofort mit ihren vier Klingen an, während ich die Main-Gauche noch in der Scheide ließ. Allerdings trugen Barty und ich je ein erstklassiges Kettenhemd. Delia und ich bewahrten mehrere Exemplare im Safe unserer valkanischen Villa in Vondium auf und sorgten dafür, daß das Schutzgewebe stets gut geölt war. Ein solches Metallhemd kostete mehr, als ein Arbeiter in seinem ganzen Leben verdienen konnte.

Klingen prallten klirrend aufeinander, und Licht funkelte auf dem Stahl.

Ich sprang zurück, hieb zu, fintete und behielt dabei die vier Gestalten hinter dem Tisch im Auge. Von ihnen ging die eigentliche Gefahr aus.

Einer meiner Gegner glaubte besonders geschickt zu sein und griff von unten an. Sein dunkles Gesicht starrte zu mir empor. Er versuchte den linken Dolch in die Höhe zu halten, um damit jeden meiner abwärts gerichteten Hiebe zu parieren, und wollte mich dann mit dem Rapier durchbohren. Gleichzeitig bedrängte mich sein Gefährte heftig.

Ich sprang vor, stieß zu und traf hoch an einer Schulter oberhalb des Panzers. Ein Schmerzensschrei scholl, ich zog die Waffe zurück und versetzte dem geduckten Mann gleichzeitig einen Tritt auf die Nase. Seine Klinge zischte an mir vorbei. Mit bluttriefender Nase wankte er zurück.

Ich ließ meinen Schwertgriff nach links und rechts zukken, traf die beiden an den Köpfen und sprang zurück. Ein Dolch zischte dort vorbei, wo ich eben noch gestanden hatte.

Die beiden Kämpfer lagen hilflos am Boden. Die Frau verharrte in der Wurfposition hinter dem Tisch, zu dem ich nun herumfuhr.

Einer der Stikitche war fort. Eine Tür links in der Ecke schloß sich soeben hinter ihm. Es war der Mann, der die ganze Zeit kein Wort gesagt hatte.

Laygon und Nath hatten ihre Klingen gezogen, rührten sich aber nicht, denn sie hatten offensichtlich damit gerechnet, daß der Dolch der Frau mich treffen würde. Jetzt fuchtelte ich ihnen drohend mit dem Rapier vor der Nase herum.

»Ich will niemanden töten, auch wenn ihr das, bei Opaz, wahrlich verdient hättet! Aber ich bin bereit, euch zu schonen, um mir künftigen Ärger zu ersparen.«

Ich weiß, ich weiß. Das war keine sehr intelligente Äußerung. Doch ich hatte in Vallia noch zu tun und wenig Lust, ständig eine Horde übelwollender Stikitches im Nacken zu haben, die mich viel Mühe kosten würden. Wenn ich diese Leute zu der Einsicht bringen konnte, daß sie nicht weit kamen, wenn sie mich umbringen wollten, hatte ich schon viel erreicht.

In diesen Worten kommt natürlich der neue Dray Prescot zum Vorschein, aber . . .

»Du wirst sterben – hier und jetzt!« In Naths eiserner Stimme lag kein Zögern. In seiner wenig wendigen Art begriff er gar nicht, warum das, was er sich wünschte, nicht schon längst eingetreten war.

Nath und Laygon schritten um die Enden des Tisches, um mich in die Zange zu nehmen. Kein Zweifel, sie waren Hyr-Stikitches, erstklassige Schwertkämpfer. Das Töten war ihr Geschäft, aus dem sie bestimmt eine Kunst gemacht hatten.

»Wenn es sein muß, töte ich euch«, drohte ich. »Aber überlegt euch eins. Wenn ihr mich hier und jetzt umbringt, habt ihr keine Chance mehr, einen neuen Kunden zu gewinnen. Niemand wird euch ein Honorar für meinen Tod bieten.«

Meine Worte waren spöttisch gemeint. Aber die Stikitches

antworteten nicht, sondern drangen weiter gegen mich vor.

Die Frau bildete in diesem Augenblick die größte Gefahr. Irgendwo am Leibe trug sie bestimmt weitere Dolche. Ich würde flink herumspringen müssen, und es bestand die Gefahr, daß die beiden hervorragenden Kämpfer mich voll mit Beschlag belegten. Zeit für ein Remberee.

Am besten das Fenster . . .

Es hatte keinen Zweck, über den regenfeuchten Quergang in die *Kugel und Kette* zurückzukehren. Es blieb mir also nur das Fenster.

Allmählich erwachte die Frau wieder zum Leben. Ihre Hand zuckte vor. Stahl funkelte.

Meine linke Hand fuhr an den Hals, meine Finger griffen zu, ruckten herab und schickten einen Terchick auf den Weg.

Wie ein unbeirrbares Insekt bohrte sich die Spitze der Waffe in den rechten Oberarm der Frau. Sie schrie nicht etwa auf, sondern ächzte nur heiser und begann zu taumeln. Der Dolch fiel ihr aus den leblosen Fingern.

»Ich würde dich um Verzeihung bitten, meine Dame«, sagte ich, »wenn du nicht zu den Stikitches gehörtest. So kannst du meinetwegen in einer herrelldrinischen Hölle verfaulen!«

Im nächsten Augenblick hatten mich die beiden Männer erreicht. Ich zog meine Main-Gauche und stürzte mich ins Getümmel.

Als sich die Klingen zum erstenmal kreuzten, kam mir allerdings ein Gedanke, der mich dermaßen alarmierte, daß ich in meinem Bemühen nachließ und verzweifelt durch den Raum zurückweichen mußte, um nicht aufgespießt zu werden. Mein Ziel war das Fenster.

Was für ein Onker ich doch war!

Diese Männer hielten mich für einen Krieger, der in einer Aura übertriebenen Ruhms durchs Leben ging, eine Erfindung der Publicity-Maschine des Vallianischen Reiches. Sie hatten zweifellos gesehen, wie ich die Schänke betrat, und glaubten mir die Rolle, die ich spielte. Die Frau hatte mich die ganze Zeit mit größter Verachtung behandelt. Dabei begann ich jetzt langsam warm zu werden, frei von Gerede und Intrigen war ich voll damit beschäftigt, mich auszutoben und jener bösen Freude zu erliegen, die mir das Kämpfen – das muß ich zu meiner Schande gestehen – manchmal bereitet. Aber! Wenn diese Männer sich klar machten, daß ich mich auf den Umgang mit dem Schwert verstand, würde dies mein künftiges Leben sehr erschweren. Dabei galten alle meine Anstrengungen der Zukunft.

Das ganze Gerede, meine Untätigkeit – dies alles war darauf angelegt, mir in Vallia ein wenig Ellbogenfreiheit zu verschaffen. Ich hatte keine Lust, die Arbeit, die mir bevorstand, mit einer Horde von Mördern im Nacken zu tun. Wenn ich diese Stikitches umbrachte, würden neue kommen . . .

Daß meine Überlegungen richtig waren, wurde mir im nächsten Augenblick bestätigt.

»Es stimmt!« brüllte Laygon. »Wir haben Berichte von unseren Spionen erhalten. Die zwölf, die getötet wurden und mit denen du dich brüstest, wurden von deinen Freunden umgebracht! Du hast nicht mal deine Klinge gezogen!«

Damit hatte er recht.

»Stirb wie ein Mann!« grollte Nath das Messer und machte Anstalten, mich zu umgehen.

»Ich habe Glück gehabt mit dem Messer«, sagte ich, wich zurück, wobei ich mich mit einem kurzen Blick über die Schulter orientierte. Mein Ziel war ein mit Sackleinen verhängtes Fenster. »Aber ihr seid Hyr-Stikitches und versteht euch auf euer übles Geschäft. Mein Gold bekommt ihr aber nicht, ihr Cramphs!«

Jetzt hatte ich das Fenster erreicht und fuhr herum.

»Meine Haut auch nicht!«

Mit einem riesigen Satz hechtete ich durch die Öffnung. Hals über Kopf stürzte ich durch den Regen. Ich mußte auf den Füßen landen, abrollen, aufspringen, bereit zum Kampf.

Statt dessen segelte ich aus dem Fenster und – *patsch!* – auf einen Wagen mit Mist, der durch die Gasse rumpelte.

Jauche spritzte empor. Der Gestank fiel mich an wie mit Klauenfingern. In aufsteigender Übelkeit wälzte ich mich in der stinkenden, klebrigen Sammlung aus hundert Senkgruben und Viehställen herum. Ich wirbelte mit Armen und Beinen und hörte es platschen und gluckern.

Der Mann auf dem Kutschbock brüllte los, als die Jauche ihn im Nacken traf.

Ich stemmte ein Knie gegen das verfaulte Holz des Wagens und richtete mich auf.

Über mir starrten drei Gesichter durch das zerfetzte Sacktuch. Das Gesicht der Frau war wie das der anderen hinter der Stahlmaske verborgen, doch ich glaubte sagen zu können, daß sie bleicher war als normal. Ich hoffte es jedenfalls. Flugs ließ ich mich vom Wagen rollen.

Nath schrie: »Ergreift ihn! Hoho, Stikitches! *Tötet ihn!*«

Regen platschte auf das Kopfsteinpflaster. Obwohl er mir die Jauche von den Kleidern wusch – ich stank entsetzlich. Der Karren verschwand um eine Ecke. In den dunklen Türen der Straße erschienen Männer und Frauen. Hinter der nächsten Ecke befand sich der Haupteingang zur *Kugel und Kette,* und wenn ich diese Richtung einschlug, würde Barty aus der *Gelben Rose* stürmen, bereit zum Kampf – und zum Sterben.

Ich nahm also die andere Richtung, doch bei allen verfluchten Geistern Sicces – da kam doch Barty um die Ecke und rannte mit rotem Gesicht brüllend hinter mir her, das Rapier blank in der Hand! Bei Zim-Zair! Innerlich stöhnte ich auf. Jetzt war es um uns geschehen!

»Ich bin bei dir, Pri ... Jak!«

»Na, dann bleib bei mir!«

Die drei Stahlmasken verschwanden vom Fenster. Einige Männer eilten in den Regen hinaus. Sobald sich die Lage klärte, würden alle möglichen Schurken auf uns Jagd machen – schon um des Spaßes willen. Ganz zu schweigen von den Stikitches.

»Hier entlang, Barty! Und steck das verdammte Schwert weg! Nimm die Beine in die Hand!«

Wir hasteten durch den Regen, das Tor der Schädel hinter uns lassend, durch eine Nebenstraße, die parallel zur Mauer verlief. Die Mauern der Altstadt Vondiums zeichnen sich vor allem durch ihr großes Alter und ihre Zerfallenheit aus. Trotzdem bilden sie eine sehr reale Trennlinie, eine Barriere zwischen dem Alten und dem Neuen.

Menschen starrten uns nach. Auf eine Weise war der Regen ein Vorteil für uns. Er hatte viele potentielle Zuschauer und Zeugen in die Häuser getrieben, so daß wir freies Feld hatten. Doch in anderer Hinsicht – die nach meinen Begriffen schwerwiegender war – hatte er auch zur Folge, daß viel weniger Leute unterwegs waren und wir nicht im Gedränge untertauchen konnten.

So suchten wir unser Heil in der Flucht.

Ich, Dray Prescot, gab Fersengeld!

Ich redete mir ein, daß ich Bartys wegen floh. Ich wollte nicht, daß er das Leben verlor. Ich hatte meine Tochter Dayra noch nie von Angesicht gesehen und wollte nicht, daß unsere erste Zusammenkunft überschattet war vom Tod dieses anständigen jungen Mannes, der keuchend neben mir lief. Aber Barty war jung und kräftig und sah sich gewiß schon große Ruhmestaten vollbringen.

»Wir sollten stehenbleiben und die Kerle in der Luft zerfetzen!« keuchte er.

»Lauf weiter!«

Wir bogen in die erste Querstraße ein mit dem Ziel, zur Mauer zu gelangen und ein Schlupfloch ins Freie zu finden. Allerdings hatte ich keine genaue Vorstellung von der Anlage von Draks Stadt – vermutlich kannte niemand den genauen Plan aller Gassen und Innenhöfe dieser Enklave –, und so blieb uns nichts anderes übrig, als zu laufen und dabei der Intuition zu folgen.

Es wäre schön gewesen, wenn sich Ashti und ihr Bruder Naghan hätten sehen lassen, um uns aus Dankbarkeit für mein Geldgeschenk in Sicherheit zu bringen. Aber so etwas gehörte in die Märchenbücher.

Die Realität holte uns ein, als ein Dutzend Männer aus einer Gasse stürmte und lange Messer und Knüppel und auch etliche Schwerter schwenkte.

Vorsichtig wischte ich mir an der Innenseite meines Ponchos die Hände ab. Der Mistgestank und die schlüpfrige Jauche machten mir schwer zu schaffen. Dabei durften meine Fäuste nicht von den Schwertgriffen gleiten. Als habe der Fünfhändige Eos-Bakchi beschlossen, mir ein – kleines – Lächeln zu schenken, entdeckte ich in der Gosse eine orangenartige Frucht, Rosha genannt. Mit einem Griff teilte ich sie und verteilte den klebrigen Saft über Handflächen und Finger. Das konnte mir nur nützlich sein. Außerdem roch die Frucht besser als ich.

»Wir kämpfen uns in einem Ansturm durch und fliehen weiter!« rief ich Barty zu.

Als es soweit war, hielten wir uns genau daran. Ich gebrauchte dabei großzügig den Griff meines Schwerts, hatte ich doch kein Interesse daran, die Burschen zu töten. Ein oder zwei Klingen sirrten uns um die Ohren, doch ein schneller Hieb genügte. Schließlich war ich durch und zum Weiterlaufen bereit – und hielt inne. Barty hatte es nicht geschafft. Er tänzelte herum. Sein Rapier war in perfekter Haltung ausgerichtet. Er fintete. Es machte ihm sichtlich Spaß. Wie ein Fechter, der eben seine Prüfung abgelegt hat, bewegte er sich mit der Vollkommenheit eines Musterschülers.

Ich seufzte.

Wie oft habe ich miterlebt, daß mutige junge Männer die Regeln des hohen Schwertkampfes fahren ließen und brutal in den Ernst des Kampfes gestoßen wurden. Wenn sie solchen ersten Zusammenstoß lebendig überstehen, lernen sie daraus und haben beim nächstenmal bessere Chancen. Doch keine Universität auf zwei Welten lehrt, was man wissen muß, um schmutzigen Tricks zu begegnen, um zu verhindern, daß einem ein Messer in den Unterleib oder den After gestoßen, ein Knie in den Sack gerammt oder eine Kette um den Hals geschlungen wird.

Die rauhen Kerle hätten Barty mühelos zum Frühstück verspeisen können.

In vollkommener Haltung, perfekt ausgerichtet für Hieb und Stoß mit dem Rapier, hätte er seinen Gegnern ein leichtes Ziel geboten. Ich gebe zu, er hatte Glück, daß ein Knüppel sein braunes Haar lediglich streifte. Doch lange konnte er in dieser Situation nicht durchhalten.

So kämpfte ich mich auf das Energischste zurück – hier ein Fußtritt, dort ein Zurückzerren zerlumpten Stoffs, dann wieder Hiebe mit meinem Schwertgriff und ein Vorbeugen, das einen Angreifer im hohen Bogen über meinen Rücken segeln und ein Stück hinter mir auf den Boden krachen ließ.

Nein, wenn man auf Kregen am Leben bleiben will, nützt es im Ernstfall wenig, sich an die hohe Schule des Fechtens zu halten.

Ein kräftiger Bursche versuchte mir mit einem widerhakenbewehrten Kutcherer ins Auge zu stechen, doch ich wich aus, trat ihm zwischen die Beine, wich einem Knüppel seines Kumpans aus und versetzte diesem einen Ellbogenhieb gegen den Adamsapfel. Währenddessen flogen mein Rapier und meine Main-Gauche hierhin und dorthin und parierten Hiebe und Stiche. Dabei kam es auch sehr auf meine Fußarbeit an, die ich denkbar locker gestalten mußte. Schließlich erreichte ich Barty, versetzte dem Mann, der ihm ein Messer in den Rücken stoßen wollte, einen energischen Tritt ins Hinterteil und ließ ihn Purzelbäume schlagen. Gleichzeitig mußte ich einen zweiten Kutcherer abwehren, dessen Metallzahn äußerst gefährlich werden kann.

Barty hatte sich von einem Kämpfer in Bedrängnis bringen lassen. Sein Rapier zeigte zum regenschweren Himmel auf, während er den anderen umtänzelte, als wollte er mit ihm einen Walzer aufs Parkett legen. Keiner der beiden vermochte zurückzutreten, um wieder richtig auszuholen.

»Barty«, sagte ich in einem Ton, den ich für verständnisvoll hielt. Trotzdem fuhr der andere zusammen. »Mach Schluß! Wir wollen weiter.«

Ich steckte meine Main-Gauche in den Gürtel, ohne die Scheide zu beachten, packte den Burschen, mit dem Barty rang, am Ohr, duckte einen Knüppelschlag aus dem Nichts ab und stürmte mit dem Burschen quer über die Gasse. Er segelte wie ein Schiff neben mir und lief mit dem Bug voraus in eine flechtenbewachsene Mauer.

Dann schnappte ich mir Barty. »Und diesmal hörst du nicht auf zu laufen, junger Mann!«

Wir machten uns auf den Weg. Die Männer folgten uns ein Stück weit; aber dann fing ich einen heranwirbelnden Knüppel auf und schleuderte ihn zurück. Der Mann, der das Geschoß auf den Weg gebracht hatte, schlug wie vom Blitz getroffen aufs Pflaster. Danach verzichteten die übrigen mehr oder weniger bereitwillig auf die Verfolgung.

Aber es gab andere, die weitaus weniger rücksichtsvoll waren und die sich an unsere Fersen hefteten, sobald wir die Mauern erreichten.

Zwei hagere, sich unauffällig bewegende, wieselartige Gestalten verfolgten uns, als wir die Mauer erreichten und nach einem Weg hinüber oder darunter hindurch zu suchen begannen.

Die Stikitches hatten sich ebenfalls gesammelt. Und der Mob, der sich nun um das Fundament der nächsten Mauerstütze wälzte, wollte endgültig mit uns Schluß machen.

Ich warf einen kurzen Blick in die Richtung und zerrte Barty mit. Leichtfüßig liefen wir an der Mauer entlang, über Abfallhaufen springend, verhängten Buden ausweichend, beinahe eine Familie über den Haufen rennend, die unter einer alten Plane Schutz gesucht hatte. Der Regen wusch zwar einen Teil des Schmutzes und Gestanks fort, doch wenn ich nicht bald in andere Klamotten kam, mußte ich mich übergeben.

Ein großartig orchestriertes Verfolgergebrüll stieg hinter uns auf. Barty mußte immer wieder lachen. Auch ich gebe zu, daß mich die Situation amüsierte, allerdings bin ich für diese Art perversen Benehmens bekannt und war doch etwas überrascht – angenehm überrascht, muß ich hinzufügen –, daß Dayra sich offenbar einen jungen Mann gesucht hatte, der in meinen Augen ganz vielversprechend war. Eine Horde Kinder bewarf uns mit verfaulten Kohlköpfen. Wir rannten geduckt in ein Haus, das in die Mauer hineingebaut war, sprangen über einen alten Mann, der in einem Flechtstuhl schlief, und stürmten die alte Treppe hinauf. Allerlei Krimskram füllte die oberen Räume, Waren jener Kaufleute, die sich auf die menschliche Dummheit und Habgier stützten. Die Halbwelthelfer dieser Kaufleute waren ständig auf der Suche nach altem Ramsch, der später zu überhöhten Preisen als sogenannte Antiquitäten an die Reichen von Vondium weiterveräußert wurde. Nun ja, auch auf dieser Welt ist eben Platz für viele Geschmäcker.

Wir hasteten zwischen Stapeln alter Möbel und Bilder und zerrissener Gardinen hindurch, vorbei an Kisten und Kasten und Rollen und Bündeln. Unser Ziel waren die Fenster, die ausnahmslos vergittert waren. Barty stellte den Fuß gegen eine Strebe, und das alte Holz löste sich quietschend – ich mag das Nachgeben des müden Materials kaum noch als Splittern bezeichnen.

Wir drängten uns durch und zuckten dann aneinandergeklammert zurück, denn wir schwebten in schwindelerregender Höhe über dem Nichts.

Ich packte das obere Fenstersims, das, dank Zair, hielt. Dann stellten wir uns auf die Fenstervorsprünge. Wir befanden uns in etwa fünfzehn Meter Höhe an der glatten Außenmauer, in einer Fensteröffnung, und unter uns war das Kopfsteinpflaster der Straße. In unserem Rücken lärmten die Verfolger schon auf der Treppe.

Über dem Nachbarfenster ragte ein Erker vor, daran hing ein Flaschenzug. Für die Ware, die hier gesammelt und dann auf Quoffawagen verladen wurde.

»Zum nächsten Fenster, Jak«, sagte Barty munter.

»Ich hatte auf eine Treppe gehofft – zumindest auf eine Strickleiter«, sagte ich. Die Drikinger der Altstadt haben ihre kleinen Schlumpflöcher. »Drikinger« – Banditen von ganz besonderem Zuschnitt – ist eine spezielle Bezeichnung für die Halunken, die sich in Draks Stadt tummeln. So kämpften wir uns zum nächsten Fenster weiter, traten es auf und packten das Seil.

Laute Schritte hallten durch die Räume hinter uns. Männer stolperten über Bündel, und ein riesiger Schrank mit Glastüren stürzte klirrend um.

»Es wird Zeit zum Verschwinden, Barty. Komm!«

Wir ergriffen das Seil und ließen uns eilig hinab. Beinahe hatten wir die Straße erreicht, als die ersten zornigen Gesichter in der Fensteröffnung neben dem Flaschenzug erschienen.

»Spring!« brüllte ich. »Gleich ziehen sie uns wieder hoch!«

Wir sprangen und fingen uns auf den regenfeuchten Kopfsteinen ab, und ein Messer zischte an meinem Ohr vorbei.

Torkelnd richtete sich Barty auf und schüttelte die Faust. Männer rutschten am Seil herab. Ich lächelte. O ja, es war eine Situation zum Lächeln.

»Sie wollen uns wirklich erledigen ... Unsere Flucht ist also noch nicht zu Ende.«

»Warum halten wir nicht die Stellung und zerschmettern sie, Jak? Bei Opaz – dieses Davonrennen gefällt mir nicht. Ich kriege kaum noch Luft.«

»Wenn die Burschen dir den Leib aufschlitzen, mein Junge, hast du zuviel Luft.«

Ich lief los und merkte sofort, daß Barty mir nicht folgte. Ich fuhr herum, bereit, ihn heftig zu tadeln, doch er mühte sich nur mit seinem langen Umhang, der ihm irgendwie zwischen die Beine geraten war.

Wir befanden uns außerhalb von Draks Stadt und theoretisch auf Gebiet, in dem Vondiums Gesetze ihre Gültigkeit hatten.

Ob das nun auch tatsächlich zutraf oder nicht – im Moment hatte nur das Tempo unserer Füße Gültigkeit.

Ich gebe zu, daß die schiere Bewegung mir Freude machte. Den Gedanken, daß ich hier vor Feinden ausrückte, hatte ich längst abgeschüttelt. Es kam nun darauf an, den Vorsprung zu halten – der Preis dafür war das Entkommen.

Bald erreichten wir vornehmere Straßen, wobei ich mich ein wenig von Barty leiten ließ, der uns schließlich in einen Teil der Stadt führte, den ich wiedererkannte. Obwohl wir nun die Gesellschaft vieler anderer Leute hatten, die sich um ihre Angelegenheit kümmerten, blieben die Mörder bei uns. Sie achteten auf Distanz. Doch sie ließen uns nicht aus den Augen.

Die meisten hatten vermutlich ihre Masken abgesetzt. Doch ausnahmslos hielten sie sich ein Stück Tuch vor die Gesichter, was sich an diesem Tag als Schutzmaßnahme gegen den Regen erklären ließ. Zugleich wurden sie durch die großen weichen vallianischen Hüte geschützt, deren breite Krempen tief herabhingen.

Als der Regen, wie es für Kregen typisch war, abrupt aufhörte und dem Licht der Sonnen Platz machte, begann ich mich zu fragen, wie weit es diese Stikitches mit ihrer Verfolgung treiben würden.

Inzwischen gingen wir nur noch in schnellem Schritt. Im Gedränge beachtete uns niemand. Andere liefen schneller als wir – meistens Sklaven mit Eilaufträgen von ihren Herren –, und unser heruntergekommenes Äußere wies uns als Männer aus, die unangenehme Arbeiten verrichten mußten. Wir erreichten eine breite Passage durch ein großes Gebäude, Gasse der Zwillinge genannt.

Sie führte zu dem weiten Kyro vor dem Palast des Herrschers.

Barty bog sofort ein, und ich folgte ihm.

Wenn ich auch sage, ich wußte, wo wir uns befanden, so heißt das nicht, daß ich die Gegend gut kannte. Von der Gasse der Zwillinge führten viele Seitenstraßen zu anderen

Gassen, die zwischen zwei gekrümmten Kanälen eingeschlossen waren. Wir passierten Kanäle, über die hübsche Brücken führten. Unter den breiten Bögen eines Aquädukts wurden wir von einer Menschenmenge aufgehalten, die sich langsam dahinschob, dazwischen Karren und Kutschen und Sänften aller Art. Alle diese Straßen und Gassen und Kanäle und Boulevards und Aquädukte haben Namen ... Nein – ich wußte nur, daß ich irgendwann den Eingang zum Palast erreichen mußte, wenn ich der Gasse der Zwillinge folgte.

Das Gedränge verstärkte sich. Rechts war eine Reihe Karren in eine Stockung geraten. Jeder dieser Wagen war hoch mit Heu beladen.

Ich drehte mich um.

Die beiden wieselartigen Männer folgten uns immer noch, in ihrer Begleitung befand sich etwa ein Dutzend offenbar besonders entschlossener Stikitches.

Einen Augenblick lang verharrten wir auf halbem Wege zwischen zwei Seitenstraßen. Die Türen der Gebäude zu beiden Seiten der Gasse waren geschlossen.

»Jetzt können wir nicht weiter fliehen«, sagte Barty und wollte sein Rapier ziehen. »Dank Opaz! Jetzt wollen wir diesen Rasts eine Lektion erteilen.«

Ich runzelte die Stirn. Ich haßte es, Barty in Stücke gehauen zu sehen – was unweigerlich geschehen mußte, wenn die erfahrenen Mörder ihn erwischten. Ich durfte sein Leben nicht in Gefahr bringen.

»Dort hinauf, Barty!« sagte ich, ergriff seinen Arm und schleuderte ihn förmlich auf die Ladung des hintersten Heuwagens.

Er wollte protestieren und bekam dabei Heu in den Mund. Spuckend bäumte er sich auf, aber schon war ich bei ihm auf dem Wagen und zerrte ihn mit. Widerstrebend ließ er sich von mir über die schlafende Gestalt des Fahrers helfen, dann über den Rücken der Krahniks und von dort auf den Wagen davor. Wie zwei Hochseilartisten brachten wir die Reihe der Heuwagen hinter uns.

Die dicht gedrängt stehenden und schiebenden Menschen zeigten kein großes Interesse an unseren Kunststücken; einige blickten zu uns empor und lachten, einige verwünschten uns auch, doch die meisten gaben sich damit zufrieden, zu dem Geschiebe ihren Beitrag zu leisten, um das elende Hindernis weiter vorn endlich zu beseitigen.

Der Regen hatte aufgehört, und die Strahlen der Zwillingssonnen nahmen an Stärke zu. Die Wolken verschwanden allmählich.

Wir balancierten von Heuwagen zu Heuwagen, die Fahrer und die Krahniks überspringend. Die Tiere spürten die Schritte auf ihrem Rücken kaum, da waren wir schon weiter.

Aber die Mörder folgten uns unbeirrt.

Weiter vorn bewegte sich etwas. Wir verrenkten uns den Hals und entdeckten eine Kolonne Soldaten, die im Gleichschritt marschierten. Sie schienen kampfbereit zu sein, was mich im ersten Augenblick überraschte, aber bei näherem Nachdenken wurde mir klar, Vallia machte gerade eine unruhige Zeit durch.

Barty trat fehl, und ich mußte ihn am Arm hochzerren. »Weiter!« rief ich. »Die Rasts holen langsam auf!«

Weiter vorn warf ein Aquädukt schwarze Schattenstreifen über die Reihe der Heuwagen. Das mochte uns Probleme bringen. Wir brachten die nächsten beiden Fahrzeuge hinter uns, und Barty rutschte erneut aus. Dabei riß ihm die Geduld; er hatte genug von meinem ihm unerklärlichen Drang zur Flucht.

»Auf meiner Insel hat man immer in andächtigem Ton über den Strom von Valka gesprochen – Strom Drak na Valka. Aber inzwischen sind mir Gerüchte zu Ohren gekommen, der furchteinflößende Ruf sei falsch; nur ein Vorwand, etwas, das die Ehe der mit der Prinzessin Majestrix in einem besseren Licht darstellen soll. Bei Vox! Ich glaube nicht daran – aber dein Verhalten macht mir doch sehr zu schaffen!«

Langsam setzte sich die Heuwagenkolonne wieder in Bewegung und wir gerieten in den purpurnen Schatten des Aquädukts.

»Du kannst glauben, was du willst, Strom Barty. Aber du kommst mit mir auf den nächsten Wagen und springst dann hinab. Du tauchst in der Menschenmenge unter. Du wirst dies bei deiner Liebe zu meiner Tochter Dayra tun.«

»Und? Und was hast du vor?«

»Ich steige hinauf.« An den Backsteinmauern des Aquädukts konnte man sich gut festhalten. »Man wird mir folgen. Soviel ist klar. Wir treffen uns dann . . .«

»Ich komme natürlich mit!«

Ich runzelte die Stirn und blickte ihn an. Er hob eine Hand an den Mund.

»Du duckst dich unter dem Aquädukt hindurch und verkrümelst dich im Gedränge, junger Barty. Dernun!«

Das heftig hervorgestoßene »Dernun« war nicht gerade eine höfliche Floskel - doch er reagierte einwandfrei. Er machte kehrt, sprang wortlos auf den nächsten Wagen und verschwand in den purpurnen Schatten.

Das Mauerwerk war alt und geflickt. Der Herrscher legte Wert darauf, daß die Aquädukte gut in Schuß gehalten wurden. Trotzdem tröpfelte Wasser von oben herab. Ich stieg zur ersten Zwischenetage der Bögen empor und schaute zurück. Die Mörder hatten den Wasserbau beinahe erreicht. Ich bedachte sie mit einer frechen Geste und kletterte weiter.

Der Aquädukt führte schräg über die Gasse. Ich stieg durch die untere Reihe in einen dunklen, höhlenartigen Raum, erleuchtet von zahlreichen Halbkreisbögen. Es war meine Absicht, diagonal über die Gasse zu laufen und mich endlich des Mühlsteins Barty zu entledigen, der mir um den Hals gehangen hatte. Aber die zeitraubende Auseinandersetzung mit Barty hatte die Verfolger aufholen lassen. Leichtfüßig liefen sie nun laut brüllend auf mich zu, weil sie genau wußten, daß der Lärm von unten ihr Geschrei übertönen würde.

»Opfer!« brüllten sie und rückten vor.

Sie waren gut. Das ist unerläßlich, wenn man auf Kregen in die Mörderkaste aufgenommen werden will. Ganz abgesehen von der Tatsache, daß man nicht lange überlebt, wenn man nicht gut ist, wird man sehr schnell Hunger leiden.

Die Reihe der Bögen, die das Licht hereinließen, verliehen dem Kampfplatz eine unheimliche Atmosphäre. Die Klingen sirrten gegeneinander und kratzten und klirrten, und die beiden ersten Kämpfer gingen zu Boden. Die anderen griffen trotzdem voller Zuversicht an, und beim ersten Schlagabtausch mit einem großgewachsenen Burschen mit einem Ring im Ohr brach meine Rapierklinge in der Mitte durch.

Bitte halten Sie es nicht für seltsam, wenn ich jetzt sage, daß ich deswegen erleichtert war. Bisher waren nur acht Verfolger in diese erste Etage des Aquädukts heraufgestiegen. Ich hatte es also eilig, und nachdem mein Rapier nutzlos geworden war, konnte ich dem Ohrringträger den Rest ins Gesicht schleudern und mein Langschwert ziehen.

»Bei Jhalak!« rief einer der Stikitches höhnisch. »Diese Eisenstange wird dir keine guten Dienste leisten.«

Mit dieser Bemerkung leistete er sich den Tod, denn die Waffe traf ihn in den Leib, und der nächste Angreifer sank mit zerschmetterter Stahlmaske und einer tödlichen Halswunde zu Boden. Zwei andere versuchten zu fliehen, wurden aber von Terchicks niedergestreckt. So blieb schließlich nur der Mann, in dem ich nach der Kleidung und nach den Bewegungen Laygon den Strigicaw erkannte. Die Zeit wurde knapp. Ich mußte mich beeilen.

»Wenn du tot bist, Laygon«, sagte ich fröhlich, »wird kein Stikitche deinen Vertrag ohne Zahlung übernehmen. Ashti Melekhi ist aber ebenfalls tot. Die Sache wäre damit also erledigt, mit komplettem Klingen-Bokkertu und unter Wahrung deiner und meiner Ehre.«

Er wußte, was ich meinte. Klingen-Bokkertu ist eine andere Bezeichnung für die Rechte, die man sich mit dem Schwert erkämpft und die im Nachhinein legalisiert werden. Fauchend stürzte er sich auf mich und starb wie die anderen, und ich lief zum Rand der Bogenreihe und blickte hinab.

Ich hätte es mir gleich denken können.

Die Prozession war völlig durcheinandergeraten.

Die beiden Wieselgestalten hatten beschlossen, Barty zu folgen. Sie waren keine Stikitches und rechneten sich aus, daß er als vallianischer Koter eine erkleckliche Summe bei sich führte. Die Rasts hatten sich gedacht, daß es bei mir nichts zu erben geben würde, wenn die Stikitches erst mit mir fertig waren. Die übrigen Stikitches hatten beschlossen, ihm trotz der Soldaten auf den Fersen zu bleiben. Barty hatte einen niedergestreckt und kämpfte im Augenblick mit zwei weiteren.

Es war ein weiter Weg bis auf die Straße hinunter.

Schreiend verließen Gestalten den Ort des Kampfgeschehens. In jenen ersten wirren Augenblicken kam niemand Barty zu Hilfe. Er bot einen erstaunlichen Anblick, in seiner alten zerfetzten Kleidung, mit rot angelaufenem Gesicht, fluchend. Man hätte beinahe glauben können, er sei der Mörder und die nüchtern gekleideten Angreifer seine Opfer. Sie hatten die Stahlmasken abgesetzt und trugen nur noch die vornehmen Halbmasken, wie sie oft auf Kregen zu sehen sind, ein nutzloses Utensil der vornehmeren Kasten.

Wie auch immer, in wenigen Murs würde er tot sein, wenn ich mich nicht verflucht beeilte.

Der schräg verlaufende Aquädukt hatte mich über die Mitte der Gasse geführt. Unmittelbar unter mir fuhr ein Wagen vorbei, dessen Ladefläche nicht sehr einladend wirkte: unter einer Plane zeichneten sich scharfkantig aussehende Gegenstände ab. Ein Stück entfernt bewegten sich schwankend einige Sänften mit ihren bunten Behängen. Mit hungrigem Blick starrte ich hinüber. Natürlich – ich mußte mir die größte aussuchen, die die besten Chancen bot, meinen Aufprall abzufangen.

Ich lief also am Rand des Aquädukts entlang und schob den Kopf aus dem Steinbogen, der sich unmittelbar über der erwählten Sänfte befand. Dann sprang ich. Im gleichen Moment bemerkte ich, daß die Soldaten sich endlich dazu aufgerafft hatten, gegen Barty und seine Angreifer vorzugehen. Ehe ich mich in der Luft zu drehen begann, sah ich die Mörder fliehen und Barty im Griff eines Deldars.

Im nächsten Sekundenbruchteil landete ich mit ohrenbetäubendem Krachen auf der gestreiften Plane. Das Material riß, und ich stürzte tiefer, allerdings hatte die Plane meinen Fall erheblich gebremst. Dröhnend landete ich auf dem Holzbett in der Sänfte. Ich spuckte ein Stück blau-grün gestreiftes Leinen aus und wollte mich durch die golddurchwirkten Vorhänge empfehlen.

Die drei Frauen, die sich in der Sänfte aufhielten, starrten mich aus aufgerissenen Augen an.

Ich warf ihnen einen kurzen Blick zu – zwei Zofen und eine hochstehende Dame. Sie trug einen Halbschleier und war von ausnehmender Schönheit. Ihr Gesicht begann rot anzulaufen, und sie schien bereit zu sein, mich mit Schimpfworten zu überhäufen. Ich konnte es ihr eigentlich nicht verdenken. Eben noch wird sie geruhsam in ihrer Sänfte durch die Menge getragen, und plötzlich fällt ein haariger, übelriechender Kerl aus dem Himmel herab.

Die Womoxes, die die Sänfte trugen, hatten sich der plötzlichen Gewichtszunahme gebeugt; dabei brach allerdings eine Stange, was die ganze Sänfte aus dem Gleichgewicht brachte. Zitternd und krachend senkte sich das Gebilde in einer Ecke ab. Die hohe Dame wurde durch den kleinen Innenraum geschleudert und fiel mir in die Arme. Ich konnte mich nicht bewegen. Ihr dunkelhaariges Gesicht verzog sich, die stark geschminkten Augen starrten mich an, und der kunstvoll angebrachte Farbfleck auf den Wangen wirkte ungewöhnlich auffällig. Ihre Nasenflügel begannen zu beben. Ihre Mundwinkel, verborgen unter dem Schleier, doch in den Umrissen auszumachen, zogen sich herab.

»Du stinkst!«

»Steh auf, meine Dame! Ich habe es eilig . . .«

»Du wagst es . . .« Sie ließ ihrem Zorn freien Lauf, und ich drehte mich halb zur Seite, um sie fortzuschieben. Erst jetzt ging mir auf, daß mir der mittellange braune Bart abgerissen worden war.

Sie sah mein Gesicht.

»Oh«, sagte sie.

»Ich habe es eilig, meine Dame. Männer versuchen mich umzubringen, und ich muß . . .«

»Ja, du mußt fliehen. Nun ja, dann will ich dich loslassen, damit du weiter fliehen kannst – zu den Eisgletschern Sicces, wenn du willst.«

»Vielleicht kommt es sogar dazu«, bemerkte ich.

Sie mühte sich die Schräge der schiefstehenden Sänfte hinauf. Ihre beiden Zofen schrien unentwegt. Ein Soldat steckte den Kopf durch die golddurchwirkten Vorhänge und entdeckte mich.

Augenblicklich schnellte sein Rapier hoch.

Mein Langschwert steckte noch irgendwo zwischen den Kissen; die Spitze hatte sich im Holz verklemmt. Ich hoffte nur, daß sich die hohe Dame nicht unglücklich darauf setzen würde.

»Nimm das verdammte Rapier weg!« brüllte ich.

»Töte ihn nicht, Rogor!« rief die Dame.

»Ja«, sagte der Hikdar, und ich zog den Fuß herum und versetzte ihm durch den Vorhang einen Tritt in den Unterleib. Im gleichen Moment bekam ich das Schwert heraus. Die vornehme Dame starrte mich an, und in ihren hübschen dunklen Augen funkelte Verachtung.

»Nun lauf schon, flieh! Zu etwas anderem bist du ja doch nicht nütze!«

Der Hikdar versuchte keuchend wieder auf die Beine zu kommen. Ich stand auf, stieß mit dem Kopf an die Dachverstrebung der Sänfte und begann zu fluchen. Die Dame stimmte plötzlich ein silbriges Lachen an, ein boshaftes amüsiertes Lachen. Sie hob den Arm.

»Bist du vor der traurigen Gestalt dort ausgerückt?«

Ihre Wächter hatten einen der wieselhaften Burschen gefangen und zerrten ihn herbei. Er war in einem fürchterlichen Zustand, brüllend und kreischend versuchte er sich dem Griff der größeren Männer zu entwinden. Sein Messer klapperte zu Boden. Das schmale Gesicht war vor Entsetzen verzerrt, und Speichel tropfte ihm aus dem Mund. Er sah dünn und zerbrechlich und lächerlich aus, und die wieselhafte Gefährlichkeit, die ich zuvor an ihm bemerkt hatte, war in seiner Angst untergegangen.

»Er gehörte zu der Bande«, sagte ich.

Ihr Lachen machte mir nichts.

»Du trägst ein Riesenschwert und fliehst so schwungvoll, daß du mir hier in die Sänfte fällst und sie kaputtmachst – und *davor* rückst du in Wahrheit aus, *davor* hast du Angst!«

»Wenn es dir gefällt«, sagte ich. »Was war aus Barty geworden? Unruhig rutschte ich hin und her, ohne groß auf die vornehme Dame zu achten. Um ehrlich zu sein, hatte ich auch keinen großen Respekt vor ihr.

»Raus!« schrie sie in plötzlich auflodernder Wut. »Du stinkst wie ein Abtritt! Du bist ein Scheusal! Raus hier!«

»Ich verschwinde ja schon . . .«

Im nächsten Augenblick entdeckte ich Barty, der sich lauthals bei einem Hikdar der Wache beschwerte. Da wußte ich, daß er in Sicherheit war. Ich muß zugeben, daß mich diese Feststellung mit tiefster Erleichterung erfüllte.

»Flieh ruhig weiter!« sagte die vornehme Dame. »Es gibt sicher noch mehr Rasts wie diesen, vor dem du ausrücken kannst. Du bist kein Mann. Du bist ein Blender, ein Vorwand für ein Jikai, ein Stück Dreck! *Lauf!*«

6

Ich nahm ein gründliches Bad im königlichen Badezimmer und begann mich für die große Zeremonie im Tempel Opaz' des Nantifer umzuziehen. Wie Sie wissen, habe ich für solche endlosen Zeremonien herzlich wenig übrig und bin daher in meinen Berichten bisher nicht ausführlich darauf eingegangen. Auf jeden Fall langweilen sie mich ungemein. Aber ich war Prinz Majister, und mein Schwiegervater herrschte in diesem Lande, so daß ich daran teilnehmen mußte, wenn ich mich in Vondium aufhielt.

Hierin lag einer der Gründe für meine ständigen Reisen fern der Hauptstadt, abgesehen von den Zeiten, die ich auf unseren sonstigen Besitzungen verbrachte.

»Und sie hat dich angespuckt?«

»Nun ja, mein Schatz«, sagte ich und mühte mich in eine scheußlich-rötliche Robe. »Beinahe. Ihre Sprache war ziemlich freizügig, sogar grob. Ganz und gar nicht damenhaft.«

»Und wer war sie?« Delia lächelte mich an, während ihr eine Zofe das prächtige lange Abendkleid zurechtzog.

»Irgendeine große Dame. Ich glaube nicht, daß sie aus Vallia stammt, denn sie hatte violette Augen.«

Delia warf mir einen kurzen Blick zu und wandte sich wieder ab. Ich glaube meine geliebte Frau zu kennen und ahnte sofort, daß sie durchaus wußte, wer die zornige Dame gewesen war. Da sie aber Delia war, die mich gern ein wenig neckte, sagte sie nichts. Und ich blieb mir selbst treu und stellte keine Fragen.

Ich wurde auch gleich darauf abgelenkt, denn es wurde Zeit, die prächtigen Mazillas umzulegen und nach einem letzten Blick in den Spiegel über Marmortreppen und durch weich ausgelegte Korridore zu den Zorcas zu eilen, auf deren Rücken wir zum Tempel Opaz' des Nantifer reiten würden.

Schatten warf den Kopf zurück und wieherte zum Zeichen, daß er sich über mein Kommen freute. Er war ein herrliches Tier, und ich freute mich jedesmal wenn ich in den Sattel stieg, daß ich es von Ba-Domek hatte mitbringen können.

Delias Zorca, eine schöne braune Stute, besaß ein kleines Spiralhorn auf der Stirn; sie war ebenfalls ein großartiges Tier; Delia war stolz auf ihre Feuerrose.

Der Gottesdienst zu Ehren Opaz', des Geistes, der sich in den Unsichtbaren Zwillingen manifestiert, ging vorüber. Ich will auf eine detaillierte Beschreibung verzichten, außer daß für mich diese Religion von den vielen Glaubensrichtungen auf Kregen die klarste Botschaft vermittelt. Neben Opaz stehen mir noch Zair und Djan nahe, beides aber Kriegergötter. In Opaz liegt meiner Meinung nach der Keim für wesentliche Elemente einer positiven Zukunft Kregens.

Schließlich kam der Augenblick, da Delia und ich zu unseren Zorcas zurückkehrten. Dabei entdeckte ich Strom Luthien, der sich mir auf gebührende Weise näherte – den Hut in der Hand, den Kopf ein wenig auf die Seite gelegt.

Allerdings wußte ich, daß er mir am liebsten ein Messer zwischen die Rippen gestoßen hätte. Luthien gehörte zu den Edelleuten ohne Land. Er hatte sein Stromnat verspielt, vermutlich am Jikaidabrett. Jetzt arbeitete er für die Racter als Bote und Vermittler.

Er lächelte mich unter seinem Schnurrbart hervor wissend und leicht herablassend an. Mir sträubte sich der riesige Bart, als gehörte er mir und wäre nicht nur angehängt. Ich starrte den Mann an, während er mir seine Information übermittelte. Die Gruppe der Racter, mit denen ich schon einmal in Natyzha Famphreons überheizten Vergnügungsgärten gesprochen hatte, wollten noch einmal mit mir zusammentreffen.

»Denn, Prinz«, sagte Strom Luthien, »es wurde viel vereinbart und doch wenig erreicht.«

Ich verzichtete auf eine bissige Bemerkung, daß ich solche Dinge nicht mit Botenjungen bespreche, sondern sagte: »Die Religion der Schwarzen Federn wurde ausgemerzt. Wo soll das Treffen stattfinden?«

»Am gleichen Ort . . .«

»Nein. Dazu sind mir die Chavonths noch zu gut in Erinnerung. Bitte übermittle Kov Nath Famphreon meine Grüße.«

Sein Lächeln schwand nicht. »Wo dann?«

»Im *Geangelten Meeres-Barynth.* Dort gibt es im ersten Stock ein separates Zimmer. Mietet es vom Wirt. In fünf Burs.«

Im gleichen Augenblick wandte ich mich zum Gehen, und die Federn meiner Mazilla raschelten. Was Strom Luthien von meinem Hochmut und meinen schlechten Umgangsformen hielt, war mir gleichgültig. Ich mußte die Grundlagen für meine weiteren Aktionen schaffen. Delia warf mir allerdings einen Blick zu, in dem Tadel zum Ausdruck kam.

Wir stiegen auf und trieben unsere Tiere an. Mißbilligende Blicke begleiteten uns. Der Prinz und die Prinzessin von Vallia, allein reitend, ohne große Eskorte - schockierend! Es war zugleich aber befreiend.

»Und was haben die berüchtigten Racter mit dir zu besprechen, Mann?«

»Neue Ränke gegen deinen Vater, Frau.«

Ihr Gesicht wurde ernst, und es schmerzte mich, ihre Besorgnis zu sehen.

»Du machst Witze, mein Lieber - aber sieh dich vor. Überall gibt es Spione - und die Racter sind mächtig. Wir alle wissen, daß sie nur den richtigen Augenblick abwarten. Wenn sie zuschlagen . . .«

»Ich bin fest davon überzeugt, daß die Racter ihren Ansichten treu bleiben werden. Sollten sie wirklich versuchen, deinen Vater zu stürzen, werden sie sich nach dem Buchstaben des Gesetzes richten. So werden sie auf keinen Fall seine Ermordung anordnen - nicht direkt. Wir müssen vielmehr befürchten, daß irgendeine unbedeutende Figur - beispielsweise Strom Luthien - das Gesetz in die eigenen Hände nimmt. Wir haben große Gefahren durchgestanden, und dein Vater lebt immer noch.« Ich kratzte mich an der Nase. »Wo war er überhaupt? Ich habe ihn im Tempel nicht gesehen. Es sieht ihm gar nicht ähnlich, eine religiöse Feier zu versäumen, aus der sich politisches Kapital schlagen läßt.«

»Sein Erster Kammerherr hat ihn entschuldigt. Eine Staatsangelegenheit, die keinen Aufschub duldet. Ich darf hinzufügen, daß du ihn nicht gerade würdig vertreten hast.«

»Das hätte ich auch nicht getan, wenn er mich darum gebeten hätte. Nicht wenn er in der Stadt ist. Bei Zair! Solche Spektakel gehören doch zu seinen Pflichten als Herrscher.«

Delia musterte mich von der Seite, während unsere Zorcas durch die breiten Straßen tänzelten, vorbei an anderen Tempeln und den Gebäuden, die die Universität von Vondium beherbergten. Die Passanten drängten sich, und einige starrten verwundert zu uns empor. Unterwegs versäumte ich es nicht, mein altes Seemannsauge Ausschau halten zu lassen. Ich rechnete mir aus, daß die Stikitches von Vondium den von Ashti Melekhi ausgesetzten Kontrakt als erledigt ansahen; sollte das aber nicht der Fall sein, würde ich sie von neuem überzeugen müssen.

In diesen Monaten herrschte in Vondium einerseits eine Stimmung großer Befreiung, ausgelöst durch die Gesundung des Herrschers und die nachfolgende Belebung des Handels. Demgegenüber festigte sich das Gefühl einer drohenden Katastrophe. Es war, als wäre die Hälfte der Bürgerschaft beim Feiern, während die andere Hälfte ihre Waffen schärfte und Tür und Tor verriegelte.

Ich glaubte Delias Gedanken zu kennen.

»Sobald ich mit den opazverfluchten Ractern gesprochen habe, reite ich in den Nordosten. Dayra ist bestimmt . . .«

»*Wir* werden reiten.«

Ich blickte sie von der Seite an. »Und die Schwestern der Rose?« – Sie verzog das Gesicht. »Ich habe gewisse Pflichten, über die ich dir nichts sagen darf, die aber verhindern, daß ich sofort abreise. Aber bilde dir nur nicht ein, daß du allein losgaloppieren kannst, Dray Prescot, und mich allein zurückläßt. Dayra macht eine sehr turbulente Phase durch, und das bereitet mir Sorgen.«

»Sie ist unsere Tochter, und das macht *mir* Sorgen.«

»Richtig. Sie ist *deine* Tochter, und das ist wirklich ein Grund zur Sorge.«

Darauf lachten wir beide – ein Lachen, das mir in Delias Gegenwart niemals schwerfällt.

Der *Geangelte Meeres-Barynth* lag unten am Kamist-Kai und wurde vorwiegend von vallianischen Seeleuten aufgesucht. Es gab hier vorzügliche Aalkuchen. Ich selbst hielt mich eher an gebratenen Vosk und Momolams; für Fischgerichte habe ich nicht viel übrig.

Durch vier eckige Fenster fiel Licht in das Zimmer im ersten Stockwerk. Auf dem langen Sturmholztisch lag eine saubere gelbe Decke, und die Versammelten verstummten, als ich mit hallendem Stiefelschritt eintrat. Sie betrachteten mich mit dem wachsamen Interesse von Leuten, die plötzlich unter einem Stein eine Klapperschlange entdeckt haben.

»Machen wir es kurz«, sagte ich. »Lahal an alle. Ich habe wenig Zeit.«

In meiner üblichen vallianischen Aufmachung und vollen Bewaffnung mit Rapier, Main-Gauche und Langschwert war ich die gewohnte eingebildete, mürrische, hassenswerte Erscheinung. Die falschen Bärte waren verschwunden. Ich war ich, man kannte mich hier.

Strom Luthien deutete auf den Stuhl, den man für mich vorgesehen hatte. Ich setzte mich ohne Zögern. Hier war mit Trickstühlen und Falltüren nicht zu rechnen.

Natyzha Famphreon saß wie eine Alptraumgestalt vor mir, das faltige alte Gesicht boshaft verzogen, darunter der gepflegte, wunderschöne, wohlgeformte Körper. Sie nickte mir zu. Sie hatte die Chavonths in ihrem Wintergarten nicht vergessen.

Ihr Sohn Nath na Falkerdrin war nicht anwesend.

Ered Imlien, der in ewigem Zorn durchs Leben zu gehen schien, schüttelte heftig die Faust. »Meine Besitztümer sind schon wieder heimgesucht worden!« tobte er. »Und man hat deine Tochter gesehen, wie sie . . .«

Bebend hielt er inne. Sein Gesicht war rot wie eine Scarron. Als er das letztemal Dayra beschuldigte, bei Thengelsax an räuberischen Überfällen beteiligt zu sein, hatte ich ihn beinahe erwürgt. Anscheinend hatte es neuen – ernsthaften – Ärger gegeben, während ich mich in Ba-Domek aufhielt.

»Schau dir die kleine Fliege an, Ered Imlien, Trylon von Thengelsax«, sagte ich.

Die Fliege landete summend auf dem Fensterbrett, nur um von der vorschnellenden Zunge einer Flick-Flick-Pflanze eingefangen zu werden.

Diese Vorführung, so stellte ich mir vor, konnte auf Imlien nicht ohne Wirkung bleiben. Aber dann trat etwas ein, an dem die Kreger oft Gefallen finden – eine zweite Flick-Flick-Pflanze schaltete sich ein.

Diese Pflanze findet sich in den meisten kregischen Heimen und ist ein vorzüglicher natürlicher Fliegenfänger. Mit ihren gut sechs Fuß langen Tentakeln hält sie Insekten fest und vertilgt sie.

Irvil die Flasche, Wirt im *Geangelten Meeres-Barynth,* hatte in diesem Zimmer zwei Pflanzen zu dicht zusammengestellt. Nun kämpften die beiden grünen Tentakel um die arme Fliege.

Sofort setzte unter den Anwesenden eine lebhafte Auseinandersetzung ein, welche Pflanze gewinnen würde. Wetten wurden angeboten und angenommen. Letztlich kam es dazu, daß das Insekt in Stücke gerissen wurde und jede Pflanze ein Stück in ihren orangeroten konischen Blütenkelchen verschwinden ließ.

»Die Fliege war Vallia!« sagte ich laut in den Streit um die Wettgewinne. »Die Flick-Flick-Pflanzen waren zum einen die Racter und zum anderen . . .«

»Zum anderen – die gefährliche Königin!« entfuhr es Natyzha. Mit einer Handbewegung tat sie die Frage der Wetten ab, die angesichts der anderen Probleme plötzlich ohne Bedeutung war. »Ich meine Königin Lust aus Lome. Der Herrscher war heute nicht im Tempel von Opaz dem Nantifer, weil er sich mit ihr traf. Wenn sie ihn erst richtig in ihrer Gewalt hat . . .«

»Dann ist er also ebenfalls die Fliege.«

»Ja! Und wir werden kräftiger daran zerren, wenn du dein Versprechen wahrmachst und uns unterstützt.«

»Bilde dir nicht ein, daß ich deine Unverschämtheiten jemals vergessen werde, Trylon Ered«, sagte ich, um ihn ein wenig in den Griff zu bekommen. Er schlug sich mit der Reitpeitsche gegen die Stiefel und starrte mich grimmig an, war aber so vernünftig, den Mund zu halten. »Kovneva, ich habe euch keine Versprechungen gemacht.«

»Wir wissen, daß der Bann über dich aufgehoben ist. Aber du haßt den Herrscher noch immer und er dich. Sein Tod . . .«

»Ich will davon nichts hören, das habe ich euch gesagt. Ihr versucht auf dem Weg des Gesetzes zu bleiben, das nehme ich jedenfalls an. Aber wenn ihr das jemals vergeßt und Mörder beauftragt, die den Herrscher umbringen sollen, werde ich euch vernichten. Das ist ein Versprechen.«

Ich mache nicht leichtfertig Versprechungen, was die Anwesenden wohl wußten. Zumindest ließen sie sich nicht durch meine Versuche täuschen, als untüchtiger, eingebildeter Jikai dazustehen, als falscher Krieger. Sie kannten mich besser.

Die Schwarzweißen – wie die Racter auch genannt wurden – stellten eine große Macht im Staate dar; sie hatten ihre Leute in allen Teilen Vallias. Sie besaßen große, fruchtbare Landstriche, waren Schiffseigentümer und Sklavenherren. Aber die Leute hier – waren sie nur eine Fassade für die innere Machthierarchie der Racter, waren sie der Hohe Rat dieser Partei, ihr Presidio?

Um eine Tatsache kam ich nicht herum – durch diese Leute liefen meine Fäden zu den Ractern. Vielleicht gelang es mir, einen kleinen Plan in die Tat umzusetzen.

»Wenn der Herrscher Königin Lust heiraten sollte, würde es mich von Herzen freuen«, sagte ich energisch. »Das würde mich von einer unerwünschten Last befreien.«

Die Kovneva von Falkerdrin – Witwe des früheren Kov – starrte mich an und schob ihre Unterlippe vor wie den Bug eines Ruderers auf dem Auge der Welt.

»Und wenn die beiden Kinder bekommen? Neue vallianische Prinzen und Prinzessinnen? Das würde dich und deine kostbare Prinzessin die Thronfolge kosten.«

»Wie ich sagte, es wäre eine Erleichterung für mich.«

»Das glaube ich dir nicht!« rief Ered Imlien mit rotem Gesicht und ließ seine Reitpeitsche auf den Tisch knallen.

Ich verzichtete auf eine hitzige Antwort. Imlien war ein Onker, der seiner eigenen Vernichtung entgegenging. Wie er sich so lange in seinem Amt hatte halten können, war mir ein Rätsel. In der Tat verzehrte ihn die Angst um seine Besitzungen und seinen Machtbereich.

»Ihr seid also gegen die Königin aus Lome.«

»Ja!«

»Und, Prinz«, sagte Nalgre Sultant barsch, »du solltest ebenso denken. Wir haben uns schon einmal gegen den Großen Chyyan zusammengetan. Ich mag dich nicht besonders. Aber wenn du auch einst ein primitiver Klansman warst, jetzt bist du Vallianer. Und wenn Vallia bedroht ist, müssen wir alle zusammenwirken.«

Diese Leute glaubten daran, was in gewisser Weise ihr Tun verständlich macht, so verderblich es auch ist und so wenig man für das abgewertete Ideal des Patriotismus übrighaben mag. Sie waren der Ansicht – nein! Sie *wußten,* daß sie Vallia besser verwalten konnten als jeder andere. Davon ausgehend war jeder, der sich ihnen entgegenstellte, ein Feind Vallias.

Ich stand auf. »Unsere Absprache von damals gilt nach wie vor. Ich werde euch gegen die Feinde Vallias helfen. Gegen den Herrscher werde ich allerdings nichts unternehmen, sondern würde ganz persönlich jeden von euch auslöschen, der ihm oder einem seiner Familienangehörigen etwas antun wollte.« Mit einer kleinen Handbewegung fuhr ich fort: »Was Königin Lust angeht – soll sie doch sehen, wie weit sie beim Herrscher kommt. Der alte Teufel hat in letzter Zeit nicht viel zum Lachen gehabt. Außerdem wäre eine Allianz mit einem pandahemischen Land ein guter Anfang ...«

»Das ist Verrat!« entfuhr es Imlien. »Pandahem – jedes Land auf der Insel ist unser Todfeind!«

»Du bist ein Dummkopf, Imlien! Hamal ist unser Feind. Wir müssen uns bemühen, unter all den Ländern Pandahems Verbündete zu finden. Und eines Tages werden wir auch mit Hamal einen gültigen Freundschaftspakt schließen.«

Die Anwesenden starrten mich an, als hätte ich den Verstand verloren. Was wußten sie schon von den weitreichenden Plänen, die ich mit der Kontinentgruppe Paz hatte? Es entzog sich ihrem Begriffsvermögen, ganz Paz als Einheit zu sehen, die sich der von den Chanks ausgehenden Gefahr erwehren konnte. In den Augen dieser Racter mußte Vallia stets eine überragende Rolle spielen, andere Länder beherrschend oder mit ihnen Krieg führend.

Delia und ich – und jetzt auch der Herrscher – hatten im Heiligen Taufteich des fernen Aphrasöe gebadet und würden tausend Jahre alt werden. Er würde diese kleinlichen Ränkeschmiede weit überleben, würde tausend Jahre lang Herrscher bleiben können. So konnte er es sich leisten, über sie und ihre Pläne zu lachen.

Andererseits mußte er vorsichtig sein, und so konnten sich Informationen über solche Pläne und Intrigen gegen ihn als sehr nützlich erweisen.

Ich rieb mir das Kinn und wandte mich an Ered Imlien: »Wenn du klar und ohne Zorn zu sprechen vermagst, kannst du mir jetzt von deinen Problemen in Thengelsax erzählen.«

Ohne die Kraftausdrücke und die zornigen, entrüsteten Anwürfe lief sein Bericht darauf hinaus, daß ständig Reiter aus dem Nordosten über die Grenze kamen und Überfälle verübten. Ganz Vallia gehörte zum Reich und stand unter dem Befehl des Herrschers. Im Nordosten, der sich traditionell nur widerwillig der zentralen Macht gebeugt hatte, gab es eine starke Selbstbestimmungs-Bewegung. Das konnte ich noch verstehen. Mich bekümmerte allerdings die Torheit von Leuten, die das Reich in kleine Zonen aufteilen wollten, welche gegen die fürchterlichen Gefahren der Zukunft allein keine Chance hatten.

»Kovneva«, wandte ich mich an die Frau. »Stellt diese Situation nach deiner Meinung eine Gefahr für den Thron dar? Könnten diese Gruppierungen den Herrscher stürzen?«

Sie verzog ihr faltiges altes Gesicht.

»Ja und nein. Ich nehme nicht an, daß sie eine Armee zusammenbekämen, die nach Vondium durchbrechen könnte. Die Unruhe, die sie stiften, könnte aber zu einem solchen Durcheinander führen, daß eine starke und besser ausgerüstete Interessengruppe die Macht ergreifen könnte. Dort oben hält man große Stücke auf die Hexer . . .«

»Hexer? Von Zauberern und Magiern weiß ich, aber . . .«

»Ich meine *Hexer,* wie ich gesagt habe, teufliche, opazverfluchte Leichenerwecker!«

Ich schwieg einen Augenblick lang verblüfft und fragte dann: »Und die starke und besser ausgerüstete Interessengruppe wären die Racter?«

Niemand antwortete – aber daß ich recht hatte, war von allen Gesichtern abzulesen.

»Nun, das wäre der Punkt, an dem sich unsere Wege trennen. Wenn es darauf ankommt, werde ich mich stets auf die Seite des Herrschers stellen . . .«

»Du Dummkopf! Damit zerstörst du dich selbst! Er haßt dich und wird keinen Handschlag für dich tun. Überlege es dir gut, Dray Prescot! Denk an dich und deine Familie!«

Ich antwortete nicht direkt, hatte ich doch kein Interesse daran, diesen Leuten eine zu gefährliche Waffe gegen mich in die Hand zu geben.

»Und die Panvals? Die Weißen und Grünen? Würden die sich nicht auch um die Macht bemühen?«

Man lachte verächtlich. »Wenn die Racter zuschlagen, werden sich die Panvals auflösen wie Salz in Wasser.«

»Und die anderen Parteien? Die Vondium-Khanders? Die Fegters, die täglich neue Anhänger hinzugewinnen? Die Lornrod-Caucus . . .«

»Ach die!« warf Natyzha ein. »Die kann man vergessen. Denen kommt es doch nur darauf an, alles zu vernichten, was über Jahrhunderte mühsam aufgebaut wurde. Nein, mit solchen Elementen werden wir keinen Ärger haben.«

»Und was die anderen angeht«, warf Nalgre Sultant ein, »so wird es natürlich zu Übereinkünften und Allianzen kommen. Es gibt viele kleine Parteien, aus speziellen Gründen geformt, mit denen wir am Tag X gut zusammenarbeiten können.«

»Und an jenem Tag werdet ihr versuchen, eine Marionette auf den Thron Vallias zu setzen? Ihr werdet versuchen irgendeinen Onker zum Herrscher auszurufen und ihn dann nach eurem Willen tanzen zu lassen?«

Sie wußten sehr wohl, daß ich niemals diese Marionette sein würde.

Mir machte noch immer zu schaffen, daß ich ein hilfloses Werkzeug der Herren der Sterne war. Ich hatte Maßnahmen dagegen ergriffen, wie Sie noch hören werden, doch allein der Gedanke löste lodernden Zorn in mir aus.

In diesem Augenblick blieb unausgesprochen, daß die Racter durch mein Einwirken einen Großteil ihrer Macht über den Herrscher verloren hatten und daß sie das schmerzte. Ihr Einfluß war noch immer erschreckend groß, doch in diesen Tagen konnte der Herrscher mit größerer Ungezwungenheit handeln als jemals zuvor.

»Wenn du offen gegen uns opponierst, hast du die Folgen dafür zu tragen«, Natyzha blickte mich an und dann zur Seite – der abgleitende Blick, der typisch war für die Art und Weise, wie die Racter auf die Staatsgeschäfte Einfluß nahmen. »Wahrscheinlich wirst du dann sehr bald auf dem Weg zu den Eisgletschern Sicces sein, wenn wir erst losgeschlagen haben.«

»Aber ganz legal, nicht wahr?«

»O ja, Prinz, ganz legal.«

Ich verabschiedete mich von diesen Leuten in einer eisigen Atmosphäre, gemäßigt nur durch das Einverständnis, das auf anderer Ebene zwischen uns herrschte.

7

Der Ort, den ich als nächstes aufsuchte, ließ farbenfrohe, fröhliche Erinnerungen aufleben. Ich begab mich zur Großen Nördlichen Abkürzung, an dessen Ostufer ich die gemütliche Schänke *Die Rose von Valka* aufsuchte. Der Wirt, der junge Bargom, begrüßte mich voller Freude und rief sofort seinen ganzen Haushalt zusammen. Bargom, der ein wenig gesetzter geworden war, bildete noch immer den Mittelpunkt der Exilgemeinde von Valkanern in Vallia.

Man führte mich in den großen Schankraum und servierte mir hervorragenden kregischen Tee und Miscils. Und es wurde geplaudert.

Als ich nach langer Zeit zum Thema kam und gezielte Fragen stellte, legte Bargom die Hände auf die Knie und blickte mich ernst an.

»Also, Strom, die Sache ist die. Ja, wir haben von Prinzessin Dayra erzählen hören. Nath ti Javvansmot, der den *Fleckigen Gyp* bewirtschaftet, hat mir geschildert, was die Horde bei ihm angerichtet hat. Bei der Prügelei sind die meisten Fenster draufgegangen, der größte Teil seines Geschirrs und ein Dutzend Amphoren. Außerdem haben die Teufel zwei Fässer des besten Gremivoh mitgehen lassen – verzeih mir, Strom, aber Tatsachen bleiben eben Tatsachen.«

»Sie fingen die Prügelei an, lachten und zogen ab?«

»Ja, sie haben gelacht. Aber sie zogen erst ab, als sie sich den Spaß eine Zeitlang angeschaut hatten. Nur war das eben kein Spaß mehr.«

»Hat Nath ti Javvansmot eine Entschädigung erhalten?«

»O ja. Die Prinzessin Delia, möge Opaz sie segnen, hat den Schaden voll bezahlt. Obwohl die Sache nicht ganz die Schuld von Prinzessin Dayra war – sie wurde irgendwie mitgerissen. Davon bin ich überzeugt.«

»Und seitdem?«

»Hat man sie kaum gesehen oder von ihr gehört, Strom.«

Also, das durfte mich nicht aus der Bahn werfen. Wenn

die Berichte stimmten, hielt sich Dayra im Nordosten auf, irgendwo nördlich von Tarkwa-fash.

»Und der Name des Mannes in ihrer Begleitung?«

Bargom senkte unbehaglich den Kopf und spielte an den Schlaufen seiner Schürze herum.

»Ich bitte dich, Bargom, wir sind alte Kameraden. Du brauchst keine Angst zu haben, daß du mich beleidigst. Ich weiß, daß Dayra unter dem Einfluß eines Gauners steht.«

»Das ist er in der Tat – und er führt eine Bande an, mindestens ein Dutzend Halunken. Aber wer er ist? Er tritt unter allen möglichen Namen auf. Einige behaupten, er sei der uneheliche Sohn einer hochstehenden Persönlichkeit, andere meinen, er sei nichts anderes als ein Fischer von den Inseln, der in seiner Jugend eine Geldbörse stahl und sich damit eine Bildung kaufte, die seine Fähigkeiten eigentlich übersteigt. Wieder andere halten ihn für einen Paktun, möglicherweise sogar Hyr-Paktun, der die Früchte seines schlimmen Berufes erntet. Wieder andere . . .«

»Schon gut. Gesehen hast du ihn nicht? Eine Beschreibung kannst du mir nicht geben? Keinen Namen, nicht mal einen, mit dem ich meine Nachforschungen beginnen kann?«

Bargom runzelte die Stirn und kratzte sich am Arm. »Ich habe Nath sagen hören, seine Kumpane hätten ihn Zankov* genannt.

»Zankov. Das ist nun wirklich ein seltsamer Name. Wer sind die anderen neun?«

»Strom! Ich glaube kaum, daß es sie gibt.«

»Du hast recht. Es handelt sich bestimmt nur um einen Namen. Aber wenigstens habe ich etwas, womit ich anfangen kann.«

Ich verabschiedete mich von meinen Freunden in der *Rose von Valka* und machte noch einen kurzen Abstecher zu Nath ti Javvansmot im *Fleckigen Gyp,* erhielt aber keine neuen In-

---

* *Zan:* Zehn. *Kov:* Herzog. *Zankov:* der Zehnte Herzog.

formationen bis auf eine Beschreibung des Mannes, der sich Zankov nannte: eine schlanke Erscheinung mit dunklem Haar und fröhlichen Augen – »braune vallianische Augen, Prinz. Aber wenn er lachte, das schwöre ich, wurden sie beinahe schwarz. Seltsam.« Soweit Nath ti Javvansmot.

Als ich auf dem Rücken Schattens in den Palast zurückkehrte, war ich rechtschaffen hungrig. Der Palast, der eine sehr verwickelte, riesige Anlage hat, bot allerlei Abkürzungen. Ich lenkte meine Zorca durch einen Querkorridor, der mir auf dem Weg zu unseren Privatquartieren mehrere Höfe ersparte. Überall standen die Roten Bogenschützen aus Loh auf Posten, und von den Chuliksöldnern waren nur noch wenige zu sehen. Ein Roter Bogenschütze, der vor einer großen Balasstür stand, erkannte mich und nahm Haltung an. Sein Name war Log Logashtorio.

Der Khibil-Paktun neben ihm folgte seinem Beispiel. Im Weitergehen blickte ich mich um und sah, daß sich der Hikdar an Log Logashtorio gewandt hatte. Offensichtlich wollte er wissen, wer ich war. Er schien zu den Söldnern zu gehören, die Kov Layco Jhansi, der Erste Pallan des Herrschers, neu angeworben hatte.

Einer der vielen Kammerherren des Herrschers eilte auf mich zu. Bei meinem Anblick entspannte sich sein Gesicht. Er machte den Eindruck, als sei ihm eine große Last von den Schultern genommen worden.

»Majister! Der Herrscher verlangt bereits seit zwei Burs nach dir. Er erwartet dich im Saphir-Empfangsraum. Majister! Wir müssen uns beeilen!«

Ich versuche diese bemühten, aufgeblasenen kleinen Burschen mit Höflichkeit zu behandeln; in den meisten Fällen können sie nichts dafür, daß sie so sind, wie sie sind. Seine rotgelbe Robe mit der Silberbestickung wehte bei jeder Handbewegung, und der silbergestreifte Amtsstab hätte mich beinahe an der Nase getroffen.

Mürrisch starrte ich den kleinen Burschen an, dem daraufhin die Knie weich wurden. Ich hatte nicht übel Lust, ihm aufzutragen, zu melden, er habe mich nicht gefunden. Aber das hätte das, was der Herrscher auf dem Herzen hatte, nur hinausgezögert.

»Ich habe Hunger«, sagte ich statt dessen. »Gibt es beim Herrscher etwas zu essen?«

»Ja, Majister. Ein Buffet. Außerdem ist die Prinzessin Majestrix anwesend, über der Opaz sein Licht leuchten läßt.«

Damit war die Sache entschieden.

Ich folgte also dem buntgekleideten Kammerherrn zum Saphir-Empfangsraum - wobei mich das Buffet mehr interessierte als das Problem, das meinen Schwiegervater plagte.

Das Empfangszimmer war vorwiegend grün ausgestattet - ich brauche an dieser Stelle nicht zu erläutern, welche Einstellung ich zu dieser Farbe habe. Auf langen Tischen waren Speisen bereitgestellt. Menschen standen in Gruppen herum, und aßen und lachten und tranken. Es war ein richtiger Empfang. Parfumduft lag schwer in der Luft, doch noch mehr interessierte mich der Geruch nach Fleisch und Gemüse und anderen Köstlichkeiten.

Vier Clowns in bunten Uniformen rissen Trompeten an die Lippen und bliesen einen Tusch, der mir beinahe die Ohren abriß. Der Majordomo verkündete: »Der Hyr-Jikai, Dray Prescot, Prinz Majister von Vallia.«

Ich warf ihm einen vernichtenden Blick zu und nahm sofort Kurs auf das Buffet. Der Herrscher hatte den Tusch sicher gehört und mochte damit rechnen, daß ich sofort zu ihm kam. Nun ja, vielleicht hätte ich es getan, wenn ich den Zweck des Empfangs gekannt hätte.

So verzichtete ich auf die Feinheiten höfischer Etikette und häufte mir auf dem größten Teller, den ich finden konnte, allerlei leckere Sachen an. Es handelte sich meistens nur um leichte, lockere Appetithappen, die keinen richtigen Mundvoll ergaben, aber sie mochten mir über die Zeit helfen.

Ringsum herrschte das vornehme, höfliche Gesellschaftsleben Kregens. Männer und Frauen standen in ihrem frühabendlichen Aufputz herum und nippten gespreizt und kauten zurückhaltend. Die Konversation drehte sich zumeist um unwichtige Dinge, doch da und dort waren offenbar ernste Gespräche und Geschäfte im Gange. Eine Gruppe von Leuten umgab den Herrscher. Seine Löwenmähne überragte alle, und er warf den Kopf in den Nacken und lachte laut.

In meinem einfachen Anzug, mit dem ich durch ganz Vondium gezogen war, den Hut an einer Schnur auf dem Rücken hängend, alle meine Waffen an der Hüfte – so schleppte ich meinen Riesenteller durch den Saal und schloß mich der Gruppe um den Herrscher an. Einige sahen mich und traten zurück, um mich durchzulassen. Die Aufmerksamkeit dieser Leute galt weniger dem Herrscher als der Frau, mit der er sich angeregt unterhielt, ein Gespräch, das ihn immer wieder zum Lachen brachte und sein Gesicht sichtlich rötete.

Sie erblickte mich in dem gleichen Augenblick, wie ich sie.

Nun ja.

Der Herrscher drehte sich halb herum und starrte mich mit gerunzelter Stirn an.

Die Frau begann zu lachen – ein leises, boshaftes, samtiges Lachen, bei dessen Klang ich am liebsten mit den Zähnen geknirscht hätte.

Plötzlich stand Delia neben mir.

Die Frau konnte sich nicht beruhigen. »Wenigstens fliehst du nicht mehr, Prinz. Und hier riecht es auch angenehmer.«

Ich sagte nichts, denn mir steckte ein Stück Squishkuchen im Hals.

»Du kommst spät, Schwiegersohn!« sagte der Herrscher tadelnd. »Man hat dich hergerufen, um der Ehre teilhaftig zu werden, ihrer Hyr-Durchlaucht, Königin Lushfymi, vorgestellt zu werden, Königin von Lome.«

Ich schluckte den Kuchen herunter. Dann warf ich Delia einen verzweifelten Blick zu.

»Du wußtest Bescheid!«

»Ja.«

Bei Zim-Zair, was für Prinzessinnen es doch in Vallia gibt!

8

Die Atmosphäre knisterte einen Augenblick lang; Delia musterte mich lächelnd, während Königin Lushfymi mich aus ihren violetten Augen über den Rand ihres Weinkelches hinweg spöttisch anblickte.

Der Herrscher merkte nichts; er fuhr mich an, was ich mir denn, bei Vox, dabei dachte, nicht rechtzeitig zu erscheinen!

Ich deutete auf meine Kleidung und sagte, ich wäre sehr gern gekommen, wenn er mir gesagt hätte, es ginge bei diesem inoffiziellen Empfang um die Königin.

Der Herrscher bedachte mein Rapier und das Langschwert mit vielsagendem Blick.

»Die Wachen vertrauen dir, und Kov Layco hat für dich gebürgt. Ich vergesse Ashti Melekhi nicht.«

»Melekhi ist tot«, sagte ich aufgekratzt, »Kov Layco hat sie umgebracht.« Der Erste Pallan stand aufmerksam an der Seite des Herrschers und fingerte an seiner goldenen Amtskette. »Ich überlasse es dir, dich daran zu erinnern, wie ihre Freunde umgekommen sind.«

»Was soll dieses Gerede vom Tod«, schaltete sich Königin Lushfymi ein. »Sprechen wir lieber von fröhlicheren Dingen.«

»Dabei ist der Tod allgegenwärtig«, bemerkte Kolo York, der Vad von Larravur, ein mächtiger Mann, der sehr hager war. Er trug eine geschmackvolle Brosche in der Form eines Krahnik. Nach meinen Informationen war er dem Herrscher treu ergeben.

»Die Befehle der Königin sind sofort und auf der Stelle zu befolgen!« rief der Herrscher. Er war außer sich vor Freude über die Gesellschaft dieser Frau.

Ich muß zugeben, Königin Lushfymi war eine beeindrukkende Erscheinung. Ihr weißer Hals, die Fülle ihrer Lippen, die breite Masse ihres Haars und die großen violetten Augen – dies alles war geeignet, einen Mann zu beeindrucken. Ihr dunkelblaues Gewand, grün und weiß bestickt, bildete einen deutlichen Kontrast in dieser vallianischen Gruppe, in der Blau nur selten vorkommt. Für meinen Geschmack trug sie ein wenig zuviel Schmuck. Aber sie verströmte Charme und eine überwältigende Fraulichkeit, einen genau bemessenen sexuellen Reiz. Zugleich spürte ich in ihr einen verborgenen, irgendwie unterdrückten Geist, als wären ihre äußere Gestalt und die Pracht ihrer Person und ihres Charakters nur Fassade für einen Abgrund von Gefühlen, den sie nur widerstrebend offenbaren würde – und auf Gefahr all jener, die sich zu sehr damit beschäftigten.

Sie ließ keine Gelegenheit ungenutzt, mich mit unserer ersten Zusammenkunft zu necken – unter vier Augen. Und sie gab sich Mühe, nicht zu lange dicht neben Delia zu stehen. Dafür hielt sie sich an den Herrscher. Sie trank Wein, aß Miscils und Palines und lachte kehlig zu ihm auf. Die Absicht, die sie damit verfolgte, lag für mich auf der Hand.

Delia war von natürlicher Schönheit; sie konnte nichts dafür, daß andere Frauen neben ihr verblaßten – für mich strahlte sie heller als jeder Stern. Sogar Königin Lush kam gegen meine geliebte Delia nicht an. Aber ich muß fair sein – Königin Lust war eine Schönheit.

Im weiteren Verlauf des Gesprächs kam es zu einigen ernsten Andeutungen über den möglichen Friedensvertrag zwischen Vallia und Lome. Ich sprach mich dafür aus. Viele anwesende Edelleute meldeten Bedenken an. Von den mir bekannten Ractern war nur Nath Ulverswan, Kov der Singenden Wälder, anwesend; sein schwarzweißes Abzeichen wirkte irgendwie verloren.

Vad Kolo nal Larravur hatte die Bemerkung über die Befehle der Königin persönlich genommen. Seine Tochter, Leona nal Larravur, mußte ihn am Arm nehmen und eine Zeitlang auf ihn einreden, ehe er sich mit gezwungenem Lächeln wieder in die Gruppe um den Herrscher einreihte.

Leona war schlank, gut gewachsen und hatte ein offenes freundliches Gesicht. Sie trug ein gelbes Kleid mit Silbernem Saum und einen langen dünnen Dolch am Gürtel. An ihrer linken Schulter entdeckte ich eine Brosche aus Ronilsteinen, die zum Umriß eines purpurnen Busches zusammengesetzt waren mit einem grünen Stamm aus Smaragden. Dieses Zeichen verriet mir, daß Leona nal Larravur dem Orden der Schwestern von Samphron angehörte.

Einer der Ronils fehlte, der Stein an der Spitze des Busches. Dies fiel mir auf – die Stelle war violett übermalt –, da ich mir eigentlich nicht vorstellen konnte, daß ein so wichtiges Symbol billig gearbeitet war oder sich ein Stein etwa durch Fallenlassen der Brosche lösen würde.

Wenn schon Vad Kolo nal Larravurs Laune auf dem Tiefpunkt stand, so war auch seine Tochter nicht bei bester Stimmung. Ich bemerkte auf ihrer Stirn eine kleine steile Falte, und ihr Lächeln kam mir ebenfalls ziemlich gekünstelt vor.

Mit der Zeit dröhnte das Lachen des Herrschers immer häufiger auf, und seine Wangen röteten sich. Ich blickte zu Delia hinüber. Es wurde Zeit, daß wir uns empfahlen.

Was zu dem großen Streit führte, weiß ich nicht; ich hörte den Wortwechsel nicht, bekam auch die Szene nicht von Anfang an mit. Jedenfalls wurde es in der Gruppe um den Herrscher plötzlich laut. Der Herrscher war außer sich vor Zorn. Seine große Gestalt beugte sich über den kleinwüchsigen Foke Lyrsmin, der am ganzen Körper bebte. Er war ein kleiner, drahtiger Bursche, der normalerweise sehr fröhlich auftrat: Foke Lyrsmin, Kov von Vyborg.

»... mir ist egal, was du sagen wolltest, Kov Foke! Du bezeichnest dich als meinen Freund!« Die Stimme des Herrschers dröhnte durch den ganzen Saal. »Aber ich kann niemanden zu meinen Freunden zählen, der Königin Lushfymi beleidigt.«

»Majister ... ich wollte keine Beleidigung ...«

»Ich habe es genau gehört, Lyrsmin! Ich bin nicht taub! Sei dankbar, daß ich dich nicht sofort hinrichten lasse!«

Die Kovneva von Vyborg stieß einen spitzen Schrei aus. Ihre beiden kräftigen Söhne stützten sie. Wie der alte Foke solche Nachkommen hatte zeugen können, war mir ein Rätsel.

»Aber Majister . . .«

»Hinfort, Foke Lyrsmin! Geh! Zieh dich aus meiner Gegenwart zurück!«

Der arme alte Foke schien am Boden zerstört zu sein. Sein Körper bebte in dem eleganten Gewand. Mit klappernden Zähnen drehte er sich um.

»Und noch etwas, Foke na Vyborg – ich erwarte eine schriftliche Entschuldigung gegenüber der Königin von Lome, mit einem Geschenk, welches das Ausmaß deines Bedauerns angemessen ausdrückt – und dein Bestreben, das unmögliche Verhalten wiedergutzumachen.«

Foke brachte kein Wort mehr heraus. Stumm zog er sich zurück, gefolgt von seiner entzückenden Frau und den beiden Jünglingen und seinen Zwillingstöchtern.

Nach kurzer Zeit belebten sich die Gespräche im Empfangsraum wieder. Solche Szenen ereigneten sich nicht mehr so häufig wie früher. Delia bemerkte meinen Blick, und ich nickte ihr zu. Langsam näherten wir uns der Tür.

Wenn man überhaupt davon sprechen konnte, daß es damals im politischen Sinne eine für den Herrscher eintretende Partei gab, dann gehörte Foke auf jeden Fall dazu. Man mochte sie mit dem Namen Herrscher-Partei belegen. Natürlich fehlte ihr die Organisation oder die Macht, die die Racter aufgebaut hatten. Aber es waren Männer, die dem Thron ergeben dienten.

»Armer Foke«, sagte Delia.

»Er schien mir völlig vernichtet zu sein. Hast du mitbekommen, worum es eigentlich ging?«

»Nein. Jedenfalls war Königin Lushfymi sehr verstimmt.«

»O nein, mein Schatz.« Wir hatten die Türen erreicht, die von Lakaien in bunten Uniformen geöffnet wurden. »O nein. Vielmehr bestand die Verstimmung auf Seiten des alten Foke!«

9

»Und jetzt«, sagte ich zu Delia, als alle Vorbereitungen abgeschlossen waren, »zu dieser Wasserflasche.«

»Ich sehe sie, mein Schatz.«

Wir befanden uns in unserer valkanischen Villa auf dem Vel'alar-Hügel, die von Nalgre dem Stab in Ordnung gehalten wurde, obwohl wir uns nur selten dort aufhielten.

»Diese Wasserflasche«, fuhr ich fort und wog sie in der Hand – ein abgegriffenes Gebilde in einer Lederhülle. »Wir müssen sie in der dicksten Eisenkiste einschließen.«

Delia nickte verständnisvoll. Nachdem ich im Heiligen Taufteich von Aphrasöe meine Wunden geheilt hatte, war ich auf den Gedanken gekommen, diese Flasche mit der milchigen Flüssigkeit zu füllen, die Leben zu schenken vermochte.

»Hier ist sie bestimmt sicher.« Delia wickelte die Flasche in ein Leinentuch und steckte sie in die große Kiste, vor der wir standen. Die vier Schlüssel und der Hauptschüssel verschwanden in einem Backsteinloch in der Wand, das im geschlossenen Zustand unmöglich zu finden war.

Oben auf der Landeplattform erwartete mich ein kleiner zweisitziger Voller, gut im Schuß, schnell, ein Modell, das hoffentlich nicht vorzeitig defekt werden würde.

Delia gab mir einen Abschiedskuß. »Remberee!« sagte ich und spürte dabei einen Kloß im Hals, doch wie immer, wenn wir uns trennten, stand drängende Notwendigkeit hinter meinen Plänen.

Ich löste die Vertäuung des Flugbootes, stieg ein, winkte ihr noch einmal zu und rief: »Remberee, Liebling!« Dann ließ ich das Flugboot zum Himmel emporsteigen.

Die Zwillingssonnen standen hinter einer Wolkenschicht und verbreiteten ihr verschwommenes rosa Licht. Der große vierte Mond Kregens, die Frau der Schleier, stand am Taghimmel.

Und wieder einmal raste ich, Dray Prescot, Lord von

Strombor und Krozair von Zy, durch den Himmel Kregens, auf dem Weg in neue hektische Abenteuer.

Der Gedanke, daß ich in Kürze Barty wiedersehen würde, munterte mich auf. Wir waren in Thengelsax verabredet. Sax bedeutet Fort, und viele Städte und Ortschaften entlang der alten Grenzen im mittleren Nordost-Vallia hatten ihren Ursprung in Befestigungen, die man vor langer Zeit gegen barbarische Räuber errichtet hatte. Die Städte waren inzwischen ausgeufert und nicht mehr wehrhaft – kein Wunder, denn sie befanden sich mitten in einem großen und mächtigen Reich, in dessen Grenzen es eigentlich keine Konflikte geben durfte.

Der Herrscher wäre gut beraten, Mittel und Wege zu suchen, diese Auseinandersetzungen zu beenden, anstatt schönen Königinnen nachzulaufen, die unbekannte Absichten verfolgten.

Andererseits war er ein Mann. Und Königin Lust – wie man sie nannte – war eine *Frau* – daran konnte es keinen Zweifel geben. Wenn sie ihn beschäftigte, kam ich vielleicht endlich mit meinen Angelegenheiten voran. Zumindest hatte er sich nicht zu eingehend nach seinen Enkeln erkundigt. Ich mußte Dayra aus dem Sumpf holen, in dem sie steckte, und sie zur Vernunft bringen, ehe sich der Herrscher selbst einschaltete.

Das setzte natürlich voraus, daß ich davon überzeugt war zu wissen, was für meine Tochter das Beste war. In Wahrheit war ich ziemlich verunsichert. Im mindesten Falle hielt ich Prügeleien in Tavernen und Überfälle mit haarigen Räubern nicht für Beschäftigungen, die man mit moralischen Argumenten untermauern konnte. Aber, bei Krun, vielleicht hatte sie für ihr Verhalten eine Erklärung, die mich eines Besseren belehrte!

Die Sonnen Scorpios schickten ihr vielfarbiges Licht herab, als ich über Thengelsax kreiste und die Schänke ansteuerte, vor der ich verabredet war. Die Stadt wirkte von oben sauber und ordentlich, wie das bei den meisten vallianischen Städte der Fall ist. Sie lag an der Mündung des Emerade-Flusses, der im Großen Strom aufging.

Barty lief herbei, als das Flugboot den Boden berührte, gefolgt von anderen Gästen des Lokals. Er schien aufgeregt zu sein, und ich dachte schon, daß er etwas Wichtiges über Dayras Aufenthaltsort erfahren hätte.

Aber diese Hoffnung zerschlug sich. Als wir die Schänke betraten, die den Namen *Hängender Leemkopf* trug, begann Barty den Strom von Vilandeul zu verfluchen. Mit lebhaften Armbewegungen und gerötetem Gesicht schilderte er mir in wirren Worten, was ihn beschäftigte.

»Dieser Nath Typhohan!« knirschte er. »Ich kenne ihn. Ich habe mit ihm gerungen und gefochten und ihn jedesmal besiegt. Jetzt ist er Strom von Vilandeul und hat die Frechheit, das beste Land meiner Insel zu beanspruchen! Er will die Schattenwälder von Calimbrev für sich! Ich bitte dich!«

Ich nickte. »Ich hatte schon Ärger mit seinem Vater. Genau genommen mein Sohn Drak und Tom Tomor; ich war damals unterwegs. Der Strom von Vilandeul wollte Teile von Veliadrin annektieren, das westlich der Varamin-Berge liegt.«

»Der Grund ist wohl, daß Naths Stromnat sehr klein und von mächtigen Kovnaten umgeben ist. Da ist er auf mehr Land aus.«

»Im Grunde ist so etwas verständlich.«

»Wir müssen zusammenhalten, Pri ... Jak. Wenn es hart auf hart kommt, müssen wir Söldner anwerben und gegen ihn ins Feld ziehen. Typhohan wird mir auf keinen Fall Land stehlen, bei Vox!«

»Was hast du über Dayra in Erfahrung gebracht?«

»Ich habe mit dem Wirt gesprochen. Sie ist bei einer Horde Hawkwas gesehen worden, die Zorcas gemietet haben und in nordöstlicher Richtung geritten sind.«

Hawkwa war der herabwürdigende Name, den die zivilisierten Vallianer vor langer Zeit voller Haß und Angst den Räubern aus dem Nordosten gegeben hatten – ein Name, der dann von den Barbaren in prahlerischem Stolz übernommen worden war.

»Außerdem habe ich einen Führer angeworben.«

Ich hatte keinen Grund zur Beschwerde. Barty hatte gute Arbeit geleistet. Während ich in Vondium herumfragte und mich um den Herrscher kümmerte, hatte er hier umsichtig gewirkt. Er gefiel mir immer mehr. Seine Gefühle für meine Tochter schienen echt zu sein, denn er war nicht Hals über Kopf auf seine Insel zurückgekehrt, um Nath Tryphohans Ansprüche abzuwehren. Nun, dabei würde ich ihm helfen, denn seine Insel lag dicht bei Veliadrin.

»Wir werden nicht reiten«, sagte ich entschlossen. »Wir nehmen dein Flugboot, das einem Dutzend Mann mit ihren Zorcas Platz bietet. Mein Zweisitzer wäre in diesem Zusammenhang nutzlos. Was ist das für ein Führer . . .«

»Uthnior Chavonthjid. Ein Jäger, der einen guten Ruf genießt. Und teuer ist er, bei Vox!«

»Nun, dieser Uthnior wird sich an ein Flugboot gewöhnen müssen, wenn er sich damit nicht schon auskennt. Wir haben keine Zeit zu verlieren.«

Das Umladen nahm nicht viel Zeit in Anspruch – etliche Körbe mit Proviant, die üblichen Waffen und Reittiere.

Uthnior Chavonthjid entpuppte sich als typischer Leemjäger, breitschultrig, aber hager und drahtig und mit einem wettergegerbten Gesicht, das seine Erfahrungen in der Wildnis ansprechend dokumentierte. Sein Werdegang enthielt nichts Ungewöhnliches außer jenem einen Kampf, der ihm das berühmte »jid« einbrachte im Zusammenhang mit dem Namen des Tiers, das er besiegen konnte. Der Chavonth ist eine riesige Wildkatze von heimtückischem Temperament. Ich war überzeugt, daß sich Uthnior Chavonthjid als vorzüglicher Wildführer erweisen würde. Was seine Verläßlichkeit anging – die mußte sich erst noch erweisen.

Mit der gemächlichen Geschwindigkeit, die Bartys geräumiges Flugboot aufbringen konnte, nahmen wir Kurs auf die Kwan-Berge, in denen der Emerade entspringt, etwa vierzig

Dwaburs von Thengelsax entfernt. So zivilisiert Vallia als Ganzes auch ist, gibt es doch noch immer Landesteile, die man als barbarisch und ungezähmt bezeichnen muß.

Dazu gehörten die Kwan-Hügel, dicht bewaldet, unerforscht und geheimnisvoll, von wilden Tieren durchstreift – und Zuschlupf der Drikinger, Räuber, Hawkwas – wie immer man sie nennen wollte –, die hier ihr Unwesen trieben.

Zu meiner Überraschung hatte sich Uthnior gegen Zorcas ausgesprochen.

»Koter Jakhan«, sagte er auf seine ernste Art. »An unserem Ziel kommt nur die Totrix als Reittier in Frage.«

Ich brauchte nicht lange zu überlegen, um zu erkennen, daß ich mich diesem Rat eines Spezialisten beugen mußte. So nahmen wir denn sechs Totrixes in engen Boxen an Bord, eine Behandlung, auf die diese sturen sechsbeinigen Geschöpfe nicht gerade begeistert reagierten.

Wir landeten am Rand eines Waldes, ein gutes Stück von der Ortschaft Tarkwa-fash entfernt. Ab hier wollten wir reiten, dem blauen Dunst der Kwan-Berge entgegen. Der Voller wurde zwischen Bäumen mit abgeschnittenen Ästen getarnt. Uthnior beäugte die Haufen von Waffen und Gerät.

Sein Gepäck bestand aus einem kleinen Beutel, einer Armbrust und Pfeilen, drei Schwertern und mehreren Kampfstäben. Seine Proviantsäcke wurden auf der anderen Seite des breiten Sattels befestigt.

»Du hast dich ja mit einem erstaunlichen Arsenal bewaffnet, Uthnior«, sagte Barty. »Was sollte man deiner Meinung nach mitnehmen?«

Mir entging der kräftige Kurzbogen nicht, den Uthnior über der Schulter trug, mit kurzen Pfeilen, die breite, dreiekkige Stahlspitzen besaßen. Offensichtlich eine Waffe für kurze Entfernungen. Für die Weitschüsse war die Armbrust bestimmt.

Uthnior betrachtete meinen lohischen Langbogen, als habe er so eine Waffe noch nie gesehen.

In letzter Konsequenz ließ ich mich von meinen Erfahrungen leiten und nahm das übliche Arsenal mit. Barty ging den Mittelweg und stellte sich ein Waffengemisch zusammen, das Uthnior zu einem Lächeln veranlaßte.

Nach einiger Zeit erreichten wir die Vorberge der Kwan-Kette und schlugen in einer schmalen Schlucht unser Lager auf. Wasser und Gras gab es in der Nähe. Bis jetzt war uns keine Menschenseele begegnet. Wild gab es allerdings reichlich, das uns eher für Störenfriede als für eine Gefahrenquelle hielt – ein weiteres Zeichen dafür, wie selten in dieser Gegend Menschen anzutreffen waren.

Uthnior war ein Jagdführer, der es sich leisten konnte, in jedem Jahr nur eine Expedition zu führen. Daß er Bartys Auftrag hatte annehmen können, lag daran, daß seine letzte Jagdgruppe abgesagt hatte – wegen der zunehmenden Unruhen an der Grenze. Er war unverheiratet und schien die Freiheit eines Jägerlebens allen anderen Annehmlichkeiten vorzuziehen. Er war dort zu Hause, wo er sich gerade befand. Er schien mir ein fähiger, in sich ruhender Mensch zu sein, der den Absonderlichkeiten der kregischen Natur mit Liebe und Verständnis begegnete.

Ich hatte mir in letzter Zeit angewöhnt, alle neuen Bekannten ganz besonders im Hinblick auf den neu gegründeten Orden der Kroveres von Iztar unter die Lupe zu nehmen. Kam dieser Mann für eine Mitgliedschaft in Frage? Seine Art beeindruckte mich irgendwie. Was Barty anging, so vereinigte dieser Mann schon zahlreiche Tugenden auf sich, doch er hatte noch einen weiten Weg, ehe er für den Orden in Betracht kam.

Wir ritten weiter, solange uns das rosagoldene Mondlicht den Weg wies. Die Frau der Schleier und die Zwillinge offenbarten uns das zerklüftete Land. Wir gewannen immer mehr an Höhe. Der Ritt auf den sechsbeinigen Totrixes ist nicht sehr angenehm; aber ich kenne die Sturheit dieser Tiere und versuchte mir das Leben so leicht wie möglich zu machen.

Als der letzte kleine Mond zur Linken im Dunst verschwand, gab Uthnior Zeichen, daß wir ein neues Lager aufschlagen sollten.

Wir entzündeten ein kleines Feuer im Schutz einer Felswand. Als der Tag heraufzog, löschten wir die Flammen und ruhten uns aus. Barty konnte aber keine Ruhe finden.

»Können wir nicht weiterreiten, Uthnior?«

Der Führer nahm einen Grashalm aus dem Mundwinkel.

»Du hast mich angestellt, euch zum Lager der Hawkwas zu führen. Ich kenne die Gegend, in der sie sich aufhalten – und meide sie. Ich könnte euch direkt dorthin führen. Auf der letzten Dwabur aber werdet ihr genau beobachtet werden.«

Ich sagte nichts; ich glaubte zu wissen, was jetzt kam.

»Ich kann euch den Weg genau beschreiben, das tue ich gern. Aber das letzte Stück reitet ihr allein. Ich warte drei Tage auf euch. Länger nicht.«

10

Der Nieselregen ließ nach, und schwaches Tageslicht drang durch die dunstigen Wolken. Felswände, Baumstämme, Büsche, Grashalme – alles tropfte von Wasser. Barty warf die Kapuze zurück, von der zahlreiche Tropfen sprühten. Die Totrixes suchten sich in ihrem schwankenden Gang einen Weg. Geschickt nahm Uthnior seinen Kopfschutz ab und ließ das Wasser ins Gras laufen.

Graue Wolken verhüllten die Bergspitzen. Im Paß weiter oben schimmerte ein Wasserfall.

»Fünf Burs hinter dem Paß«, sagte unser Führer und hob den Arm. »Dann lasse ich euch allein weiterziehen. Es gibt dort eine Höhle. Drei Tage warte ich. Dann . . .«

»Du brauchst nicht weiterzusprechen!« rief Barty. »Wenn wir in drei Tagen nicht wieder auftauchen, sind wir tot. Das weiß ich.«

Der vor uns liegende Paß, die dunklen Hänge links und

rechts, die tief herabhängenden Bäuche der wasserschweren Wolken – dies alles ließ meine Fingerspitzen kribbeln. Ein wohlbekannter Schauder lief mir über den Rücken.

»Da kommen sie!« brüllte ich und riß mir den Langbogen von der Schulter.

Sie hasteten die Hänge herab und schrien dabei wie Dämonen. Sie sprangen von Busch zu Busch und schwangen ihre Waffen, eine zerlumpte Horde von Männern und Frauen, die Rüstungen und Schutzpanzer braun und naß, eins mit dem feuchten Boden, auf dem sie gelegen hatten, bis wir in ihren Hinterhalt geritten waren.

»Hawkwas!« rief Uthnior, und auch er hielt den Bogen in der Hand.

Kurz- und Langbogen verschossen ihre Pfeile gleichzeitig. Bartys Waffe sirrte einen Sekundenbruchteil später, als der Jäger und ich bereits zum zweitenmal unsere Ziele suchten.

Bei einem heftigen Angriff dieser Art muß man davon ausgehen, daß eine feindselige Handlung vorliegt, und entsprechend reagieren, ohne sich lang zu fragen, ob es sich vielleicht um einen etwas zu begeisterten Empfang handelt. Wir schossen, um den Angriff zum Erliegen zu bringen. Männer schrien auf, durchbohrt von unseren Pfeilen. Sie rollten die feuchten Hänge herab. Unsere Pfeile forderten ihren Tribut – und schon begann der Nahkampf.

Plötzlich galten wieder all die alten Klischees von dem Verstand, der sich in einem solchen Augenblick vom Körper löst, von Schwertgriff und instinktiver Reaktion, von den Geheimnissen der Ordensübungen – alle diese Dinge hatten urplötzlich wieder volle Gültigkeit.

Ich saß im Sattel und wollte so schnell wie möglich weiter – also setzte ich mein Krozair-Langschwert ein. Die Klinge loderte im schwachen Sonnenlicht. Hawkwas schrien auf und sanken zur Seite. Blut spritzte. Barty hieb mit dem Clanxer um sich, den ich ihm aufgedrängt hatte – eine gerade Hieb- und Stichwaffe, die sich für einen solchen Einsatz besser eignete als ein Rapier. Uthnior verteilte mächtige Hiebe mit seiner Kampfstange, an deren Ende eine sensenartige Klinge befestigt war. Wir trieben unsere Totrixes an und zerrten dabei die Lasttiere hinter uns her. So gelang uns der Durchbruch. Die Hawkwas kämpften energisch, sahen sie doch, daß wir nur zu dritt waren, während sie neunzehn oder zwanzig zählten. Aber die tödlichen Pfeile hatten sie demoralisiert, und die Schwerter vollendeten die Arbeit.

Drei Mann wandten sich zur Flucht, und Uthnior griff nach seinem Bogen und schoß auf den ersten.

»Sie holen ihre opazverfluchten Freunde, Koter!« rief er mir zu.

Als er den vorletzten Angreifer erledigte, schoß ich nicht ohne Widerwillen auf den letzten Fliehenden.

Aber im Grunde hatte Uthnior recht. Meine Tochter Dayra war mir lieber als diese Bergbanditen. Es war schrecklich und blutig, ließ sich aber nicht umgehen.

Es hatte keinen Sinn, die herumliegenden Waffen einzusammeln. So entfernten wir uns vom Schauplatz des Kampfes so schnell wir konnten. Nach kurzer Zeit begann es wieder zu regnen. Wir setzten unsere Kapuzen auf, senkten die Köpfe, ritten durch das Tal und an dem funkelnden Wasserfall vorbei und erreichten bald die Höhe, die sich neblig und wolkenverhangen vor uns erstreckte.

Fluchend sagte Barty: »Was ich jetzt für eine heiße Tasse Tee geben würde!«

Ich zog eine Flasche Wein aus der Tasche und reichte sie ihm. »Damit mußt du dich im Augenblick begnügen, Barty.«

»Da hast du wohl recht.«

Als wir die Höhle erreichten, von der unser Führer gesprochen hatte, ließen wir die Tiere anhalten. Die steile Felswand war schmaler geworden, und der gewundene Pfad wand sich einem dicht bewaldeten, unebenen Landstrich entgegen. Regenschleier zogen darüber hin wie senkrechte Hiebe riesiger Schwertklingen.

Uthnior zögerte. »Es ist wohl nicht ratsam, hier auf euch zu warten«, sagte er.

»Unsere Spuren werden vom Regen verwischt«, sagte ich.

»Das stimmt, Koter. Aber man wird die Leichen der Hawkwas finden. Ihre Freunde werden nach uns suchen. Und es ist kein Problem, einen einsamen Mann zu finden, der allein in einer Höhle wartet.«

»Also reitest du mit uns, bis du ein sicheres Versteck findest«, sagte ich. – Barty blickte mich kritisch an; vielleicht hatte er eine andere Äußerung von mir erwartet.

Die Niedergeschlagenheit, die mich erfüllte, ließ etwas nach, als der Regen aufhörte. Uthnior führte uns weiter, die Nase in den Wind gehoben, seine Augen ständig die Landschaft absuchend, die sich uns mit jeder Wegbiegung in neuen hügeligen Perspektiven offenbarte.

Wir hatten beschlossen, uns dem Lagergebiet der Hawkwas aus einer anderen Richtung zu nähern. Das war das mindeste, was wir tun konnten, um uns von dem Kampfgeschehen zu lösen. Sollte man uns später mit dem Massaker in Zusammenhang bringen, dann hatten wir Pech, das war eine Sache der Götter. Aber zunächst brauchten wir länger, um ans Ziel zu kommen, und verbrachten den nächsten Tag auf einem unbequemen Ritt durch unwegsames Gelände, das uns ziemlich deprimierte. Selbst Barty war schlechter Laune.

Nach einiger Zeit begegneten wir einem umherirrenden Mann, der anscheinend den Verstand verloren hatte. Sein verschrumpeltes Gesicht und weißes Haar verrieten uns, daß er an jener fürchterlichen Krankheit litt, von der ich schon berichtet habe. Ein normaler Kreger kann ein gut zweihundertjähriges Leben erwarten, bei bester Gesundheit. Diese Krankheit aber, Chivrel genannt, verkürzt die Lebensspanne nur um eine Handvoll Jahre, raubt den Menschen aber jenen goldenen Herbst des Lebens; dabei zerstört sie ihre Kraft und ihr Aussehen und läßt sie auf obszöne Weise altern. Es ist eine Krankheit, die nicht ansteckend zu sein scheint, so daß uns der Kontakt mit diesem Mann keine Sorgen machte.

An einem Bach schlugen wir unser Lager auf; überragt von Felsen, umgeben von hohen Bäumen. Meine Laune besserte sich etwas. Bald mußte etwas geschehen. Natürlich machte ich mir Sorgen, daß ich hier in den entlegenen Bergen herumkletterte, anstatt in Vondium meine Rolle zu spielen und den Herrscher vor neuen Verschwörungen zu schützen. Wer konnte wissen, was sich in diesem Augenblick in der Hauptstadt abspielte?

Der Greis fuchtelte mit den Armen herum. Er stellte sich als Yanpa der Fran vor. Auf Befragen gab er Auskunft, er suche nach dem sagenhaften Cher-ree. Barty hätte am liebsten laut losgelacht, doch ich brachte ihn mit einem Kopfschütteln zum Schweigen.

»Aber dazu treiben sich hier zu viele junkaverfluchte Krieger in den Bergen herum«, sagte Yanpa anklagend. »Sie marschieren überall und vertreiben die Geister.«

»Krieger?«

»Ja! Hunderte – Tausende. Sie folgen dem Ruf der Kriegstrommeln und Trompeten. Die Banner flattern. Noch gestern hat mich eine ganze Horde gejagt . . .«

»Hawkwas« fragte Uthnior und schob aggressiv den Kopf vor.

»Auch. Und viele Söldner, viele Krieger, viele Paktuns.«

»Wo befindet sich das Lager?«

»Lager? Lager?« Die schrumpeligen alten Arme zuckten hilflos hin und her. »Es gibt viele Lager. Die Lederhäute füllen die Täler.«

»Das Hauptlager?«

Er ließ die Augäpfel rollen. Wenn seine klare Phase zu Ende ging, ehe er uns Auskunft geben konnte, kamen wir nicht weiter. Aber er fuhr sich mit der Zunge über die gesprungenen Lippen und lachte und legte sich die Arme um den Oberkörper. »Sie kommen in Hockwafernes zusammen. Ich habe den Tempel gesehen. Ich hab' ihn gesehen, und sie haben es nicht gemerkt.« Er lachte begeistert vor sich hin.

Uthnior zupfte sich am Ohrläppchen. »Hockwafernes. Kenne ich. Bei manchen gilt das als geweihter Ort, bei anderen als Ort der Verdammnis. Auf jeden Fall sind dort Teufel anzutreffen.«

»Teufel!« rief Yanpa der Fran kichernd. »Ja! Junka hat sie alle zusammengerafft, doch einige sind ihm zwischen den Fingern hindurchgeschlüpft und verstecken sich zitternd in Hockwafernes.«

»Andere aber behaupten, alter Mann, die Teufel würden dort warten, bis die Grabsteine angehoben würden, bis die Scheiterfeuer Rauch und Flammen zurücknehmen, bis die Eisgletscher Sicces schmelzen . . .«

»Opaz, das Licht der Tage, möge uns schützen!« rief Barty atemlos. Er erschauderte und blickte durch das Feuer zwischen die Bäume, die das Lager umstanden.

Steine klapperten weiter unten am Bachufer, und wir sprangen auf. Barty starrte in die Richtung, Uthnior blickte in die Runde. Mit grimmigem Gesicht deutete ich auf die Bäume, in deren Schutz wir uns zurückzogen. Yanpa begleitete uns, nicht ohne einen nervösen Blick auf seine Reit-Preysany und sein Packtier. Die beiden grasten friedlich neben unseren Totrixes.

Der Rapa, der mürrischen Gesichts daherwanderte, war ein Kämpfer, ein Krieger, gehüllt in einen Kampfpanzer und mit einem riesigen Bündel auf der Schulter. Im Gehen brummte er vor sich hin und warf düstere Blicke nach links und rechts. Als er das Lager und die Tiere erblickte, warf er sein Bündel zu Boden und zog sein Schwert, das im Feuerschein funkelte. Unsicher schaute er sich um.

»Llahal, Dom!« rief ich. »Wir wollen dir nichts tun.«

Er zeigte sich unbesorgt. Von seinem Standpunkt aus konnten wir uns ihm nicht unbemerkt nähern, so daß ihm genug Zeit blieb für die Entscheidung, ob er kämpfen oder fliehen wollte. An seinem Hals fiel mir ein silbriges Funkeln auf, oberhalb der Rüstung, und ich ahnte, daß eine Flucht für ihn nicht in Frage kam.

Ich ging kein Risiko ein. Ich trat zwischen den Bäumen hervor und streckte ihm die leeren Hände hin.

»Llahal, Dom«, sagte er auf die mürrische Art seiner Rasse. Es gibt Menschen, die der Meinung sind, alle Rapas stinken. Dies ist nicht der Fall. Das Gesicht mit dem riesigen Schnabel drehte sich in meine Richtung. Er hatte hellrote Federn auf dem Kopf, weiße Federn säumten seine Augen, und die Körperfedern wiesen eine rotschwarze Maserung auf. Das abstoßende Geiergesicht starrte mich an. Ich trat vor.

Wir machten Pappattu und erfuhren, daß wir die Bekanntschaft Rojashins des Kaktu gemacht hatten, eines Paktun, der auf dem Weg zu Trylon Udo na Gelkwa war, der eine Armee aushob und dabei auch viele Söldner einstellte. Fluchend fuhr Rojashin fort: »Und dann mußte meine verflixte Zorva stolpern und sich zwei Beine brechen. Jetzt bin ich schon zwei Dwaburs weit gelaufen wie ein einfacher Sklave.« Seine raubtierhaften Augen richteten sich auf unsere Reittiere.

Uthniors Hand verkrampfte sich um den Schwertgriff.

»Ihr seid auch Söldner? Wie ich sehe, seid ihr keine vollwertigen Paktuns.«

Er sprach mit einer gewissen Verachtung, dieser Rapa Rojashin. Der kleine silberne Mortilkopf schimmerte an seinem Hals – der Pakmort, das stolze Symbol der Söldner, die den begehrten Status eines Paktun erreicht haben.

Wir mußten damit rechnen, daß uns unser Besucher Ärger machen würde. Immer wieder fummelte er an seinen Waffen herum und starrte auf unsere Tiere, während er die Speisen verzehrte, die wir ihm anboten.

Unsere Fragen beantwortete er bereitwillig. Trylon Udo stellte im Nordosten eine große Armee zusammen. Die Männer kamen von überallher. Viele reisten sogar über das Meer an. Er selbst war durch einen Vorschuß in Gold aus Nord-Segesthes angelockt worden. Wenn seine Zorca nicht gestürzt wäre, säße er jetzt schon in Hockwafernes. Der Anwerber hatte ihm versprochen, daß die Armee nach Süden durch Vallia marschieren und Vondium überrennen würde. Die Beute dort würde unvorstellbar sein. Die größte Stadt in diesem Teil der Welt versprach reichen Ertrag für jeden, der das Glück hatte, den Angriff zu überleben.

»Und wie es aussieht, soll mir die Chance der Teilnahme geraubt werden, beim Ib-Räuber!«

Ich nahm mir vor, Rojashin dem Kaktu einen Platz auf meiner Pack-Totrix anzubieten und zusammen mit ihm in das Lager Trylon Udos zu reiten. Auf diese Weise kam ich unmittelbar mit den Gefahren in Berührung, die Vondium drohten. Außerdem hegte ich den Verdacht, daß ich dort auch Dayra antreffen würde.

Aber das Schicksal hat die unangenehme Angewohnheit, solche Pläne über den Haufen zu werfen.

Unser Rapa-Gast schien noch nicht lange Paktun zu sein: sein Pakmort schimmerte noch sehr hell, seine Waffen wirkten unbenutzt, und ich ahnte, daß er sich noch im Hochgefühl des frisch gewonnenen Ruhms sonnte. Er stand auf, zog mit der rechten Hand sein Schwert und fuhr sich mit der linken über den großen Schnabel.

»Ich nehme mir jetzt eine Totrix. Wenn ihr euch wehrt, töte ich euch alle.«

Ich seufzte.

Offenbar hielt er Uthnior für unseren Führer und uns für seine Kunden, während er Yanpa den Fran als kranken Wahnsinnigen abtat.

»Du kannst mit uns reiten . . .«, setzte ich an.

Der Rapa brüllte: »Bei Rhapaporgolam dem Seelenräuber! Ihr feigen Rasts! Ich strecke euch alle nieder und nehme mir, was ihr besitzt!«

Mit diesen Worten stürzte er sich auf Barty.

Barty saß mit untergeschlagenen Beinen da und kaute auf einer Handvoll Palines herum. Als der Rapa sich mit wirbelndem Schwert näherte, stieß er einen Schrei aus und ließ sich zur Seite rollen – die Beeren spritzten empor wie die Kerne einer zusammengepreßten Frucht. Yanpa kreischte vor Entsetzen und hastete zu seiner Preysany. Uthnior beherrschte sich und schaute mich an. Ich rührte mich nicht.

Barty entging dem herniederzuckenden Schwert um Haaresbreite. Uthnior grollte und griff nach seinem Bogen.

Wieder schrie Barty und zuckte wie ein auf den Strand gespülter Wal herum. Endlich winkelte er ein Bein an und stemmte sich hoch, das Rapier ziehend.

Wieder seufzte ich. Eines Tages würde er es hoffentlich lernen.

Rechts von mir fand ich einen geeigneten Stein. Ich griff danach, wog ihn in der Hand, warf ihn zweimal hoch und schleuderte ihn auf den Rapa. Der Stein prallte von seinem Halsschutz ab. Der Söldner torkelte mit wirbelnden Armen vorwärts, stolperte über Barty und stürzte zu Boden. Sein Schnabel zog eine Furche in den Sand.

Der Helm hatte verhindert, daß er das Bewußtsein verlor. Folglich war der Rapa augenblick wieder auf den Beinen und setzte seinen Angriff fort.

Da schoß Uthnior. Der Pfeil fuhr dem Rapa durch den Hals. Rojashin der Kaktu richtete sich zu voller Größe auf. Seine Finger ließen das Schwert fahren. Dann stürzte er zu Boden. Seine Beine zuckten noch einmal – und er rührte sich nicht mehr.

»Warum müssen diese Idioten immer wieder ihre Muskeln zeigen und sich wie die großen Helden aufführen?« fragte ich. »Ich begreife das nicht. Bei Vox! In uns hat er sich getäuscht, der Onker. Dabei war er ein Paktun.«

»Ein sehr frischer Paktun«, stellte Uthnior fest.

»Er hätte friedlich mit uns ins Lager reiten können. Aber nein – er mußte sich beweisen, welch ein großer und mächtiger Krieger er ist!«

Als Barty sich später wieder beruhigt hatte, sagte ich meinen Begleitern, daß ich sie jetzt verlassen müßte. Verständnislos starrten sie mich an.

»Du«, sagte ich zu Barty, »kehrst auf schnellstem Wege nach Vondium zurück – mit dem Flugboot. Du meldest dort die Dinge, die wir hier erfahren haben. Wende dich an Naghan Vanki. Ich könnte mir vorstellen, daß auch Kov Layco Jhansi an deinem Bericht interessiert ist und eine Audienz beim Herrscher arrangiert. Die Gefahr aus dem Nordosten ist größer, als man sich in Vondium vorstellt.«

»Und du?«

Ich griff nach der Rüstung, die wir dem Rapa abgenommen hatten. Ich würde dafür sorgen, daß mir die Teile paßten. »Oh, ich werde mich wohl Trylon Udos neuer Armee anschließen. Sicher finde ich dort Dayra, und . . .«

»Dann werde ich dich begleiten!«

»Meinst du, du kannst dort glaubhaft einen Paktun spielen?«

»Also, ich . . .«

Schließlich überzeugte ich ihn, daß mein Vorschlag besser war. Es war nicht einfach, aber ich setzte mich durch; er hätte mich nur behindert. Das Leben eines Stroms bei Hofe und auf seinen Besitzungen unterscheidet sich doch sehr vom Dasein eines Söldners in der rauhen Wirklichkeit des Lagerlebens und des Kampfes – obwohl beide auf dem Schlachtfeld zusammentreffen können.

Uthnior wies mich darauf hin, daß sich Yanpa der Fran mit seinem Tier davongeschlichen hatte. Wir kamen überein, daß auch er seine Aufgabe als beendet ansehen konnte.

Nachdem wir den Rapa begraben hatte, blickte ich Uthnior und Barty nach und hoffte, daß sie das versteckte Flugboot ungeschoren erreichen würden. Ich rief ihnen ein fröhliches Remberee nach und nahm Kurs auf Hockwafernes und die Rebellenarmee Trylon Udos na Gelkwa.

Es war ein großartiges Gefühl, wieder einmal allein zu arbeiten, als jener alte Dray Prescot, der sich brüllend durch die harte und wunderschöne Welt Kregen kämpft.

11

Wie Yanpa gesagt hatte, war das Tal mit den Lederzelten einer Armee gefüllt. Das Funkeln von Waffen und Rüstungen, das Knattern leuchtender Flaggen, das Hin und Her von Satteltieren belebte die Szene, und die Geräusche und Gerüche einer Armee weckten sehnsüchtige Erinnerungen in mir, während ich den Weg in die Senke hinabritt.

Eine Horde Masichieri – Söldner, die aus diesem oder jenem Grund als zweitklassig gelten und folglich nicht so gut bezahlt werden wie Paktuns – hatte sich mir angeschlossen. Einige Beulen und eingedrückte Nasen überzeugten die Männer, daß mit mir nicht zu spaßen war, und so ritten wir gemeinsam ins Lager.

Dies bot mir Deckung, warf aber auch einige Fragen auf. Kein Paktun würde sich auf gesellschaftlicher Ebene mit Masichieri einlassen. Im Kampf würden sie wohl zusammenstehen, aber weiter ging die Gemeinsamkeit nicht.

Weiter unten, am Ende des Tals, mündete ein Fluß in einen funkelnden See. Dort erhob sich eine Stadt. Sie umgab mit Holzhäusern und einer Palisadenbefestigung ein Bauwerk von beträchtlicher architektonischer Schönheit.

Dies war der Tempel von Hockwafernes.

Ich achtete kaum auf meine Umgebung. Ein Blick überzeugte mich, daß der Tempel ungewöhnlich prunkvoll und schön war für diesen entlegenen Ort. Aber schon nahm mich das erforderliche Protokoll in Anspruch. Das Pappattu mußte gewahrt werden. Ich mußte eine sorgfältige Wahl treffen unter den Kommandanten, die ihre Regimenter zusammenstellten.

Das Lager war groß und nur eines von vielen. Auf den Wegen zwischen den Zelten bewegten sich viele Diff-Rassen. Die üblichen Troßleute gingen ihren verschiedenen Beschäftigungen nach.

Wo sollte ich nur inmitten dieser Massen meine Tochter Dayra finden?

Ein halbes dutzendmal hielt man mich an und bot mir in diesem oder jenem Regiment einen Offiziersposten an – der funkelnde Pakmort an meinem Hals lockte die Werber der verschiedenen Einheiten an wie die Fliegen.

Es erschien mir ratsam, das Ding abzunehmen. Wie Sie wissen, war ich von einer vorschriftsmäßig zusammengetretenen Ehrenjury zum Paktun gewählt worden. Mein Mortilkopf befand sich allerdings in irgendeiner Schublade in Esser Rarioch in Valkanium auf Valka. Ich verschwand hinter einem Zelt und entledigte mich des Silbersymbols und der Seidenschnüre. Der Name auf der Rückseite des Abzeichens lautete KAKTU – vermutlich hatte der Platz für den vollen Namen nicht ausgereicht. Ich verstaute den Pakmort in meinem Beutel. Nun kam ich etwas schneller voran, obwohl ich noch immer Angebote erhielt, jetzt aber als einfacher Swod.

Das Lärmen und die Staubwolken und die Gerüche – das alles war mir vertraut. Es kam zu Prügeleien. Wetten wurden brüllend abgeschlossen. Irgendwo wurde exerziert, und einige Einheiten Totrix-Kavallerie versuchten sich im Formationsritt. Meine Ängste legten sich etwas. Diese Armee war bei weitem noch nicht zum Kämpfen bereit.

Was Dayra anging – so mußte ich mich an die hohen Tiere in dieser Armee halten. Bei ihnen würde ich meine Tochter finden.

Von den wilden Horden, die im Tal zu einer Armee zusammengeschmiedet werden sollten, durfte niemand durch die Tore in die Holzstadt rings um den Tempel. Die Hawkwas blieben unter sich. Das konnte ich ihnen nicht verdenken. Chuliks hielten Wache. Ihre Zahl war nicht groß; doch man hatte sie offensichtlich für solche wichtigen Aufgaben ausgesucht, was nur vernünftig war. Viele Pachaks waren nicht zu sehen, was ich erleichtert registrierte.

Ein Chulik-Ob-Deldar verjagte mich von dem Tor. Ich ließ mich fortscheuchen, nicht ohne ihn mit einigen hübschen kleinen Verwünschungen zu bedenken. In solchen Augenblicken mußte man sehr auf seine Tarnung bedacht sein.

Um mich in der Zeit bis zum Untergang der Sonnen zu beschäftigen, fand ich einen Stall für meine Totrixes, bezahlte gutes Geld in dem Versuch, sie und meine Sachen einigermaßen gut bewachen zu lassen, verzehrte eine große Mahlzeit, unterhielt mich mit vielen Swods, sang einige Lieder in den Bierzelten mit und hielt dabei allgemein Augen und Ohren offen.

Die Männer redeten vor allen Dingen von der reichen Beute, die Vondium und der Süden ihnen bringen würde.

Es gab auch unheimlichere Gerüchte – über eine große Erleuchtung, ein wunderbares Eingreifen übernatürlicher Kräfte, die sich offenbaren würden, ehe die Armee losmarschierte, als Signal für das großartige Abenteuer. Trylon Udo habe Macht über wundersame Kräfte, die der Armee beistehen würden.

Mitten aus einem Lied heraus begannen die Swods in dem Bierzelt zu johlen und freche Bemerkungen zu machen. Eine Kompanie weiblicher Krieger marschierte in der zunehmenden Dämmerung vorbei. Die Mädchen wirkten entschlossen und gut trainiert, ihre Speere bewegten sich im Takt, die Helme funkelten im letzten Sonnenlicht.

Interessiert warf ich das Geld für mein Getränk auf den Tisch und folgte den kriegerischen Damen. Die Kompanie marschierte geradewegs auf das von den Chuliks bewachte Tor zu und hindurch. Die Chuliks nahmen sogar Haltung an. Ich schüttelte den Kopf. Für mich war der Gedanke, daß Mädchen wie Männer in den Kampf zogen, noch irgendwie fremd – obwohl auf Kregen, wie auch auf der Erde, so etwas nichts Ungewöhnliches mehr darstellte. Ich wollte mich schon wieder abwenden, als mir auffiel, daß die Chulik-Wache gewechselt hatte. Mein Blick fiel auf den Chulik, der am Tor stand und dessen Hauer im schwächer werdenden Licht schimmerten; ich sah ihn ganz deutlich. – Ich brauchte gar nicht erst auf das Rapier zu blicken, das neben dem Thraxter an seiner Hüfte baumelte. Aus dem Rapiergriff war kunstvoll die Gestalt eines Mortils herausgearbeitet worden.

Ich erkannte den Mann auf den ersten Blick – und drehte mich sofort zur Seite, einen Swod spielend, der den weiblichen Kriegern nachstarrte, bis sie nicht mehr zu sehen waren. Dieser Chulik war der Mann, der mich über die Reling des geheimnisvollen Flugboots gestoßen hatte, auf das ich auf meiner Suche nach Delia gestoßen war.

Durch meinen alten Voskschädel schwirrten sofort die Gedanken.

Der Mann, der den Voller befehligte, hatte mich gekannt – das hatte er jedenfalls behauptet. Ich zog mich vorsichtig in die Schatten zurück und atmete etwas auf, als ich außer Sicht des Tors war und es keinen Alarm gab.

Der Bursche mit der fauchend-barschen Stimme, der das Flugboot befehligte, hatte mir den Umstand verheimlichen wollen, daß Vondium sein Ziel war. Er hatte dort heimliche Pläne – und jetzt befand er sich hier. Zumindest konnte ich davon ausgehen, daß er hier war. In diesem Lager standen nur wenige Flugboote; ich hatte erzählen hören, daß die Flugabteilungen dieser Armee weiter nördlich einquartiert waren, südlich der Stackwamores.

In dem kurzen Augenblick der Dunkelheit zwischen Sonnenuntergang und Aufgang der Frau der Schleier kletterte ich unbemerkt über den hölzernen Palisadenzaun und sprang leichtfüßig im Inneren der Stadt zu Boden.

Anstatt die Wächter ins Reich der Träume zu schicken, ging ich ihnen lieber aus dem Weg, denn viele Wachhabende kamen nun aus den Reihen der Kriegerfrauen, die ich so energisch durch das Tor hatte marschieren sehen.

Die Holzgebäude rings um den prachtvollen Tempel waren von unterschiedlicher Größe und Form. Ich nahm mir zunächst das größte vor, in dem ich das Rathaus vermutete. Es gelang mir auch, ins Innere vorzudringen, doch ich erfuhr nichts. Der Trylon war fort. Wächter verbrachten hier ihre Freizeit. So zog ich mich in die Schatten unter den Holzgiebeln zurück.

Aus einer Taverne auf der anderen Straßenseite hallte

fröhlicher Lärm herüber, doch ich wagte mich nicht hinein. Die in der Stadt versammelten Truppen gehörten zum engsten Interessenkreis des Trylons – Hawkwas und vertrauenswürdige Paktuns wie die Chuliks, die bestimmt alle persönlich untereinander bekannt waren. Als Fremder setzte ich mich der Gefahr der Entdeckung aus.

Eine Gruppe Chuliks kam halb angetrunken aus dem Lokal und verschwand in der Nacht. Drinnen sangen die Swods mehr oder weniger anständige Lieder und berauschten sich besonders am Refrain einer Melodie: »Keine Ahnung mehr, keine Ahnung mehr!«, als eine weitere Gruppe Männer erschien, die hohen Mantelkrägen vor die Gesichter geschlagen, die Schwerter blank gezogen.

Hastig trat ich in die Schatten zurück und folgte den Gestalten.

Ich konnte nicht annehmen, daß die Herren der Sterne oder die Savanti mir diese Chance zugespielt hatten; eher hatte Opaz mir geholfen, wenn ich auch Zair oder Djan nicht vergessen will. Jedenfalls wurde ich zu diesen Männern geführt, von denen einer jetzt mit schneidender Stimme sagte: »Wenn wir wegen deiner Sauferei zu spät kommen, Naghan der Neemu, wird Zankov dir das Innerste nach außen kehren! Du weißt ja, wie wild er sich anstellen kann, wenn er zornig ist.«

»Ja gewiß, Nundi, das weiß ich! Ihr hättet mich schon früher dort wegholen sollen.«

»Beeilen wir uns, ihr Famblys!« knurrte ein anderer. In ihre Mäntel gehüllt, die Schwerter im Mondlicht funkelnd, so eilten sie zwischen den dichtstehenden Häusern hindurch. Ich folgte ihnen.

Zankov!

Endlich! Endlich spürte ich, daß ich dem Kern der Ereignisse näherkam.

Die Männer führten mich zu einem dunkel daliegenden Haus; die Fenster waren dicht verhangen. Die Tür ging auf, und gelber Lampenschein schrieb einen schrägen Streifen auf den Boden, ehe der Durchgang wieder verschlossen wurde. Ich hob meine Blicke zum Dach. Das Hinaufsteigen bereitete einem alten Seemann keine Probleme; nach kurzer Zeit saß ich auf dem First und öffnete vorsichtig ein Dachluk. So oft ich mich in meinem Leben auch schon heimlich in ein Haus geschlichen habe – das Blut gerät dabei immer wieder in Wallung. Leise tastete ich mich die Schwarzholztreppe hinab und erreichte einen hohen Vorhang, der in der Mitte nicht ganz zusammengezogen war, so daß ein langer Streifen Lampenlicht wie ein lockender Finger in meine Richtung zeigte. Vorsichtig legte ich das Auge an die Öffnung, sah, was ich sehen wollte, und spitzte die Ohren.

Der Vorhang schloß ein hochliegendes Fenster, eine Art Zwischenstockwerk über dem Hauptraum im Haus. Unter mir saß eine Gruppe von Männern und Frauen um einen Tisch, auf dem Weinflaschen und Schalen mit Früchten standen. Sie alle zu beschreiben wäre etwas ermüdend; so möge die Bemerkung genügen, daß ich keinen der Anwesenden erkannte. Die Personen, die direkt unter mir saßen konnte ich allerdings nicht ausmachen. Hätte ich sie sehen können – nun, das soll später kommen.

Der Mann, der Naghan der Neemu genannt wurde, stand unterwürfig-zerknirscht vor einem schlanken, forschen Burschen mit spitzem Gesicht, der von Kopf bis Fuß in schwarzes Leder gehüllt war. Er schimpfte den anderen aus. Ich sah mir den Mann genau an. Er hatte eine nervös-heftige Art, die sich in ruckhaften Gesten seiner schmalen Hände äußerte, in einer überstürzten, stotternden Sprechweise, einer Aura brennender Frustration, in einem Duft verborgen brennender Feuer, einem Gefühl lodernder Ablehnung in der kleinen Gestalt, einem Widerwillen, den er kaum zu bezwingen vermochte. Er geißelte Naghan den Neemu. Und während er die bösen, beißenden Worte über ihn ausschüttete, fielen mir seine Augen auf, und ich sah, wie das vallianische Braun sich veränderte und dunkler wurde, und mußte an Nath ti Javvansmots Worte im *Fleckigen Gyp* denken.

Denn Zankov lachte, während er Naghan den Neemu mit Worten strafte. Er genoß es, seine Macht über andere auszuspielen, soviel war klar. Er lachte verletzend und beschrieb Naghan seine Strafe, und die Augen in dem schmalen, katzenhaften Gesicht verdunkelten sich noch mehr.

»Du hast wirklich Glück, Naghan, daß sich unser Gast verspätet hat! Hätte er auf dich oder deinesgleichen warten müssen . . .«

»Ich diene dir treu!« sagte Naghan. »Ich glaube an unsere Sache. Ich kümmere mich um die Zorcas . . .«

»Und du wirst die Ställe persönlich ausmisten! Persönlich! Mit Eimer und Besen! Unser Gast duldet keine Verzögerung. Denk daran! Vergiß es nicht wieder! Du bist nichts anderes als ein Werkzeug, und ich werde dich als solches gebrauchen – also halte dich an deine Zorcas und komm nie wieder zu spät.«

Und Naghan der Neemu – auf Kregen darf man sich nicht ohne guten Grund mit einem solchen Namen schmücken – beugte ergeben den Kopf.

Die unten versammelten Frauen standen den Männern in Trinkfestigkeit und Wildheit nicht nach. Vermutlich waren sie sogar noch bösartiger – dieser Gedanke kam mir damals. Ich hatte das makabre Gefühl, daß ich Dayra erkennen würde. Velia hatte ich nicht erkannt; aber nach den schlimmen Erlebnissen die ich mit ihr durchgemacht hatte, war ich davon überzeugt, daß ich meine andere Tochter erkennen würde. Wenn sie hier war, mußte sie direkt unter mir sitzen.

Vorsichtig hob ich das Langschwert. Ich hatte die Absicht, in die Tischrunde zu springen, mir Dayra zu schnappen und mich zu empfehlen – und sollte jemand mich aufhalten wollen, sollte er guten Krozair-Stahl zu schmecken bekommen!

Natürlich waren das die selbstgefälligen und ehrenwerten Gedanken eines liebenden Vaters, der nicht begriff, wie seine Tochter in Wirklichkeit dachte. Diese Realität sollte ich auf bittere Weise noch zu schmecken bekommen.

Langsam richtete ich mich auf, um einen guten Absprung

zu haben, da hörte ich Zankov sagen: »Er ist da. Alle aufstehen!«

Sturmholzstühle scharrten über den Boden, die Versammlung erhob sich. Eine Tür ging auf, und eine massige Gestalt erschien unter mir, auf den Tisch zugehend, hinter dem Zankov lächelnd stand, die Hand hebend.

Ich sah den dunklen Mantel des Neuankömmlings, den flachen runden Helm ohne Federbusch oder Verzierung, ich sah Stahl blinken, und einen peitschenartigen Schwanz, an dessen Ende sich ein scharfer Dolch bewegte, aus einem langen Schlitz auf dem Rücken des Mantels ragen.

Ein Kataki.

Und Zankov sagte: »Herzlich willkommen. Ich entbiete dir Lahal und Llahal, Ranjal Yasi, Stromich von Morcray.«

Lautlos steckte ich das Langschwert wieder in die Scheide und trat in die Dunkelheit zurück.

12

Unten war nun fröhliches Gelächter zu hören, man plauderte angeregt, schenkte Wein aus, trank in tiefen Zügen, brachte Trinksprüche aus – fröhliche Flöhe in einem Ponshofell. Ich hockte in den Schatten und starrte düster ins Leere, die Fäuste um die Griffe meiner Schwerter verkrampft, meine Gedanken so schwarz wie der Mantel des Notor Zan.

»Dein Paß führte mich sicher durch die Tore, Zankov. Aber nur weil meine Männer Dienst hatten, würde ich sagen. Ich hatte Ärger mit einem Khibil, der mich sehr beleidigt hat. Ich möchte, daß er morgen ausgepeitscht wird.«

»Es soll geschehen, Stromich.«

»Sind wir alle da?«

»Alle bis auf die Prinzessin Dayra. Sie wird übermorgen erwartet.«

Bei diesen Worten faßte ich mich wieder. Dayra hatte mit diesen üblen Typen zu tun – und sie war nicht hier. Übermorgen. Beinahe hätte ich mich in diesem Augenblick zurückgezogen. Schließlich hielt mich die Erkenntnis, daß mit der Ankunft des Katakis, des Zwillingsbruders eines Kataki-Strom, der mit mir verfeindet war, die Angelegenheit auf eine ganz andere Ebene gehoben worden war.

Stromich Ranjal wandte sich um und schüttelte die Hände derer, die unter mir saßen und die ich nicht sehen konnte.

Dabei konnte ich sein Gesicht deutlich erkennen.

Mit niedriger Stirn, das breite Gesicht eines Kataki, gerahmt von dichtem schwarzem Haar, eingeölt und gekräuselt. Weite Nasenflügel und ein klaffender Mund mit einem wirren Durcheinander von Zähnen. Weit auseinanderstehend die Augen, funkelnd und doch zu Schlitzen zusammengezogen und abweisend blickend. Sklavenherren waren die Katakis, Aragorn, üble Herren gegenüber allen Wesen, die sie versklaven. Die mit Klingen bewehrten Schwanzspitzen krümmen sich gefährlich um ihre Köpfe. Ja, Katakis sind Diffs, die sehr zu den negativen Aspekten in Kregens Ruf beitragen.

Viele Gedanken schossen mir plötzlich durch den Kopf. Strom Rosil Yasi und ich waren schon einmal aneinandergeraten. Ich hatte von seinem Zwillingsbruder gehört, diesem Stromich Ranjal, der sich jetzt unter mir befand. Die beiden waren in meinen Augen wichtige Kandidaten für die Reise zu den Eisgletschern Sicces. Im Süden, in Hamal, das mit Vallia verfeindet war, übten diese beiden Katakis hohe Ämter aus. Sie waren hier, um Vallia zu schaden. Und das war nicht alles – sie waren Werkzeuge Phu-Si-Yantongs, des Zauberers aus Loh. Dieser Teufel hatte Vallia durch die fanatische Sektiererei der Schwarzen Chyyans in seine Gewalt bringen wollen, und nachdem dieser Versuch fehlgeschlagen war, versuchte er es nun durch diese Katakis.

Der Mann, der auf dem Poopdeck des Luftboots stand, auf dem ich in meiner Verzweiflung gelandet war, der Mann, der mit heiserer Stimme befohlen hatte, mich über Bord zu werfen und mich nicht zu töten – jener Mann war

Stromich Ranjal na Morcray gewesen. Die Stimme hätte ich überall wiedererkannt. Dort unten erklang sie, und jetzt hatte ich ein Gesicht und eine Gestalt dazu. Ich schaute ihn mir gut an. Ihn würde ich nicht wieder vergessen.

Aber wer hatte an Bord des Flugboots Ranjal Befehle gegeben?

Vielleicht Yantong persönlich? War das möglich?

Ich wußte es nicht; doch schon damals zweifelte ich daran. Soweit ich Phu-Si-Yantong kannte – und ich kannte ihn sehr schlecht – stellte ich mir vor, daß der nach Möglichkeit auf große Entfernung arbeitete, durch Werkzeuge wie die Katakis und Vad Garnath ham Hestan. Dort unten wurde zu einem alten Kapitel meines Lebens zurückgeblättert. Yantong wollte mich zum Helfershelfer seiner wahnsinnigen Pläne machen. Deshalb hatte er Befehl gegeben, mich nicht zu töten. Mit dieser neuen Konstellation der Dinge war es allerdings möglich, daß ich nun keinen Wert mehr für ihn hatte. – Die Gespräche, die unten geführt wurden, machten das Bild in einigen Details viel klarer.

»Ich freue mich schon darauf, Prinzessin Dayra kennenzulernen«, sagte Ranjal heiser. »Meine Herren haben große Pläne mit ihr. Du, Zankov, kannst du für sie sprechen?«

»Auf jeden Fall.« Zankovs nervöse Energie äußerte sich in seinen ruckhaften Körperbewegungen, in der hektischen Geste seiner Hände, im Auf und Ab der Schultern. »Sie glaubt an unsere Sache. Sie ist uns treu ergeben, das hat sie längst bewiesen.«

»Sehr gut. Wenn die Armee soweit ist, werden wir schnell zuschlagen. Trylon Udo ist zwar ein Dummkopf, aber er ist eine Galionsfigur und bringt etwas Farbe in unsere Aktionen. Der Thron und die Krone Vallias werden allerdings nicht an ihn fallen.«

Alle Anwesenden – und ich im Obergeschoß – wußten, wer es auf den Thron abgesehen hatte.

Zankov hob die Finger an die Ohren und Wangen und ließ ein Schnipsen ertönen.

»Nein. Nicht Udo. Der Thron soll dem zustehen, der auf einwandfreie Weise Anspruch darauf erhebt – durch Heirat mit Prinzessin Dayra.«

Stromich Ranjal nickte gelassen. »Du sorgst dafür, daß der Rest der Familie beseitigt wird? Es darf keine weiteren Thronanwärter geben.«

»Diese Aufgabe soll mir besondere Freude bereiten! Ich habe ein Recht auf den Thron – meine Vorfahren verlangen es von mir, in Blut. Allerdings muß ich darauf hinweisen, Stromich, daß deine Befehle bisher ausdrücklich vorgesehen haben, den Prinzen Majister zu schonen. Was ...?«

»Diese Befehle gelten im Augenblick weiter. Ich nehme allerdings an, daß meine Herren in Kürze neue Anweisungen erteilen.«

Es war faszinierend zuzuhören, wie die Verschwörer dort unten über mein Leben verfügten. Ich gebe zu, daß sie mir ein wenig leid taten ...

»Wenn du auf den Thron steigst, Zankov, wenn du ordnungsgemäß gekrönt bist und das Jikai als Herrscher erhalten hast, wirst du dich daran erinnern, wem du Treue schuldest und wem du deine Dienste und dein Leben widmest?«

Zankov zuckte mit den Fingern und nickte. Er war dermaßen überwältigt von seiner Vorfreude, daß er kein Wort herausbrachte, was bei ihm wohl etwas heißen wollte.

Wieder ging die Tür auf – ich konnte sie nicht sehen, aber sie quietschte. Eine energische Stimme sagte: »Jens! Koters! Koteras! Trylon Udo ist überraschend zurückgekehrt und fordert die Anwesenheit von ...«

Weiter kam der Sprecher nicht. Sofort erhoben sich die Menschen am Tisch und begannen ihre Mäntel und Waffen an sich zu nehmen. Im gleichen Augenblick machte ich eine unvorsichtige Bewegung, und mein Schwert schlug gegen die Wand.

Zankov starrte zum verhängten Oberfenster herauf.

»Schnell!« brüllte er. »Beeilt euch, ihr Cramphs! Wir werden belauscht!«

Er reagierte fix, das muß ich ihm zugestehen.

»Na gut, du Zwerg!« sagte ich leise vor mich hin. »Beim Schwarzen Chunkrah! Euch will ich's zeigen!«

Ich zog das Langschwert und machte Anstalten, in die Tiefe zu springen und den Anwesenden eine kleine Lektion zu erteilen. Der Gedanke, mit Zankov und Stromich Ranjal abzurechnen, war äußerst verlockend.

Aber dann zögerte ich – ja, bei Zair, ich der wilde Dray Prescot, hielt mich zurück. Ich dachte an Ereignisse, die über die unmittelbare Zukunft eines vergnüglichen kleinen Kampfes hinausgingen. Übermorgen sollte meine Tochter Dayra im Lager eintreffen. Wer mochte wissen, was für Schurkereien diese Burschen noch im Schilde führten? Da war es geraten abzuwarten. Da war es geboten, den kühl überlegenden, nüchtern planenden Dray Prescot hervorzukehren, der an die Zukunft dachte und den rechten Augenblick zum Zuschlagen abwartete.

Zair ist mein Zeuge – das Krozair-Langschwert verschwand wieder in der Scheide, und ich machte kehrt und floh eiligst auf dem Weg, auf dem ich das Haus betreten hatte.

Es wurde knapp. Aber ich entging den Verfolgern, ohne daß ich einen Hieb austeilen mußte. Über den Palisadenzaun kletterte ich, ohne entdeckt zu werden. Ich fand meine Lagerstatt, für die ich bezahlt hatte, und legte mich schlafen. Einen Tag mußte ich ohne Ärger hinter mich bringen. Dann würde ich Dayra zu Gesicht bekommen und sie aus diesem Rast-Nest entführen.

Welch schöne Hoffnungen!

13

Am nächsten Morgen saß ich im frühen Licht der Sonnen von Scorpio im Freien und polierte meinen Brust- und Rükkenpanzer. Ein Frühstück aus Vosk-Speck mit Loloo-Eiern, dazu herrlichen kregischen Tee und eine Handvoll Palines hatte meine Laune sehr gebessert. Nun saß ich bei meinen neugewonnenen Söldnerfreunden Nalgre und Dolan und sorgte für den Glanz meiner Rüstung. Der Rapa-Paktun war vorzüglich ausgestattet gewesen – die Rüstung schützte den Torso gut und reichte in anmutiger Kurve auch unter den Gürtel, ohne die Beine zu behindern. Ich hatte meine eigenen Waffen behalten, wobei ich Langbogen und Langschwert verhüllt im Gepäck ließ, während meine anderen Ausrüstungsgegenstände kein unerwünschtes Interesse wecken konnten, handelte es sich doch um einen vallianischen Clanxer, ein Kurzschwert und um Rapier und Main-Gauche. Der Speer des Rapas war nicht besonders gut, doch ich behielt ihn bei mir.

Einen ganzen Tag mußte ich hinter mich bringen. Achtundvierzig Burs hatte so ein Tag, jede Bur fünfzig Murs. Eine kregische Bur entspricht etwa vierzig irdischen Minuten. Das war für einen wilden Leem wie mich eine lange Zeit, aus allem Ärger herauszubleiben.

Die Sonnen stiegen am Himmel empor, und wir ließen einige Flaschen Parclear-Wein kommen. Meine Gefährten Nalgre und Dolan, die zuerst von ihren letzten Kämpfen gesprochen hatten, sprachen nun über die weiblichen Krieger – Kampfmädchen, wie sie genannt wurden, Jikai-Vuvushis. Sie hatten sich wie ich noch nicht verpflichtet, denn sie waren entschlossen, in den Regimentern des Trylon anzuheuern oder überhaupt nicht. Ich sagte ihnen nicht, daß Udo gestern abend zurückgekehrt war; diese Neuigkeit hatte sich noch nicht herumgesprochen.

Hinter der nächsten Zeltreihe erhob sich der Staub einer Auseinandersetzung, die mich nicht weiter interessierte. Als Nalgre und Dolan jedoch aufstanden, um die Ecke blickten und mir zuwinkten, erkannte ich, daß ich mitgehen mußte, wenn ich als Paktun nicht auffallen wollte.

So brüllten wir dem Lagersklaven zu – wir drei teilten uns seine Gebühr –, er solle auf unsere Sachen aufpassen. Rasch legten wir ein paar Klingen an und schlenderten in die Richtung, aus der der Lärm kam.

Staub wallte aus einem Kreis auf, um den sich Swods aller Art drängten. Wir hatten Mühe, uns nach vorn zu drängen. Überall wurden Wetten abgeschlossen. Erregung lag in der Luft.

Zwei Mädchen kämpften im Staub.

Angewidert verzog ich das Gesicht.

Deshalb waren die Swods dermaßen aus dem Häuschen.

Auf meine Frage erfuhr ich, daß sich die beiden nicht wegen eines Mannes stritten, sondern wegen einer hübschen Bernsteinkette. Es beruhigte mich zu erfahren, daß die Kämpferinnen trotz ihres martialischen Äußeren Mädchen waren und blieben. Das blonde Mädchen war im Nachteil, die Rothaarige stellte sich schneller und geschickter an.

Eine Gruppe Kampfmädchen auf der anderen Seite des Rings schrie Ratschläge und Beleidigungen und aufmunternde Worte. Die beiden Kämpferinnen waren so gut wie unbekleidet. Aber warum sollten diese Kriegerinnen sich in einem solchen Lager nicht wie Männer streiten? Wenn sie sich schon um Verwundete kümmerten und die Scheußlichkeiten einer Schlacht aus der Nähe mitbekamen, warum sollten sie dann nicht wie Männer Stiefel und Waffen anlegen und sich dann auch wie Krieger aufführen? War es nicht herabwürdigend von mir, so etwas für nicht angebracht zu halten?

Jeder muß sich seiner Natur entsprechend verhalten, sagte der Skorpion zum Frosch. Soweit der sich frei Entfaltende dadurch nicht andere behindert oder ihnen Schaden zufügt, setzte ich im Geiste hinzu. Wozu ein solcher Kampf nicht zu rechnen war.

Schweißfeuchtes blondes Haar wurde in den Staub gedrückt. Das rothaarige Mädchen, das nach den Rufen der Zuschauer Firn hieß, war im Vorteil. Sie hatte sauber gekämpft und stand nun dicht vor dem Sieg.

Schon wurden die ersten Gewinne ausgezahlt. Mit lautem

Schrei sprang ein drittes Mädchen in die Arena. Sie trug grüne Lederkleidung und schwenkte Rapier und Main-Gauche. Das dunkle Haar wallte ungebunden um ihren Kopf. Auf ihrem Gesicht leuchtete boshafte Entschlossenheit.

Sie eilte auf die beiden Mädchen zu. Mit einem Schrei trat das Mädchen im grünen Lederwams Firn das Messer aus der Hand. Das Rapier zuckte herab, seine Spitze richtete sich auf den Hals der Rothaarigen.

Geschrei wurde laut. Mädchen schrien durcheinander, Männer fluchten.

»Firn! Ich fordere dich heraus! Du kannst auf der Stelle sterben!«

»Karina die Schnelle!«

Jemand warf Rapier und Main-Gauche in den Staub.

Ein barbarisch aussehender Apim neben mir sagte: »Karina die Schnelle ist berüchtigt. Wenn sich Firn nicht unterwirft, ist sie so gut wie tot.«

»Firn! Firn!« kreischte eine Gruppe.

»Karina! Karina die Schnelle!« hallte es aus anderer Richtung.

Die rothaarige Firn tat mir leid – aber ihr blieb nur eine Entscheidung. Sie warf das leuchtende Haar zurück und griff nach den Waffen. Ihr Griff zeigte mir, daß sie damit umgehen konnte, doch die ersten Streiche ließen erkennen, daß sie es mit einer Meisterin des Schwerts zu tun hatte. Karina spielte mit ihrer Gegnerin, die bald aus mehreren Wunden blutete.

Den Gedanken einzugreifen verwarf ich sehr schnell wieder – die Menge hätte mich vermutlich in der Luft zerrissen. Wenn Firn sich nicht bald unterlegen erklärte, würde sie sterben müssen.

In der Horde der Kampfmädchen hatten sich zwei Gruppen gebildet – wenn in einer dieser Parteien das Rot vorherrschte und in der anderen die grüne Farbe, so schrieb ich das dem Zufall zu und meinen eigenen Ansichten über diese beiden Himmelsfarben. Doch in der Menge der winkenden und schreienden Kämpferinnen gewahrte ich plötzlich wie durch ein Teleskop das Gesicht eines Mädchens, das ich kannte.

Ein offenes, ehrliches Gesicht, gerötet in der Aufregung des Augenblicks – Vad Kolos Tochter, Leona nal Larravur!

Sie trug ein grünes Lederwams, geschmückt mit purpurnen Federn. Jetzt begriff ich, warum der oberste purpurne Ronilstein von ihrer Samphronbusch-Brosche abgeplatzt war. In ihrer Abwendung von der Gemeinschaft der Schwestern hatte sie das Abzeichen sicher fortgeschleudert, es dann aber in kühler Berechnung wieder aufgehoben, um es beim Empfang des Herrschers für Königin Lushfymi anzulegen. Der fehlende Stein, der von ihren eingeschüchterten Sklaven nicht wiedergefunden werden konnte, war durch eine purpurne Übermalung der Fassung »ersetzt« worden. Leona nal Larravur war wirklich eine raffinierte kleine Person.

Firn ließ in ihrer Gegenwehr sichtlich nach. Blut schimmerte auf ihrem Körper, und der Sand bedeckte sie wie eine Tarnschicht.

Die Gruppe Jikai-Vuvushus in rötlicher Lederkleidung stimmten einen neuen Singsang an: »Ros die Klaue, Ros die Klaue!« skandierten sie. Andere fielen in das Geschrei ein. Geld, das schon zweimal den Besitzer gewechselt hatte, wurde zurückgegeben. Der Ausgang des Kampfes war also immer noch offen. Ein Mädchen in schwarzem Lederwams wurde von den Kämpferinnen in den Ring gestoßen. Gemessenen Schritts ging sie in die Mitte.

»Sie bringt dich um, Ros!« kreischte Firn.

Das schwarzgekleidete Mädchen näherte sich den Kämpferinnen, die sich nun voneinander lösten. Karina die Schnelle lächelte dem ankommenden Mädchen entgegen; ihr schien der Kampf nichts ausgemacht zu haben, während Firn erschöpft zu Boden sank.

»Forderst du mich heraus, Ros die Klaue?«

»Wenn du willst. Wie auch immer – auf jeden Fall hörst du sofort damit auf, Firn zu quälen.«

»Dann mußt du mich besiegen.«

»Also ein Jikordur.«

Ein Raunen ging durch die Menge.

»Ein Jikordur kommt nicht in Frage. Der Trylon hat Duelle auf den Tod strengstens verboten!« rief ein Mädchen aus der Menge.

»Zu den Eisgletschern Sicces mit Udo! Dieses Leemweibchen hat genug gefoltert. Ihr muß eine Lektion erteilt werden.«

Ich fragte mich, was Dayra tun würde, wenn sie hier war. Bestimmt hatte sie solche Szenen schon mitgemacht.

Ros die Klaue, ein schlankes, katzenhaftes Mädchen, deren Augen Kampfmut und Intelligenz verrieten, zerrte Firn vom Boden hoch und wandte sich zu der Rothaarigen um.

»Also gut. Dee-Sheon ist mein Zeuge, es soll kein Jikordur sein – ein ganz gewöhnlicher Kampf!«

Bei den Worten Dee-Sheon machten viele anwesende Frauen kleine Bewegungen mit den Fingern. War dies ein Zeichen der Verehrung oder eine Geste, die böse Kräfte abwehren sollte? Unzählige Götter und Göttinnen bevölkern den Pantheon Kregens. Ein Verzeichnis aller hätte es mit dem New Yorker Telefonbuch aufnehmen können.

Dies war der Augenblick, da ich mich abwandte. Ich hatte genug gesehen. Die Mädchen waren nicht an die ritualistischen Regeln eines Jikordur gebunden und würden nicht bis zum Tode kämpfen. Karina lachte verächtlich, streckte sich und bewegte das Rapier in schnellen, geschickten Streichen durch die Luft. Sie strahlte Zuversicht aus.

Langsam zog Ros aus dem Beutel an ihrer Hüfte ein Gebilde aus schimmerndem Stahl, ein Ding wie ein mit Scharnieren versehener Metallhandschuh, mit scharfen Stahlklauen bewehrt, ein grausames Instrument. Sie zog diese Kampfhand über die linke Faust. Die scharfen Kanten funkelten. Metallstege ragten über ihr Handgelenk. Sie drehte die Tigerkralle und öffnete und schloß sie prüfend.

Schweigen senkte sich über die Menschenmenge.

Die beiden Mädchen standen einander gegenüber. Karina die Schnelle bewegte geschickt Rapier und Dolch; Ros die Klaue hatte ihr Rapier gehoben und hielt die linke Krallenhand zum Zuschlagen bereit.

Ich wandte mich ab und ging. Ich hatte keine Lust, den nachfolgenden Kampf zu verfolgen. Hätte ich aber wetten müssen, wäre mein Einsatz bis zum letzten Kupfer-Ob auf Ros gegangen.

Ich hatte kaum ein Dutzend Schritte zurückgelegt, als ein blubbernder Schrei sich in die klare Luft erhob. Ich ging weiter. Ich schaute nicht zurück.

Ein ächzendes Seufzen stieg aus der Menge aus.

Mich schauderte.

Das alles war Frauensache. So etwas sollten sie untereinander ausmachen.

14

»Bist du sicher, Nalgre? Ganz sicher?« Den in mir brodelnden Zorn mußte ich verbergen, so gut ich konnte. Ich durfte in diesem Lager nicht zuviel Interesse an vallianischer Politik zeigen.

»Ganz sicher, Jak. Ich habe mit einem Flugbootpiloten gesprochen, der im Geleit des Trylon eingetroffen ist. Lord Farris ist verhaftet und des Verrats bezichtigt worden. Und andere aus seinem Lager.«

»Das macht unsere Aufgabe einfacher«, warf Dolan ein. »Farris war dem Herrscher treu ergeben.«

»Ja«, sagte ich. »Das stimmt.«

»Und da Udo jetzt im Lager ist, werden wir uns heute melden und einschreiben.«

»Ja«, sagte ich, um meine Tarnung nicht platzen zu lassen.

Die Neuigkeiten trafen mich schwer. Lord Farris war ein treuer Anhänger Delias und des Herrschers. Wie kam es dann, daß er eines so scheußlichen Verbrechens beschuldigt wurde. Ihn beschuldigen, ja: das war sicher kein Problem. Aber es mußte sich um eine falsche Anklage handeln. Kein Zweifel – in Vallia waren geheime Kräfte am Werke, die die Position des Herrschers von innen aushöhlen wollten.

Das Problem mit dem Söldnervertrag lag mir ebenfalls im Magen. Es widerstrebte mir, mich offiziell zu verpflichten, weil ich dann gezwungen wäre, mein Wort zu brechen, wenn ich mich absetzte. Natürlich war mein Hiersein ein Schauspiel, ein Trick, ein Vorwand, aber das zählte in einem solchen Augenblick nicht. Ich würde mein Wort geben, und hier im Lager von Hockwafernes *war* ich niemand anderer als Jak der Kaktu, Paktun.

Nun ja, mit Problemen ist es ähnlich wie mit Plänen. Der Mensch denkt, und Zair lenkt.

Als wir schließlich unser Zelt verließen, marschierte aus dem Hintergrund eine Abteilung Jikai-Vuvushis herbei. In ihren Reihen war unter den Rüstungen das grüne Leder ebenso häufig vertreten wie das rote. Im Dienst waren Streitigkeiten dieser Art vergessen. An der Spitze marschierten die beiden Befehlshaberinnen, und ich entdeckte auch Ros die Klaue und Firn. Der Trupp marschierte durch das Lager, und in einer Gruppe anderer Swods wichen wir zur Seite aus, um Platz zu machen.

Leona nal Larravur deutete auf mich.

»Dort ist er!« rief sie. Ihre Stimme gellte auf und überschlug sich vor Aufregung und Anspannung. »Dort ist er! Der Prinz Majister! Ergreift ihn!«

Es geschah sehr schnell. Im Nu war ich von Speerspitzen eingekreist. Meine Kameraden wichen verblüfft zurück. Ein Offiziersmädchen, wohlgeformt, glühend vor Erregung, baute sich vor mir auf. Ihr Rapier war auf meine Kehle gerichtet.

»Du bist Prinz Majister von Vallia?«

Ich blickte in die Runde. An meiner Hüfte baumelte lediglich ein Rapier und der Dolch. Meine anderen Waffen lagen gebündelt bei den Sachen der anderen, bewacht von unserem Lagersklaven. Ich hatte die Chance, einige Wächterinnen aufzuspießen und in die Freiheit zu entkommen.

Aber ich zögerte.

Vor mir standen Frauen. Sie waren bewaffnet und meinten es ernst mit mir – doch sie waren und blieben Frauen. Ich brachte es einfach nicht über mich, einen der entzückenden Körper mit scharfem Stahl zu verunstalten. Es war eine Schwäche.

»Nein!« brüllte ich, damit jeder mich hörte. »Ihr irrt euch. Beim süßen Opaz – nimm das Rapier fort!«

»Du bist der Prinz . . .«

»Blödsinn! Sehe ich wie ein Prinz aus? Ich bin Jak der Kaktu. Ein Paktun, bereit, für euch zu kämpfen. Macht keinen Quatsch, Mädchen . . .«

Einige von ihnen glaubten mir – nicht aber die Anführerin der Gruppe, und auch nicht Ros die Klaue und Firn. Und schon gar nicht die raffinierte Leona nal Larravur, die genau wußte, wer ich war. Ihr Gesicht war in leidenschaftlicher Wut verzerrt.

»Bringt ihn zum Trylon!« rief sie. »Ich werde ihn überzeugen. Oh, was für einen Fund haben wir da gemacht!«

»Ja!« fauchte Ros. »Dieser dreckige Rast! Ein Cramph, den man kastrieren und dann zu den Eisgletschern Sicces schikken sollte!«

Ich schüttelte den Kopf. »Ihr irrt euch . . .«

»Ab mit ihm!« rief die Anführerin, die Zillah hieß. Von Speerspitzen getrieben, überschüttet mit gemeinen Schimpfworten, marschierte ich los.

Trylon Udo na Gelkwa entpuppte sich als gedrungener Mann mit spitzem braunen Bart, dünnen Lippen und Augen, die dunkler waren als das normale vallianische Braun – im Nordosten nicht ungewöhnlich. Er stand nicht auf, als ich in sein Zimmer im Rathaus gedrängt wurde. Es war bescheiden eingerichtet; Felle hingen an den Wänden, und ein großer Tisch war überladen mit Landkarten und Listen.

»Du also bist der Prinz Majister.«

»Nein . . .«

»Larravur behauptet es aber. Sie ist öfter am Hof des hochherrschaftlichen Idioten und dekadenten Trunkenboldes. Sie paßt dort für uns auf. Du bist der Prinz Majister. Hier im Nordosten wird man dir kaum mit Höflichkeit begegnen. Eine Gnade will ich dir allerdings erweisen.« Udo lehnte sich im Sessel zurück und zupfte an seinem Bart. »Du darfst dir deine Todesart selbst aussuchen.«

Die Mädchen starrten mich aufgebracht an. Nun entdeckte ich auch Karina die Schnelle, die über der rechten Gesichtshälfte eine dicke Bandage trug; ihr Auge schien unverletzt zu sein. Die Feindseligkeit, die die Mädchen ausstrahlten, verwirrte mich. Sie kam mir übertrieben, unnormal, ja, beinahe unwirklich und auf jeden Fall sehr ungesund vor.

Leona richtete den Zeigefinger auf mich.

»Er sagt nichts. Er gesteht seine Schuld ein. Sein Entsetzen verseucht uns alle! Durchstoßt ihn mit dem Schwert, dann ist die Sache erledigt!«

Ros hob ihre Stahlklaue. »Ich nehme ihn auseinander!«

Die Szene schien aus einem Traum zu stammen, so unwirklich kam sie mir vor. Hätten mich fluchende Wächter umringt, wäre ich vielleicht auf den Gedanken gekommen, mir einen Weg in die Freiheit zu erkämpfen. Aber es waren Mädchen.

Eine Bewegung hinten im Saal kündigte das Eintreffen des nervösen Zankov an, der schließlich bebend vor Udo stand und sich nur mit einer Willensanstrengung beruhigte, die ich amüsant fand. Er trug eine schicke Uniform mit einem verzierten Gold-Küraß – eine Art Teufelsfratze bleckte auf Brust- und Rückenteil die Zähne – und fuhr sich immer wieder mit dem Finger an den Hals. Er trat unruhig von einem Fuß auf den anderen. Ich vermutete, daß er das Tragen von Rüstungen nicht gewöhnt war.

»Diesem Mann darf nichts geschehen, Trylon«, sagte er ohne Lahal.

»Oh?« rief Udo. »Und wer ordnet das an?«

Zankov nahm sich zusammen. Er breitete die Arme aus. »Es wäre unklug. Er ist eine erstklassige Geisel . . .«

»Ich führe hier das Kommando, Zankov – oder wie immer du heißen magst. Denk daran! Aber . . .« Und wieder zupfte sich Udo am Bart. »Aber vielleicht hast du recht.«

Es gab eine heftige Auseinandersetzung mit den Mädchen, in deren Verlauf sich Zankov große Mühe gab, als unterwürfiger Gefolgsmann Udos zu erscheinen. Endlich schwenkte Udo die Arme und verkündete sein Urteil.

»Bringt ihn fort! Fesselt ihn und bewacht ihn gut! Ob er lebt oder stirbt, entscheide ich persönlich.«

Als gierige Hände nach mir griffen, um mich fortzuziehen, rührte ich mich nicht von der Stelle, sondern starrte Leona an. Sie warf den Kopf in den Nacken.

»Wenn ich dieser verflixte Prinz wäre, Mädchen – warum haßt du mich dann so?«

»Du bist es, und das weißt du!«

Ros drängte herbei. Sie atmete schwer, und Flecken hektischer Röte zeichneten sich auf ihren Wangen ab. »Ich sollte dich mit dieser Klaue entmannen! Du Verräter! Du Täuscher! Du Hurensohn! Du erbärmlicher Schurke . . .«

»Nun mal langsam!« sagte ich, verblüfft von der Intensität ihrer Gefühle. Ringsum begannen die Mädchen durcheinanderzuschreien. Ich machte mich von ihnen frei und machte einen Schritt in Udos Richtung. Sofort erschien ein Kurzschwert in seiner Hand.

»Schon gut, Trylon. Ich werde dir nichts tun.«

»Schnappt ihn euch! Zerrt ihn an den Füßen hinaus!« schäumte Zankov.

Mit drei Schritten war ich bei ihm. Er versuchte sein Rapier zu ziehen, doch ich packte ihn am Hals und hob ihn in die Höhe. Gurgelnd hing er in meinem Griff, und sein Gesicht lief purpurn an wie eine Gregarian.

»Hört zu!« brüllte ich. »Einmal angenommen, ich wäre dieser Prinz Majister . . .« Mit einer Armbewegung lenkte ich einen Speer zur Seite, der aus dem Hintergrund geworfen worden war. Einen zweiten fing ich und drehte ihn blitzschnell um. »Könnt ihr Hulus mir nicht endlich mal sagen, was hier los ist?«

Seltsamerweise wollte mir niemand antworten. Ich blickte Zankov an, setzte ihn bedauernd wieder ab und ließ ihn los. Er fiel in Karinas Arme. Sie starrte mich aufgebracht an – aber da war ein Flackern in ihren Augen, ein kurzes, verräterisches Aufblitzen – von Sympathie? Ich wußte es nicht.

Aber sie sagte: »Mag sein, daß Zankov sich überschätzt, aber er gehört zu uns. Du bist ein Südmann, ein Klansmann – Prinz.«

»Wenn ich es wäre. Wäre das alles? Nur daß der Prinz Majister ein Fremder ist?«

»Ja!« rief Firn und musterte mich voller Verachtung. »Ein Fremder. Ein Fremder in Vallia. Ein nichtsnutziger Calsany, ein Rast, der stets all jene verrät, die ihn lieben.«

Mein Erstaunen ließ nicht nach. Ich sah mich im Kreis der hübschen Gesichter um, die mich mit blitzenden Augen anklagend betrachteten. Verachtung, Haß, Widerwillen – diese Gefühle waren deutlich auszumachen.

Ich schüttelte den Kopf.

Zankov hielt sich den Hals und versuchte zu sprechen. Er brachte aber kein Wort heraus. Meine Finger zeichneten sich als dunkelblaue Streifen auf seiner Haut ab.

»Ich gehe mit, ohne Gegenwehr«, sagte ich. »Aber wenn ich wirklich dieser Prinz Majister wäre, würde ich mir allmählich selbst leid tun, bei Vox!«

Diese Worte waren natürlich nur ein Versuchsballon, um herauszufinden, wie die Winde wehten. Aber niemand antwortete.

Trylon Udo hatte männliche Wächter gerufen. Hätte er es früher getan, wäre ich jetzt vielleicht schon in Freiheit – und damit beschäftigt, ein blutiges Schwert zu reinigen. So hatte ich versprochen, friedlich zu bleiben, und hielt mich auch daran. Von Speerspitzen umgeben, wurde ich abgeführt.

»Die Berichte stimmen«, sagte Udo hinter mir. »Und doch bleibt ein Zweifel. Prescot ist nur dem Wort nach ein Hyr-Jikai – eine prahlerische Fassade ist sein Ruf, das wissen wir alle. Und doch ...«

»Er hat den Speer geschickt an sich gebracht, Udo«, sagte Zillah.

»Ja, aber das ist kein unüblicher Trick. Bewacht ihn gut! Er stellt einen großen Wert dar, die Prinzessin Majestrix wird einen guten Preis für ihn zahlen.«

Ich hörte hinter mir jemanden nach Luft schnappen und drehte mich um. Die Mädchen erstarrten sofort, doch ich hob beruhigend die Hand. Der Trylon sollte nicht das letzte Wort haben.

»Sie wird nicht nur einen guten Preis zahlen, sondern sich dafür auch noch deinen Kopf holen, Udo!«

Und mit diesen Worten marschierte ich, Dray Prescot, Prinz Majister von Vallia, so gut ich konnte als Gefangener hinaus.

15

Man fesselte mich wie einen gemeinen Verbrecher und warf mich in einen zum Himmel hin offenen Raum, der von engen Palisadenwänden umgeben war. So war ich denn wieder einmal gefangen – nicht zum erstenmal auf Kregen. Gefangen zu werden gehört zu den Berufsrisiken eines wilden Leem, wie ich es bin.

Die Wächter unterhielten sich draußen über die großartigen Neuigkeiten, die der Trylon mitgebracht hatte, und daß tags darauf die große Zeremonie stattfinden sollte, bei der die versprochenen und erwarteten übernatürlichen Kräfte den Hawkwas zu Hilfe kommen würden.

Männer und Frauen wechselten sich vor meiner hölzernen Zelle im Wachestehen ab.

Meine Fesseln hatte ich nach etwa einer Bur abgestreift.

Ich streckte mich und spürte das Kribbeln in den Arm- und Fußgelenken. Diese Leute kannten mich nicht gut genug ...

Noch mußte ich den Rest des Tages hinter mich bringen. Es erschien mir wahrhaft nützlich, diese Wartezeit als Gefangener in dieser Zelle verbringen zu können, ohne Gefahr zu laufen, neuen Ärger heraufzubeschwören. Wenn Ihnen das widersinnig erscheint, so haben Sie sicher recht; aber es stimmte. So nahm ich davon Abstand, sofort auszubrechen und richtete mich lieber nach dem berühmten Sprichwort eines gewissen San Blarnoi: »Warten wird durch Vorbereitung verkürzt.« Ich nutzte die Zeit, um mir das Problem durch den Kopf gehen zu lassen.

Dayra würde morgen eintreffen. Und morgen wollte der Trylon sein Wunder vorführen, das seine Armee unbesiegbar machen sollte. Er besaß einen gewissen Ruf in okkulten Kreisen und hatte einen Zauberer in seinen Diensten – allerdings keinen Zauberer aus Loh, sondern einen der berüchtigten Zauberer aus Nordost-Vallia, einen Hawkwa-Hexer.

Natyzha Famphreon hatte von diesen Männern gesprochen und sie opazverfluchte Leichenerwecker genannt.

In meiner Zelle hockend, kam ich zu dem Schluß, daß es ratsam war, an der morgigen Feier teilzunehmen. Die Gespräche der Wächter untereinander vermittelten mir neue beunruhigende Informationen. Das Gerücht von der Verhaftung von Lord Farris wegen Verrat bestätigte sich. Zusammen mit ihm waren weitere Männer ins Gefängnis gekommen, bei denen ich geschworen hätte, daß sie dem Herrscher loyal dienten. So hatte ich denn in meiner Gefangenschaft vornehme Gesellschaft. Außerdem war im Süden, westlich von Ovvend, eine Armee gelandet und marschierte auf Vondium zu. Diese Meldung weckte bohrende Sorgen. Daß die Armee aus Pandahem kam, schien verläßlich festzustehen. Der Herrscher war der Horde entgegenmarschiert, um sie zu vernichten. Nun wartete jeder auf den Ausgang der Schlacht. In Vondium hatte es nur eine leichte Panik gegeben. Ich bewegte mich unruhig hin und her. Doch so dicht vor meinem

Ziel wollte ich Dayra nicht aus den Augen verlieren; ich konnte jetzt nicht mehr von meinem Plan lassen.

Meine Überlegungen führten mich zu der unangenehmen Schlußfolgerung, daß die opazverfluchte Zeremonie auch eine Opfergabe einschließen mochte – mich. So etwas paßte zu all den dunklen, schrecklichen okkulten Kräften, die auf Kregen wirkten. Wenn ich recht hatte, sollte ich mich wohl ein wenig früher um meine Befreiung kümmern, als ich ursprünglich geplant hatte.

Der rechte Augenblick war für mich gekommen, als sich die Wächter aus Fristles, Rapas, Khibils und Apims zusammensetzten – ohne Frauen. Die Wächter unterhielten sich entspannt miteinander. Doch sie waren aufmerksam.

Ein Rapa sagte mit fauchender Stimme: »Und der Rast weiß davon nichts?«

»Ob er davon weiß? Er ist ein Fambly, und das stimmt auf jeden Fall!«

»Sein schrecklicher Ruf ist nur Täuschung – ja, das ist bekannt. Er ist kein echter Hyr-Jikai. Aber diese andere Sache . . .«

»Ich habe sie von meinem Cousin erfahren, der damals in Vondium war. O ja, diese großartige Delia, Prinzessin Majestrix, ist berüchtigt. Sie hat haufenweise Liebhaber.«

Ich hörte zu, hielt meine Muskeln warm und wartete auf den Augenblick, da die Großmäuler richtig standen.

»Ehe sie sich mit diesem Turko einließ, ließ sie sich von einem Bogenschützen aus Loh vögeln – einem Jiktar, glaube ich. Und einem Diplomaten aus Tolindrin.«

Ein Fristle gesellte sich zu den beiden.

»Und ihre Liebhaber leben nicht lange. Die meisten landen im Großen Fluß, beschwert mit einem Stein.«

Ich beobachtete die Gestalten durch einen Spalt zwischen den Baumstämmen. Der Khibil war wohl der gefährlichste meiner Wächter. Als er zu der Gruppe trat, im wachsamen, fuchsähnlichen Gesicht die sprichtwörtliche Schläue seiner Rasse, glaubte ich den richtigen Augenblick gekommen.

Mit der Schulter rannte ich gegen die Holzbarriere, überschüttete drei Wächter mit Holzbalken und begrub sie unter der umstürzenden Wand. Die Hände und Arme, die sie sicher gefesselt wähnten, schnellten hoch und packten zwei Kehlen. Gleich darauf knallten zwei Köpfe zusammen, und die vier Wächter lagen bewußtlos am Boden. Der Rapa, der Fristle, der Khibil und der Apim schlummerten friedlich zu meinen Füßen.

Die Cramphs hatten mir nichts zu essen gegeben, und ich bediente mich hungrig von ihrem Proviant. Dann nahm ich einen Clanxer, einen Dolch und einen Speer an mich und marschierte davon.

Bald würde die Morgendämmerung heraufziehen mit ihrem jadegrünen und rubinrotem Licht – und mit dem neuen Tag würde Dayra eintreffen.

Nach kurzer Zeit begann die Suche nach mir. Doch ich saß geschützt unter dem Dach des Hauses, in dem sich die Verschwörer trafen und lachte mir ins Fäustchen.

In dieses Haus würde sicher auch meine Tochter Dayra kommen, um die weiteren Pläne der Aufständischen zu besprechen. Aber ich irrte mich. Was für ein Dummkopf ich doch war! Als die Zeit verging und nichts geschah, ging mir auf, daß Dayra mit dem Flugboot eintreffen und gleich an der großen Feier teilnehmen würde. Dort würde ich sie finden – nicht hier!

Zornig über meine Dummheit, verließ ich mein Versteck und trat auf die Straße. Die Stadt war praktisch verlassen. Die Menschenmassen hatten sich in der freien Zone versammelt, die den Tempel umgab. Und in diesem Tempel, dem ketzerischen Tempel von Hockwafernes, war mein Platz.

Ich rief einen vorbeieilenden Och an, der sich mit einem schweren Sack abmühte: »Wann beginnt die Feier, Sklave?«

»Herr - eine Bur nach Mitt . . .«

Ich bedeutete ihm mit einer Daumenbewegung, daß er weitergehen könne, und er torkelte davon. Mein Gesicht mußte ihm einen gehörigen Schrecken eingejagt haben.

Mir blieb Zeit, einen Abstecher ins Armeelager außerhalb der Palisadenmauer zu machen, um meine Sachen zu holen. Dabei sah mich ein Wächter, dem ich jedoch entwischen konnte.

Im Lager war es seltsam still. Natürlich war nicht die gesamte Armee in den Tempel eingeladen worden, auch nicht auf den Platz vor dem Tempel, denn angesichts der hier versammelten Massen wäre das unmöglich gewesen. Die Zurückgebliebenen fühlten sich aber doch ein wenig deprimiert und von den Dingen ausgeschlossen.

Im Zelt fand ich meine Sachen, wie ich sie zurückgelassen hatte. Ich verscheuchte den Sklaven und gürtete meine Waffen. Ich hatte kein Rapier und keine Main-Gauche; die anderen Dinge aber waren komplett, und ich gedachte sie einzusetzen, wenn es nicht anders ging.

Eilig kehrte ich in die Stadt zurück, wobei ich einem Suchtrupp aus dem Weg gehen mußte, der offensichtlich von dem Wächter im Lager alarmiert worden war.

Widerhallende Gongschläge tönten aus dem Tempel herüber. – Ich mußte mich beeilen.

Das Cape, in das ich mich gehüllt hatte, erregte kein Interesse, ähnelte es doch vielen tausend ähnlichen Mänteln, die von Swods getragen wurden. Die Menschenmenge vor dem Tempel bewegte sich wie ein Kornfeld im Wind. Die Sonnen strahlten vom Himmel. Wind wirbelte Staub auf. Ich drängte mich vorsichtig nach vorn. Wenn dieser opazverfluchte Tempel in der Anlage nicht zu exotisch war, mußte es einen Seiteneingang geben – natürlich bewacht.

Es gab eine kleine Seitenpforte und einen Wächter.

Die Tür öffnete sich problemlos, nachdem der Wächter zu Boden gegangen war; und sie knallte in das Gesicht der entsetzten Zeugen meiner abrupten Gewalttat.

Vier Stufen auf einmal nehmend, eilte ich die Turm-Wendeltreppe empor. Nach kurzer Zeit erreichte ich einen Balkon und starrte zwischen gemeißelten Steinen hindurch auf die Szene unter mir.

Die vibrierenden Gongschläge verhallten. Männer bewegten sich tief unten auf der Plattform, Männer in grellbunten Kostümen. Ich ließ meinen Blick über ihre Gesichter gleiten. Vermutlich handelte es sich um Priester oder Zauberer, die hier ihrer geheimnisvollen Beschäftigung nachgingen.

Wo war Dayra?

Plötzlich überfiel mich die deprimierende Frage, ob ich sie überhaupt erkennen würde. Immerhin hatte ich sie noch nie gesehen. Sie war zur Welt gekommen, als ich mich vierhundert Lichtjahre von Kregen entfernt aufhielt. Wieder einmal verfluchte ich die Herren der Sterne, während ich weiter die Menge absuchte.

Der Tempel war wirklich ein architektonisches Wunderwerk. Die Menschen standen dichtgedrängt, so daß kein Stück Boden zu sehen war. Weihrauchduft füllte den riesigen Saal. Die Plattform erhob sich in der Mitte, umgeben von grotesken Skulpturen mit obszönen Darstellungen. In der Mitte der Plattform ruhte ein ovales Kristallgebilde in der Form eines riesigen Eies, umkränzt von schwarzen und purpurnen Schärpen, die mit goldenen Quasten abgesetzt waren. Glocken ertönten in den Händen von Mädchen, die nackt diesen Katafalk umtanzten und die Spannung ins Fieberhafte steigerten.

Trylon Udo trat vor. Er trug eine reich mit Edelsteinen besetzte Uniform. Hoch hob er die Arme. Die Glocken verstummten, und die Nymphen beendeten ihren Tanz und schwankten nur noch rhythmisch auf der Stelle wie Algenstränge in einer Brandung.

Er begann mit hoher Singsangstimme zu sprechen.

Unten an der Treppe herrschte vermutlich große Aufregung. Man würde die verriegelte Tür aufbrechen, Wächter würden die Wendeltreppe heraufkommen. Andere Männer wurden angewiesen, alle Ausgänge zu versperren. Ich folgte dem hoch oben verlaufenden Balkon und stieß auf ein halbes Dutzend weiterer Wächter, die schnell und schmerzlos starben.

Nun konnte ich den Katafalk besser ausmachen. Neben dem Trylon stand der Hawkwa-Hexer, der die Feier leiten sollte – San Uzhiro. Purpurn gekleidet, beladen mit goldenen Schnüren und Quasten, bot er ein ernstes, furchteinflößendes Bild absoluter Ergebenheit gegenüber den okkulten Kräften, die sich dem normalen menschlichen Wissen entzogen.

Udos Worte bildeten nur den Auftakt – eine Rede voller Versprechungen, die sich im wesentlichen darum drehten, daß die Armee unbesiegbar sein würde.

Dann trat San Uzhiro vor.

Mit entsetzten Ausrufen reagierte die Versammlung auf die plötzlichen Flammenstrahlen und bunten Rauchwolken, die von dem ei-förmigen Gebilde auf der Plattform ausgingen. Das Ding begann auf unheimliche Weise von innen heraus zu leuchten, wie Fackeln, die man durch ein regenfeuchtes Fenster sieht.

»Achtung!« dröhnte Uzhiro, und seine Stimme hallte in vielen Echos durch den Tempel. »Seht den toten Leib von San Guiskwain! San Guiskwain der Verdorrer. San Guiskwain na Stackwamore. Seht und staunt! Seht und zittert!«

Die Anwesenden begannen wahrhaftig zu beben. Guiskwain war ein berühmter Zauberer Vallias gewesen und hatte vor langer, langer Zeit gelebt, niemand wußte es genau, aber sein Leben hatte sich vor mindestens zweitausendfünfhundert Jahren erfüllt. Und hier war er nun, vollkommen erhalten in diesem Kristall-Ei, und Körper und Gesichtszüge traten mit zunehmendem Licht immer deutlicher hervor. Hier geschah Zauberei in ihrer unheimlichsten Ausprägung.

Uzhiro schwenkte die Arme, sang Zauberlieder, streute Staub und schickte Wogen der Furcht durch die versammelte Menge. Wir alle wußten, was er da tat. Die Wächter, die mir auf den Fersen waren, hatten sicherlich innegehalten angesichts der schrecklichen Kräfte, die im Tempel entfesselt wurden. Jedermann versuchte etwas zu sehen, den Atem anhaltend, während Udo mit schweißüberströmtem Gesicht weitersang und die Leiche in der Kristallhülle auf dem Katafalk immer klarer hervortrat und jedermann den düsteren Ausdruck auf dem bösen Gesicht ausmachen konnte.

Es war ein Rätsel, wie das Gesicht so deutlich sichtbar sein konnte, selbst für mich hoch oben auf dem Balkon. Auf diese Entfernung waren die Köpfe der anderen nur undeutliche Schemen. Das Antlitz des alten Zauberers aber schimmerte in übernatürlicher Tyrannei.

Der Weihrauchgeruch war überwältigend. Die Kuppel schien sich ins Unendliche zu erweitern, obwohl einem der gesunde Menschenverstand hätte bestätigen müssen, daß die Myriaden Lichtpunkte nur mineralische Pigmente waren, die im Putz der Decke funkelten. Die leisen, gedehnten Gesänge der Tempeldiener, das Schwanken der nackten Tempeltänzerinnen - dies alles sollte den Verstand von den Sinnen trennen, sollte falsche Bilder heraufbeschwören, sollte einer Vielzahl von Halluzinationen Vorschub leisten.

Öffnete San Guiskwain der Verdorrer *wirklich* die Augen? San Uzhiro setzte seinen Gesang konzentriert fort.

Guiskwain, tot und doch am Leben, richtete sich in seinem Kristallsarg auf und sah sich um, einen skelettartigen Arm drohend erhoben.

Niemand verlor das Bewußtsein - alle waren wie gebannt von der unheimlichen okkulten Kraft, die sich unter der Kuppel ballte.

»Er lebt!« rief Uzhiro schrill. »San Guiskwain lebt! Durch ihn wird die Armee unbesiegbar sein. Durch den größten Zauberer, der tot ist, doch zugleich am Leben, werden die Hawkwas alles erreichen! Guiskwain lebt!«

16

Ob er wirklich lebte oder tot war, machte keinen Unterschied.

Ob er in seinem Kristallsarg vermoderte oder auf ketzerischste Weise durch Hexenkraft in ein Scheinleben zurückgeholt worden war, erwies sich nicht als wichtig.

Wichtig war allein der Glaube, der Eindruck, der Effekt.

Die Anwesenden glaubten daran.

Das langgedehnte, stöhnende Erschaudern bewegte sie wie ein Rashoon auf dem Auge der Welt. Sie beugten sich. In einem gewaltigen ächzenden Rascheln und Geklapper von Waffen und Rüstungen neigten sie die Köpfe, fielen auf die Knie, hoben die Arme in endlosen Reihen der Hingabe.

War meine Tochter dort unten, eins mit dem hypnotisierten Mob? Senkte Dayra den Kopf, bebte sie mit den anderen?

Woher sollte ich das wissen, bei Makki-Grodnos stinkenden Eingeweiden?

Ich zitterte ebenfalls. Schweiß lief mir über die Stirn und beißend in die Augen. Ich blinzelte, schluckte, fluchte – die Handlungsweise eines Dummkopfes, der keinen vernünftigen Gedanken in seinem dicken Voskschädel bewegte.

Ein rotuniformiertes Kampfmädchen eilte an den nackten Tempeltänzerinnen vorbei und flüsterte Udo etwas zu. Er hob den Kopf und gab Uzhiro ein Zeichen. Die beiden sprachen kurz miteinander. Dann wandte sich Uzhiro an die Menge und forderte sie auf, sich aufzurichten und auf die herrliche Gestalt Guiskwains zu blicken.

Trylon Udo trat vor. Er hob eine Hand und sprach mit viel Pathos:

»Im Kampf sind wir bereits unschlagbar. Die Kraft San Guiskwains des Verdorrers ist bereits auf unserer Seite. Er wird unsere Feinde vernichten. Lange haben die Hawkwas auf diesen Augenblick gewartet. Jetzt ist er gekommen. Es gibt Neuigkeiten. Die Armee aus Hamal, die im Süden Vallias gelandet ist, konnte einen großen Sieg erringen. Die Streitmacht des Herrschers ist zerschlagen, seine Krieger liegen tot am Boden, ihr Blut tränkt den Staub. Dies ist ein weiteres Zeichen! Guiskwain ist bei uns, nichts kann sich uns mehr in den Weg stellen!«

Die Cramphs waren also nicht aus Pandahem gekommen, sondern aus dem mit Vallia verfeindeten Hamal. Eine Armada von Himmelsschiffen hatte sie gebracht; soviel durfte ich als gewiß voraussetzen. Und Delias Vater, der Herrscher, war besiegt. Hatte seine Leibwache, die Roten Bogenschützen, ihn verraten, bestochen mit rotem Gold? Was war mit den Männern, die ihm treu dienten? Was war mit den Blauen Bergen, mit Delphond, mit meinen valkanischen Bogenschützen? Was war im Süden geschehen? Und Delia ...

In egoistischem Starrsinn hatte ich nach meiner Tochter Dayra gesucht – und in der Zeit meiner Abwesenheit konnte das große Vallianische Reich zusammengebrochen sein.

»Unsere Flugboote werden uns nach Süden befördern!« fuhr Udo in freudiger Erregung fort. »Wir werden uns unseren Freunden aus Hamal anschließen. Wir marschieren auf Vondium und erobern diese große Stadt! Heil San Guiskwain! Heil den Hawkwas!«

In diesen Ereignissen glaubte ich wieder den Einfluß Phu-Si-Yantongs wahrzunehmen, der die Pallans rings um die Herrscherin Thyllis zu lenken wußte. Von ihm kamen das Geld und die Waffen und jetzt auch die Flugboot-Flotte für Trylon Udo – mit dem Ziel, Vondium zu erobern. Und wenn der richtige Augenblick gekommen war, würden Phu-Si-Yantongs Werkzeuge, Stromich Ranjal und Zankov, Udo beseitigen und den Weg für den Zauberer aus Loh bereiten. Anders konnte es nicht sein.

»Jetzt reicht's!« rief ich aus. »Wenn du tatsächlich lebst, du verhexter Kleesh, dann wirst du gleich wieder tot sein!«

Ich zog den Bogen aus seiner Hülle, spannte ihn, legte einen blaugefiederten Pfeil auf. Der Pfeil flog klar ins Ziel. Kraftvoll zuckte er durch den mächtigen Kuppelraum, die Weihrauchwolken durchstoßend, genau auf San Guiskwains Brust zu.

Aber ich sah es deutlich! Ich sah, wie der Pfeil nach oben

sprang! Mit schrillem Ton prallte die Spitze gegen das Kristall und wurde nach oben abgeleitet. Und San Guiskwain blieb aufrecht sitzen, unverletzt.

»Bei Krun!« rief ich. »Noch mehr Zauberei! Dich kriege ich schon, du Cramph!«

Noch zweimal schoß ich auf das unheimliche Ziel – mit dem gleichen Ergebnis.

Wächter eilten über den Balkon auf mich zu. Es waren Menschen. Jetzt mußte ich um mein Leben kämpfen.

Hätte ich ein wenig den Verstand gebraucht, dessen ich mich zuweilen rühme, hätte ich auf Uzhiro geschossen. Trylon Udo war nur ein unwichtiger Spielstein in den Ereignissen. Mein Zorn richtete sich aber zur Gänze gegen die unerreichbare, düstere, obszöne Gestalt eines Toten.

Nachdem ich noch einige Pfeile gegen die anrückenden Wächter losgeschickt hatte, kam es auf dem hohen Balkon zum tödlichen Nahkampf.

Das Kurzschwert forderte dabei seinen blutigen Tribut. Ich stürmte gegen die Wächter an, bemüht, mir einen Weg durch die Gruppe zu bahnen und ins Freie durchzubrechen. Noch immer hatte ich den Gedanken nicht aufgegeben, in der Riesenmenge Dayra zu finden, obwohl ich mich langsam damit abfinden mußte, daß meine Chancen nicht mehr zum Besten standen.

Vier Rapas versuchten im Gespann zu arbeiten und waren sehr überrascht, daß ihr kleiner Trick auf dem engen Balkon nicht funktionierte; ich wußte sehr wohl, warum ich gerade das Kurzschwert benutzte und das Krozairschwert in der Scheide ließ. Dem ersten Rapa schnitt ich den Schnabel ab, spießte den zweiten auf – eben tief genug – und machte dann mit einem kurzen Hieb nach rechts und links die Pläne der letzten beiden Rapa-Söldner zunichte.

Im nächsten Augenblick verschwand ich in einem schmalen Schlitz in der Wand – einem der vielen Zwischenräume, die es in solchen großen Gebäuden gibt, Zwischengänge, Stützmauern, Räume unter Kuppeln, Tunnel für die Erhaltung der Bausubstanz, die ja ständiger Pflege bedarf. Etwa zehn Fuß tiefer landete ich mit heftigem Aufprall. Ich sprang sofort wieder hoch und suchte mir einen gewundenen Weg zwischen den Backsteinmauern, einem schwachen Schimmer folgend, der Feuchtigkeit und Schimmelbewuchs sichtbar machte. Über Holzleitern und durch staubige Tunnel ging es immer tiefer hinab. Geräusche zeigten mir an, daß die Verfolger sich nicht hatten abschütteln lassen. Wo immer ich auch herauskommen mochte, ich mußte damit rechnen, daß Wächter mich erwarten würden.

Knochen knirschten unter meinen Füßen – Mauer-Pitixes, kleine, pelzige Tiere, die von Abfällen lebten und die offenbar von Tempeldienern vergiftet worden waren. Dahinter versperrte mir eine bronzebeschlagene Lenkenholztür den Weg. Ich stemmte die Schulter dagegen.

Knirschend und quietschend öffnete sich der Durchgang. Rotes und grünes Licht erleuchtete die andere Seite. Vorsichtig steckte ich den Kopf durch die Öffnung, die Klinge erhoben, bereit zur Verteidigung. Ringsum erstreckten sich Reihen von Steinsärgen. Einige waren umgestürzt, und ein Gewirr von Knochen und Schädeln hatte sich auf den Steinboden ergossen. Ich befand mich bereits unterhalb des Tempels in der Krypta. Nachdenklich schloß ich die Tür und legte die schweren Eisenriegel vor. Auf diese Weise waren die blutrünstigen Kämpfer in meinem Rücken vorerst ausgeschaltet. Nun brauchte ich nur noch an die blutrünstigen Kämpfer vor mir zu denken.

Das Licht drang durch farbiges Glas, das man in Nischen gesetzt hatte. Vermutlich war San Uzhiro kürzlich hier unten gewesen, um den Kristallsarg San Guiskwains des Verdorrers zu holen. Spuren im Staub deuteten darauf hin. Vor meinen Füßen rollte ein Schädel zur Seite. Die unheimlichen Nachwirkungen der Szene im großen Tempel ließen allmählich nach. Ich begann wieder zu denken.

Die Wächter oben an der Treppe waren Chuliks, die mich augenblicklich in einen heftigen Kampf verwickelten. Die

Auseinandersetzung wogte die Treppe hinauf und in einen grasbewachsenen Hof zwischen mächtigen grauen Stützmauern, die die unvorstellbare Masse des Tempels trugen.

Ins Freie stürmend, nahm ich nun das Krozair-Langschwert zu Hilfe, das jedoch nur einen Sekundenbruchteil lang silbern blitzte, ehe es zu einer blutigen Vernichtungswaffe wurde.

Schwerter prallten klirrend aufeinander, Blut spritzte, Chuliks wirbelten durchbohrt zur Seite, rollten durch das Gras, das Langschwert beschrieb einen tödlichen Bogen nach dem anderen. Die Mauern dämpften mit ihrer Höhe und Dicke jedes Geräusch. Wir trampelten durch das Gras, und ich mußte mich sehr wendig anstellen, denn die Chuliks sind zu Recht als vorzügliche Kämpfer bekannt. Ohne die Rüstung des toten Rapa-Paktuns wäre ich mehr als einmal böse verwundet worden. Doch schließlich kämpfte ich alle Gegner nieder und konnte einen Augenblick lang Luft schnappen.

Die Chuliks trugen die Farben Gelkwas – silberne, schwarze und gelbe Kreise auf grünem Untergrund. Ich suchte mir eine Tunika, die nicht zu blutig war, und tauschte sie gegen Rojashins Umhang aus. Darüber legte ich Brust- und Rückenpanzer, die mir gut gedient hatten. Daß ich die Schultergurte hatte auslassen müssen, konnte die Wirksamkeit der Rüstung nicht beeinträchtigen. Ich entspannte die Sehne des Langbogens und steckte ihn in seine Hülle. Wie lange ich ihn als Speer getarnt mitführen konnte, blieb abzuwarten; bis jetzt war alles gutgegangen. Ich setzte mir einen frischen bunten Helm auf und warf einen letzten Blick auf die Szene.

Ein Innenhof, gefüllt mit toten Chuliks. Übelriechendes Blut. Fliegen. Und ich, Dray Prescot, der seine Tochter suchte, während Vallia in Flammen stand.

Durch ein Tor am anderen Ende erreichte ich den Bezirk vor dem Tempel und mischte mich unter die abwandernden Menschenmassen. Die Leute hatten nur ein Thema. Ich schritt mit gesenktem Kopf dahin, als hätten mich die Ereignisse im Tempel von Hockwafernes gebührend beeindruckt.

Ja, für meine Begriffe stand Vallia in Flammen. Ließ sich der Herrscher nur eine Schwäche anmerken, wurde nur ein Streich erfolgreich gegen seine Autorität geführt, würden aus vielen Schatten Leute hervortreten und ihn offen angreifen. Sie kennen bereits viele Parteien und Interessengruppen; aber es gab noch viel mehr feindliche Elemente, Personen, die entschlossen waren, ihren Willen durchzusetzen, ohne Rücksicht auf das Vallianische Reich, ohne Rücksicht auf ihre Gegner. Es war zu einer Schlacht gekommen, und der Herrscher war besiegt worden. Ich fragte mich, ob er persönlich dabeigewesen war oder einen General geschickt hatte. Ich fragte mich, ob er überhaupt noch am Leben war.

Mein weiterer Weg lag nun klar vor mir. Ich hatte Dayra zu finden versucht und nichts erreicht. Nun mußte ich zwischen Dayra und Delia wählen – eine unangenehme Entscheidung. Aber die Waagschale neigte sich zu Gunsten meiner Frau. Ja, ich mußte mich überzeugen, daß sie in Sicherheit war. Wenn ihr Vater der Vernichtung anheimfiel, würde Delia zum Opfer schleichender Leems werden.

Tief in mir spürte ich, daß Dayra den wilden Haufen, dem sie sich angeschlossen hatte, zu meistern wußte. Sie würde nicht plötzlich in Lebensgefahr geraten, nur weil ich sie hier verfehlt hatte. Warum sollte mein Hiersein für sie einen Unterschied machen? Schließlich hatte ich bisher wenig genug mit ihrem Leben zu tun gehabt.

Ich brauchte ein Flugboot; ich war nicht ungeübt darin, Voller zu stehlen und mich damit zu verdrücken.

Trylon Udos Armee bot ein ganz anderes Bild als noch am Tag zuvor. Wo es bisher ein Sammelsurium von Einzelkämpfern gegeben hatte, durchsetzt von nur wenigen erfahrenen Profis, herrschte nun große Einheit – die Streitmacht war zusammengeschweißt, beflügelt durch ein vibrierendes Selbstvertrauen, das die Männer durch alle Verluste zum Sieg führen würde.

Trotz aller Bedeutung, die Kampferfahrung und eine gute Ausrüstung haben, hängt doch auch viel von der Moral, von der brennenden Motivation einer Armee ab – von dem festen Glauben der Unverwundbarkeit, der diesen Männern und Frauen eingegeben worden war.

Und der Herrscher war bereits einmal besiegt worden.

Ich wurde dringend in Vondium gebraucht. Es war meine Pflicht, dort bei der Abwehr des zweiseitigen Angriffs Phu-Si-Yantongs zu helfen.

Ich marschierte gelassen durch das Lager, wobei ich allerdings um mein altes Zelt einen Bogen machte. Dabei bemerkte ich Flugboote am Himmel, die langsam an Höhe verloren und zur Landung ansetzten. Die Transportmittel wurden zusammengezogen. Ich verfolgte das Schauspiel und zählte und schätzte und rechnete hoch. Die Zusammenstellung einer Luftflotte dieser Größe und mit Vollern solchen Fassungsvermögens überstieg die Möglichkeiten eines Trylon im Nordosten Vallias. Wieder einmal zeigte sich der Einfluß des Zauberers aus Loh.

Tragisch war in diesem Zusammenhang, daß Udos Ehrgeiz sich darauf beschränkte, dem Nordosten die Selbständigkeit zu geben. Yantongs Pläne aber reichten viel weiter – er wollte über Vallia herrschen. Es würde der Augenblick kommen, da Udos Hilfe entbehrlich war . . .

Die Flugboote standen in säuberlichen Reihen bereit, und ich schlenderte daran entlang und konzentrierte mich schließlich auf einen kleinen Voller, den ich mir nehmen wollte. Nach der Bauweise zu urteilen, handelte es sich um einen sehr schnellen Flieger. Ich mußte lächeln. Wenn diese Flugboote aus hamalischen Arsenalen stammten, handelte es sich um erstklassige Voller, bei denen keine Gefahr bestand, daß sie mitten im Flug den Geist aufgaben. Großartig!

Ich habe erwähnt, daß in Vallia viele Leute den Prinzen Majister für einen Papiertiger hielten, einen falschen Hyr-Jikai, der mit einem Ruf durchs Leben ging, den er sich nicht verdient hatte. Solchen Überzeugungen war durch meine häufige und lange Abwesenheit Vorschub geleistet worden. Meine Feinde hatten die Gerüchte zweifellos weiter verbreitet. Phu-Si-Yantong aber mußte es besser wissen, wie auch Rosil Yasi, der Kataki-Strom, mit dem ich persönlich aneinandergeraten war. Folglich kannte auch sein Zwillingsbruder, Stromich Ranjal, den wahren Dray Prescot.

Leider übersah ich diese Tatsache, als ich mich dem kleinen Voller näherte. Fristlewächter sprangen auf, als sie mich entdeckten. Sie hoben die Krummsäbel und begannen mit verzerrten Gesichtern zu schreien. »Der Rast! Prinz Majister! Er ist hier!«

Gleich darauf war ich von funkelndem Stahl umgeben.

So hatte ich mir das nicht vorgestellt. Das Langschwert zuckte hoch, schlug Krummsäbel zur Seite, fuhr durch Katzengesichter, bahnte mir einen Weg in Richtung Voller. Weitere Wächter eilten herbei. Das ganze Lager geriet in Bewegung wie ein Ameisenhaufen. Ich lief los und begann wie ein Irrer um mich zu hauen. So dicht vor dem Ziel wollte ich nicht aufgeben.

Die Fristles niederkämpfend, erreichte ich den Voller. Ich drehte mich um und ließ den altvertrauten Krozair-Disziplinen ihren Lauf. Vier Undurker-Bogenschützen hoben ihre blinkenden Bögen und schossen auf mich. Das Krozair-Schwert zuckte hierhin und dorthin und schlug die kurzen Pfeile zur Seite.

Von der Seite eilte Zankov an der Spitze einer Gruppe Kämpfer herbei. Ich hätte nichts dagegen gehabt, ihn aufzuspießen, doch neben ihm erblickte ich die finstere Gestalt Stromich Ranjals, der die gefährliche Schwanzklinge in die Höhe reckte. Die Kampfmädchen waren ebenfalls schon zur Stelle – Leona nal Larravur und Ros und Firn und Karina die Schnelle. Ich hatte keine Lust, Frauen zu töten.

Diese Gruppe kam glücklicherweise den Undurkern in den Weg, so daß sie nicht mehr schießen konnten.

»Er ist ein Feigling!« brüllte Zankov. »Ein Nulsh! Fangt ihn lebendig!«

»Ich spieße ihn auf!« schrie Leona.

Ich sprang in den Voller und drückte die Hebel auf Steilflug und höchstes Tempo. Das Flugboot stieg zwei Fuß empor und wurde dann mit einem Ruck abgebremst.

»Bei Vox!« brüllte ich verwirrt.

Die Cramphs hatten dicke Ketten am Kiel festgemacht und an langen, in den Boden getriebenen Pflöcken verankert. Ich saß fest.

Als Zankov sich mit funkelndem Rapier auf mich stürzte, rief Ranjal warnend: »Vorsicht, Zankov! Als Krieger ist der Kerl gefährlich!«

»Ach, Unsinn!« brüllte Zankov und holte weit aus. Ich unterlief den Schlag und setzte ihm die linke Faust ins Gesicht. Mit einem Schrei stürzte er rücklings aus dem Voller.

Ranjal ließ seinen Schwanz hochzucken und zog ihn im letzten Augenblick vor meiner Klinge zurück.

Mit schrecklichem Gebrüll – einem Laut, der die anderen überraschen und entsetzen sollte – sprang ich aus dem Flugboot.

Es kam zu heftigen Nahkämpfen, Wächter sanken verwundet zu Boden. Gleichzeitig versuchte ich mir die Ketten anzusehen, die an den Pflöcken befestigt waren. Eine löste sich unter einem Schwerthieb, den ich in die Runde fortsetzte, was mir etwas Bewegungsraum verschaffte. Der Kampf wurde von meiner Seite aus nicht mehr mit Behendigkeit und Lässigkeit geführt – ich spielte meine volle Kampferfahrung aus in dem Bemühen, am Leben zu bleiben. Wieder stürzte sich Zankov auf mich – er hatte Mut, das muß ich zugeben –, und ich versetzte ihm einen Schlag mit dem Schwertgriff und ließ die Klinge mit demselben Hieb in den Leib eines Rapas zucken, der sich hinter ihm befand. Zankov ging zu Boden, und ich stellte ihm einen Fuß auf das Handgelenk.

Firn versuchte mich aufzuspießen, und ich mußte sie zur Seite schlagen. Im nächsten Sekundenbruchteil hatte ich die letzte Haltekette erreicht.

Ein Hieb landete auf meinem Helm, und ich fuhr herum, mein Langschwert wirbelte, und ein Chulik torkelte mit überraschtem Gesichtsausdruck zurück. Im nächsten Augenblick erschien die katzenhafte Gestalt von Ros vor mir. Das Rapier ließ sie achtlos herabhängen. Ihre linke Hand zuckte auf mein Gesicht zu. Die Klaue blitzte.

Meine linke Hand ließ den Griff des Langschwerts fahren und legte sich um ihr Handgelenk. Ich spürte die harten Metallstege. Ihr Gesicht – ein prächtiges, leuchtendes, wunderschönes Gesicht – starrte mich haßverzerrt an.

Zankov versuchte energisch unter meinem Fuß hervorzukommen. Mit heftiger Drehbewegung preßte ich seinen Arm in den weichen Boden, und er schrie auf.

Im nächsten Augenblick spürte ich stechende Schmerzen in den Fingern meiner linken Hand. Fluchend ließ ich Ros los. Aus den Stützstegen ragten scharfe Metallzähne, rot von meinem Blut.

Ich hätte sie mühelos mit dem Langschwert durchbohren können. Aber ich tat es nicht. Als Zankov sich erneut aufbäumte, verlor ich das Gleichgewicht.

Die gefährlichen Metallkrallen schossen auf mich zu. Ich wehrte sie ab, und Ros zog die Hand mit einem raffinierten Rückhandschlag zurück, wobei sie die Kralle im letzten Augenblick drehte und die Spitzen durch mein Gesicht zog. Es tat verflucht weh.

Ein Chulik versuchte mich von der Seite zu erstechen, doch mein Langschwert zuckte vor, und er stürzte als Sterbender zu Boden.

»Du Teufel!« keuchte Ros.

Zankov hatte zu schreien begonnen, wütend, aber hilflos kreischte er Befehle.

»Töte den Rast! Stech ihm die Augen aus!« brüllte Zankov außer sich. »Dayra! Töte ihn! Bring ihn um, Dayra! *Dayra*!«

17

Ich starrte in die schimmernden braunen vallianischen Augen, auf das leuchtende Gesicht. Ich sah es und verstand nicht, was da geschah.

Beinahe, beinahe wäre mir mein Zögern zum Verhängnis geworden. Aber das Langschwert bewegte sich wie aus eigenem Antrieb und streckte die beiden Chuliks nieder, die mich von der Seite angreifen wollten.

Die rasiermesserscharfen Kanten der Klaue hatten mir das Gesicht zerschnitten. Ich blutete aus vielen Wunden.

»Dayra!«

Wieder kreischte Zankov los: »Deine Chance ist gekommen, Dayra! Bring den Rast um!«

Ich wich zurück und versetzte Zankov einen Tritt in die Schnauze. Er sackte zusammen. Mit der linken Hand griff ich nach der letzten Kette, die den Voller noch am Boden hielt.

»Mutter hatte also doch recht, und diese Dummköpfe nicht«, sagte sie, dieses Mädchen, Ros die Klaue, die meine Tochter Dayra war. »Denn kein anderer Mann hätte tun können, was du getan hast, ohne dabei zugrundezugehen.« Sie hob die Tigerkralle, an der mein Blut schimmerte. »Du bist ein Hyr-Jikai.«

»Nur ein Dummkopf hätte getan, was ich getan habe«, sagte ich.

»Das stimmt.«

»Du befindest dich in schlechter Gesellschaft – Dayra. Komm mit mir! Ich muß fort und dafür sorgen, daß deiner Mutter Delia nichts passiert.«

»Mach dir keine Sorgen. Ich habe Befehl gegeben . . .«

Erregt unterbrach ich sie: »Weißt du nicht, von welcher Art der Kerl ist? Er will uns alle umbringen, die ganze Familie . . . Wenn ich nur gewußt hätte . . . Es hieß, du würdest erst heute eintreffen.«

»Ich tue, was mir gefällt. Niemand gibt mir Befehle, und

schon gar nicht ein Mann – und erst recht nicht der Vater, den ich nie gekannt habe.«

Das ließ sich später klären. Ich packte den dicken Haken, bereit, ihn aus dem Ring zu ziehen. »Begleite mich, Dayra! Deine Mutter . . .«

»Du hast kein Recht, ihren Namen auszusprechen! Laß sie aus dem Spiel!«

Ein Pfeil bohrte sich in den blutdurchtränkten Boden neben mir. Ein zweites Geschoß durchstieß die Bespannung des Flugbootes neben meinem Kopf.

»Du mußt dich entscheiden, Dayra, sonst töten sie dich auch.«

»Verschwinde! Flieh! Du bist ja dein ganzes Leben lang geflohen! Du hast uns alle verraten und wirst es auch weiterhin tun – du kannst sagen, was du willst! Verschwinde, ehe ich dir noch die Augen aussteche!«

Aber seit sie wußte, daß ich endlich begriffen hatte, wer sie war, hatte sie keinen Streich mehr gegen mich geführt.

Die Angreifer rückten näher, zuversichtlich, daß sie mich nun endlich in der Klemme hatten. Wenn meine Tochter nicht mit wollte, konnte ich sie nicht zwingen. Wollte ich noch länger auf sie einreden, konnte mich das das Leben kosten. Ich packte die Kette mit dem Haken, ließ das Langschwert herumwirbeln und lenkte einen Undurker-Pfeil ab.

»Dann sage ich dir Remberee, Dayra. Ich werde deiner Mutter sagen, daß ich dich gesehen habe. Paß auf dich auf – Tochter!« fügte ich hinzu.

Sie spuckte mich an und ließ die Klaue in meine Richtung zucken, und ich fragte mich, während ich den Haken aus dem Ring drückte, ob sie mir schließlich doch noch ans Leder wollte.

Ruckartig stieg das Flugboot empor. An der Kette baumelnd, hin und her schwingend, wurde ich unter dem Kiel des Vollers in die Luft gerissen.

Es war ein deprimierender Flug nach Vondium. Ich hatte

zwar gut gewählt; mein Voller vermochte allen verfolgenden Flugbooten davonzufliegen. Doch mein innerer Zustand war dafür um so aufgewühlter. Mir blieb nur die Hoffnung, daß ich eines Tages Gelegenheit haben würde, ihr zu beweisen, daß ich nicht ganz so hinterlistig, betrügerisch und verlogen war, wie sie mich sah. Von all diesen Dingen trafen gewisse Details auf mich zu, doch nicht auf die Weise, wie sie sie sah. Ich versuchte die unnatürliche Situation mit Dayras Augen zu sehen. Ich gab mir redliche Mühe, mir vorzustellen, daß Dayras Verbündete ehrliche Leute waren, die für ihre Überzeugungen eintraten, ich versuchte Delia und den Herrscher und mich als die Bösewichter zu sehen, deren Vernichtung geboten schien. Es fiel mir schwer. Aber Zair ist mein Zeuge, ich versuchte es.

Und gar zu schwierig war es auch nicht, soweit es den Herrscher betraf, bei Vox ...

Vondium kam in Sicht; die Stadt brannte an vielen Stellen, und die lodernden roten Flammen spiegelten sich in den Kanälen. Prächtige Bauwerke auf Hügeln und Inseln brachen in knisternder Glut zusammen. Ich starrte entsetzt auf die Szene, und meine Gedanken wandten sich wieder der aktuellen Krise zu, die es zu entschärfen galt.

Lange Kolonnen von Flüchtlingen bewegten sich über die Straßen, die von der Hauptstadt fortführten, auf den Kanälen zeigten sich keine Boote mehr, und der Himmel war leer von Flugbooten.

Ich landete auf dem großen Kyro vor dem Palast, der bis jetzt noch unbeschädigt war. Eine Pachakwache verhinderte Plündereien. Die Söldner überprüften mich kurz und führten mich zu ihrem Chuktar.

Mit wenigen Blicken stellte ich fest, daß alle Pachaks im Palast zusammengezogen worden waren, sogar die Söldner aus dem Palastflügel, der Delia und mir zur Verfügung stand. Beim Chuktar der Wache stand unser Paktun-Jiktar Laka Pa-Re, der mich freundlich begrüßte. Der befehlshabende Pachak trug den Namen Pola Je-Du.

»Lahal, Prinz«, sagte er müde. »Wie du siehst, ist die Lage kritisch, besonders nach der zweiten Niederlage.«

»Der zweiten? Ich hatte erst von einer gehört.«

»Den Berichten zufolge haben die Hamalier vorzüglich gekämpft. Die vallianische Armee ist vernichtend geschlagen. Die Roten Bogenschützen haben sich mannhaft gewehrt – soweit sie überhaupt ins Feld gezogen sind. Die anderen . . .«

Ich blickte zu Laka Pa-Re hinüber und erinnerte mich an seine Warnung, daß die Wächter bestochen würden. Laka nickte. »Die bestochenen Wächter sind entdeckt worden; dafür hat Naghan Vanki gesorgt. Aber der Schaden war schon geschehen.«

»Und die verschiedenen unzufriedenen Elemente in der Hauptstadt und in den Provinzen nutzten die Gelegenheit zum Aufstand. Es hat viel Ärger gegeben, Prinz.« Der Pachak-Chukter zupfte an seinem Schnurrbart. Aus einer Kuppel auf der anderen Seite des Kyros stieg Rauch empor, und fernes Geschrei und Prasseln war zu hören. »Der Herrscher ist mit dem gesamten Rest seiner Truppe in den Kampf gezogen. Was uns betrifft, wir bewachen den Palast.«

Nicht zum erstenmal fragte ich mich, wie der Herrscher sich so lange an der Macht hatte halten können. Mit diesen Pachaks hätte er auf dem Schlachtfeld viel erreichen können – aber dann überlegte ich es mir anders. Gegen die hamalischen Horden hätten die fünfhundert loyalen Pachaks sicher keinen großen Unterschied gemacht. Als letzte Reserve jedoch mochten sie noch einen guten Zweck erfüllen.

»Und die Prinzessin Majestrix?«

Auf diese Frage bekam ich nur Kopfschütteln zur Antwort. Niemand hatte von der Prinzessin Majestrix gehört.

Dafür erfuhr ich andere Dinge – von der Verhaftung weiterer Männer, die bisher als treue Anhänger des Herrschers galten, von der Art und Weise, wie Königin Lushfymi die Aufmerksamkeit des Herrschers immer mehr in Anspruch nahm, von den Aufständen, den Brandschatzungen, Plünderungen und Morden, von dem großen Exodus aus der Stadt, während die verschiedenen feindlichen Armeen näherrückten. Den Reihen dieser Gegner würde sich nun eine frische und mächtige Horde anschließen, die motiviert durch eine wiederbelebte Leiche ...

Es wollte mir scheinen, als käme Phu-Si-Yantong der Erfüllung seines verrückten Traums immer näher. Aber er hatte nicht über alle vallianischen Feinde Macht, die sich Vondium näherten. Paradoxerweise lag in diesem Umstand eine winzige Hoffnung.

18

Nur wenige Personen waren im Privatgemach des Herrschers versammelt, nachdem die Reste der geschlagenen Armee in die Stadt zurückgekehrt waren. Die Pachaks bewachten den Palast wie zuvor. Königin Lust, ein Halbes Dutzend Pallans, die noch in der Stadt waren, Chuktar Wang-Nalgre-Bartong und ich saßen beim Herrscher und hielten Kriegsrat. Wir hatten eine schlimme Lage zu diskutieren, die einer völligen Katastrophe nahe war. Alle Streitkräfte, die man den Feinden des Herrschers entgegengeschickt hatte, waren besiegt worden.

»Ich bin noch nicht am Ende, Schwiegersohn!« sagte der Herrscher. »Also mäßige deinen Ton! Königin Lushfymi ist überzeugt, daß wir noch eine Chance haben, die Rasts aus Hamal zu besiegen. Kov Layco Jhansi wird uns einen Sieg melden! Sobald er die verschwörerischen Rasts von Falinur unterdrückt hat, müssen die anderen einsehen, daß sie sich besser auf meine Seite schlagen.«

»Falinur?« Ich zwang mich dazu, ruhig zu sprechen.

»Ja! Das Kovnat, das ich auf deine Veranlassung deinem sogenannten Freund Seg Segutorio anvertraut habe. Dort gibt es viele Aufständische, die gegen uns kämpfen – und wo ist dein kostbarer Seg Segutorio, Kov von Falinur? Er hat sich abgesetzt wie du – oder führt er seine Männer gegen mich?«

Ich konnte dem Herrscher nicht gut erzählen, daß Seg nach seinem Bad im Heiligen Taufteich in seine Heimat Erthyrdrin versetzt worden war – wie alle meine Freunde, die mich auf jener Expedition begleitet hatten. »Und was ist mit Vomanus?« fragte ich. »Sein Kovnat Vindelka . . .«

»Vomanus? Dieser Gauner? Eine gute Frage – wo ist er?«

Ich vermutete, daß so mancher Gefolgsmann es vorgezogen hatte, Vondium in diesen unruhigen Zeiten den Rücken zu kehren; daß auch Vomanus dazu gehören sollte, enttäuschte mich. Er war ein leichtfertiger Bursche, gewiß, zugleich aber auch Delias Halbbruder . . .

Und wir redeten endlos und schmiedeten sinnlose Pläne im Angesicht der Katastrophe. Königin Lust saß reglos dabei und wandte den Blick nicht von ihrem Herrscher. Wenn er sie liebevoll anblickte, lächelte sie. Sie trug eine einfache gelbe Robe und kein einziges Schmuckstück.

»Layco Jhansi wird die mittleren Provinzen unterwerfen. Der Südwesten wartet die weiteren Ereignisse ab. Der Südosten . . .« Der Herrscher wandte sich Lykon Crimahan zu, dem Kov von Forli; Sie kennen ihn von einer früheren Bewegung.

Forli, oft auch das Gesegnete Forli genannt, liegt an einem östlichen Nebenfluß des Großen Stroms und reicht bis zur Ostküste gegenüber Nord-Veliadrin. Lykon Crimahan hatte nicht viel für mich übrig. Doch war ich davon überzeugt, daß er dem Herrscher diente in dem Bestreben, für Vallia das Beste zu erreichen. Allerdings hatte er sich meinen Plänen widersetzt, eine große Flugboot-Flotte zu bauen.

»Für Forli kann ich mich verbürgen, Majister. Was die anderen angeht . . . sie greifen meine Ländereien an. Ich müßte eigentlich dort sein, um mich ihrer zu erwehren, aber . . .«

»Dein Platz ist hier an der Seite des Herrschers«, sagte Königin Lust. In ihren Augen loderte ein starkes Gefühl. Ihr Einfluß, davon war ich überzeugt, hatte den Herrscher geschwächt, und doch zeigte sich der alte Teufel nach wie vor zuversichtlich und entschlossen, den Kampf fortzusetzen.

»Und wo ist die große Flotte Himmelsschiffe, die ich bauen wollte?« wandte ich mich an Lykon Crimahan. »Sind deine Freunde in Hamal mit deinem Wirken zufrieden?«

Am liebsten hätte er nach dem Rapier gegriffen, doch der Herrscher hob die Hand und brüllte uns an. Das Protokoll rettete den Dummkopf. »Ich bin dem Herrscher treu ergeben!« rief Lykon. »Ich dulde nicht, daß man mich beleidigt . . .«

»Trotzdem solltest du an die Himmelsschiffe denken, die wir nun nicht haben, wenn die Boote aus Hamal ihre Feuerflut über die Stadt ergießen.«

»Unsere Varters werden sie runterholen«, sagte der Herrscher überzeugt.

»Der Nordosten steht jedenfalls voll gegen dich; dort sammelt sich eine Armee . . .« Ich schilderte der Versammlung meine kürzlichen Abenteuer. Barty hatte sich nicht nach Vondium durchschlagen können. Vermutlich war sein Flugboot defekt geworden. In diesen schlimmen Tagen, da ein ganzes Reich unterging, mußte Barty Vessler selbst für sich sorgen. Vielleicht war er nach Hause zurückgekehrt. Von meiner Tochter Dayra, die auch Ros die Klaue genannt wurde, sagte ich nichts.

»Trylon Udo, also schön«, sagte der Herrscher. »Für ihn steht der Galgenbaum bereit. Und was diesen Zankov angeht, den werden wir erledigen, wenn er hier eintrifft. Ich bin der Herrscher, und ich verstehe solche törichten Pläne. Bei Vox! Meine Gesandten sind bereits unterwegs und werben in Übersee Tausende von Paktuns für uns an.«

»Bis die hier eintreffen, ist alles längst vorbei«, sagte Chuktar Wang-Nalgre-Bartong und fuhr sich mit der Zunge über die Lippen. Ihm war nicht wohl bei den Worten, die er aussprechen mußte. »Meine Männer sind loyal. Die Roten Bogenschützen sind ausgesuchte . . .«

»Ja«, warf ein Pallan zornig ein. »Und die übrigen Rasts haben sich bestechen lassen!«

Der Chuktar war der letzte einer ganzen Reihe von Kommandeuren der Roten Bogenschützen. »Wir haben gekämpft!« protestierte er. »Wir haben gekämpft, wie es nur die Bogenschützen aus Loh vermögen. Aber wir sind mehr als einmal in einen Hinterhalt gelockt worden – fragt mich nicht, wie das möglich war, denn ich weiß es nicht. Unsere Pläne müssen verraten worden sein. Wir hatten keine Chance. Ich kann also nur bedauernd wiederholen, daß ich keinen anderen Ausweg sehe, als ehrenvoll zu kapitulieren.«

Die Vallianer starrten ihn aufgebracht an. Er war ein Söldner, ein Paktun, dessen Pakzhan golden an seinem Hals schimmerte.

Leise sagte der Herrscher: »Und was wird aus uns, wenn du ehrenvoll kapitulierst und dich unseren Feinden verdingst?«

»So geschieht es nun mal, wenn Reiche auseinanderfallen«, antwortete Chuktar Bartong. »Im großen Vaol-Paol ist doch alles eins.«

»Und wie steht es im Nordwesten?« fragte der Herrscher energisch. Als einziger schien sein Mut ungebrochen zu sein. Er strahlte eine Willenskraft aus, die ich von ihm nicht erwartet hätte.

»Dort haben die Racter das Sagen«, antwortete ein Pallan. »Die letzten Berichte sind noch nicht bestätigt. Die Schwarzen und die Blauen Berge sind in Blut gebadet. Was dort geschieht, ist noch ungewiß.«

Ich spürte eine seltsame Beklemmung. Die Schwarzen Berge waren Inchs Kovnat, und die Blauen Berge ... Ich zwang mich dazu, nach Einzelheiten zu fragen. Es war aber lediglich bekannt, daß der Nordwesten eine Streitmacht gegen Vondium schicken wollte und daß die Jungs der Blauen Berge und die Kämpfer der Schwarzen Berge das Ausrücken verhindert hatten.

Die Pläne der Racter waren also nicht so gelaufen, wie sie

erwartet hatten ... Die Schwarzweißen warteten nun in anderen Gebieten ab, warteten auf den richtigen Zeitpunkt nach dem großen Zusammenbruch. Nun ja, die Onker hatten keine Ahnung, daß Phu-Si-Yantong ihnen dabei zuvorkommen würde. Ich hatte es bisher nicht für ratsam gehalten, den Herrscher zu informieren, daß für mich der mächtige Zauberer aus Loh hinter allen Problemen stand. Am besten kämpfte er gegen unsere Gegner, ohne von einer alles überlagernden Furcht gebeutelt zu werden. Andererseits ...

»Ich möchte euch bitten, gewisse Überlegungen nachzuvollziehen, die ich in diesem Kreis ausbreiten möchte.« Ich hatte die Stimme erhoben und stand auf. »Stellt euch Vallia vor. Ein mächtiges Reich und ein starker Herrscher, der dennoch die zahlreichen Interessengruppen innerhalb seines Machtbereichs gegeneinander ausspielen muß. Dagegen der Ehrgeiz eines anderen Mannes, eines Mannes von gleichem oder größerem Einfluß, eines Mannes mit – außerordentlichen Fähigkeiten. Jemand, der über große Entfernungen wirken und böse Kräfte für seine Ziele einsetzen kann. Jemand der Vallia in seine Gewalt bringen und es durch seine Marionetten beherrschen will.«

»Und was für ein Mann sollte das sein? Den gibt es doch gar nicht?« rief Crimahan.

Ich fuhr unbeirrt fort, unentschlossen, wieviel ich den Anwesenden offenbaren konnte, überzeugt, daß sie mir nicht glauben würden.

»Die zahlreichen Aufstände haben doch irgendwie miteinander zu tun. Hinter allem steht ein umfassender Plan. Herrscher, wo ist dein persönlicher Zauberer, Deb-sa-Chiu?«

Königin Lust hielt den Atem an.

Der Herrscher lächelte sie an, tätschelte ihr die Hand und wandte sich an mich. »Er war krank. Er hat mich gebeten, nach Hause zurückkehren zu dürfen.«

»Und du hast ihn ziehen lassen?«

»Man widersetzt sich nicht leichtfertig den berechtigten

Wünschen eines Zauberers aus Loh. Diese Männer besitzen eine – seltsame Macht.«

»In der Tat.«

Ich hätte eine erstklassige Zorca gegen einen alten Calsany gewettet, daß Deb-sa-Chiu, der Delia für mich gesucht hatte, durch die Machenschaften Phu-Si-Yantongs erkrankt war. Dieser Schritt gehörte zu den sorgfältig ausgearbeiteten Plänen. Obwohl kein anderer Zauberer aus Loh so mächtig sein mochte wie Yantong – mit der möglichen und erhofften Ausnahme Khe-Hi-Bjanchings –, wollte der Teufel kein Risiko eingehen und hatte Deb-sa-Chiu ausgeschaltet.

»Was hat ein Zauberer aus Loh mit unseren Problemen zu tun . . .« begann Crimahain verächtlich.

Aber der Herrscher war nicht umsonst Delias Vater. »Dray, du glaubst . . .?«

»Ich glaube es nicht nur. Ich bin davon überzeugt.«

Königin Lust hob eine Hand an die Brust. Sie war sehr bleich geworden.

»Beruhige dich, meine Königin«, sagte der Herrscher. »Hier hast du ein Glas Wein. Diese Information ist wirklich schlimm, wenn sie stimmt. Du bist mir aber ein großer Trost gewesen. Ohne dich hätte ich nicht so lange durchgehalten. Jetzt darfst du mich nicht im Stich lassen.«

»Ich werde dich weiter unterstützen!« Sie schien bestürzt zu sein – kein Wunder angesichts des Gedankens, einen Zauberer aus Loh zum Gegner zu haben.

In düsterer Stimmung löste sich die Versammlung auf. Niemand hatte mir etwas über den Aufenthaltsort Delias sagen können. Vallia schien an dem ganzen Durcheinander überhaupt nicht beteiligt zu sein. Ebensowenig lagen Informationen aus Rahartdrin, Ava, Womox vor, oder aus Veliadrin oder Zamra oder Valka.

Ich nahm mir vor, einen Rundgang bei den Wachen zu machen, und fand alles ruhig. Nach einiger Zeit kehrte ich in unseren Palastflügel zurück, um einige Burs zu ruhen. Königin Lushfymi erwartete mich in meinem Schlafzimmer.

Sklaven waren nicht mehr im Palast; sie waren alle geflohen, bis auf wenige, die der Herrscher für sich beanspruchte. Erstaunt musterte ich die prachtvolle Erscheinung – das weiße Gewand, das die Ebenholzschwärze ihres Haars und die großen leidenschaftlichen Augen betonte.

»Der Herrscher schläft«, begann sie. »Ich muß mit dir sprechen.«

Ich schenkte ihr einen Kelch Wein ein und nahm auch selbst einen, dann setzte ich mich neben sie auf das Bett. Mir war klar, daß ich von ihr keine Szene zu erwarten hatte, wie ich sie schon mehrmals durchmachen mußte. Sie war keine Königin Lilah oder Königin Fahia, oder wie sie alle hießen.

Sie mußte sich sichtlich ein Herz fassen zu sprechen. Irgend etwas beschäftigte sie, irgend etwas lag ihr auf der Zunge, wollte aber nicht über die vollen Lippen. Schließlich eröffnete ich das Gespräch.

»Wie ich sehe, kommst du mit dem Herrscher gut aus . . .«

»Ich liebe ihn.«

Sie sagte die Worte leichthin, tonlos. Ich trank vom Wein. Sie war eine raffinierte Herrscherin. Sie hatte Lome in Pandahem zu großem Reichtum und großer Macht verholfen. Angeblich besaß sie Hexenkräfte. Warum erzählte sie mir dies? Stimmte es überhaupt?

»Ja, es stimmt, Dray Prescot.«

Ich richtete mich auf.

»Nein, ich kann deine Gedanken nicht lesen. Aber ich kann mir vorstellen, was im Herzen eines Mannes vorgeht.«

Ich rieb mir das Kinn. Ich mußte mich dringend rasieren. »Als wir uns kennenlernten – als ich in deine Sänfte stürzte – hattest du nicht besonders viel für mich übrig, und ich auch nicht für dich, das will ich gern zugeben. Warum kommst du jetzt zu mir?« Ich schwieg einen Augenblick lang und fügte dann hinzu: »Jedenfalls werde ich mich dir nicht in den Weg stellen. Ich wäre froh, wenn der Herrscher wieder heiratete und ein ganzes Regiment von Prinzen und Prinzessinnen zeugte . . .«

»Das ist es nicht.«

»Dann solltest du mir sagen, was du auf dem Herzen hast.«

»Das fällt mir nicht leicht. Du mußt mir versprechen, daran zu denken, daß ich den Herrscher wirklich liebe!«

»Wenn du willst.«

»Ich kenne dich, Dray Prescot, ich weiß viel mehr über dich, als du ahnst – die Antwort genügt mir also völlig . . .« Sie hob die Hand, um meine Fragen abzuwehren, und sprach hastig weiter, bestrebt, sich die Last von der Seele zu reden. »Die Roten Bogenschützen. Sie haben eine schreckliche Niederlage erlitten. Woher hat wohl der Feind aus Hamal ihre Pläne gekannt?« Sie nickte, und ich streckte den Arm aus und umfaßte ihr Handgelenk. Ihre Haut war kalt wie Eis. »Ja, Dray Prescot! Ja! *Ich* habe alles verraten! Ich, die Königin von Lome, habe mit meinen okkulten Künsten den Hamaliern alle Planungen des Herrschers weitergegeben, und so wurde die Armee vernichtet, und Blut wurde vergossen, und . . .«

Ich versetzte ihr eine Ohrfeige.

Daraufhin beruhigte sie sich etwas, doch nur ein wenig, zu sehr erregte sie der Gedanke an die Dinge, die sie getan hatte. Ihre Nerven waren zum Zerreißen gespannt. Ich forderte sie auf, weiterzusprechen.

»Wie du weißt, haben die Hamalier Pandahem erobert und meinen Vater getötet. In der Schlacht von Jholaix blieben aber die Vallianer sieghaft, und Pandahem warf das Joch von Hamal wieder ab. Dann aber zeigten sich neue Feinde, mächtigere Feinde.« Sie entzog sich meinem Griff, stand auf und begann hin und her zu gehen, die Hände mal verkrampft, mal erhoben, das liebliche Gesicht vor Entsetzen verzogen. »Ich muß dir alles sagen, denn du bist der einzige, bei dem der Herrscher noch Halt finden kann, und der Südwesten wird ihn unterstützen, und die Inseln, und dann können wir noch siegen gegen . . .« Sie stockte, und ihr geschmeidiger Körper schien jeden Halt zu verlieren.

»Wer hat dich dazu veranlaßt, Vallia zu verraten?«

»Ich glaube, ich glaube, das weißt du sehr gut, Dray Prescot.«

Von ihren Gefühlen überwältigt, wandte sie sich ab, doch ich stützte sie nicht. Ein Schatten bewegte sich in der Türöffnung neben mir, und ich hielt dem Herrscher abweisend die Hand entgegen, eine befehlende Geste, die ihn normalerweise erzürnt hätte; doch er warf einen langen Blick auf Königin Lust und hörte ihre Worte und schwieg, ein Schatten unter Schatten in meinem Schlafgemach.

»Lome ist reich und mächtig geworden, seit du den Thron übernahmst«, sagte ich leise. »Ist das auch das Werk dessen, der dich in seinen Diensten weiß?«

Ihre Schultern zitterten. »Ja.« Das geflüsterte Wort war kaum zu verstehen.

»Und als Belohnung dafür hat er von dir verlangt, daß du nach Vallia reist, den Herrscher verführst, sein Vertrauen gewinnst – und ihn dann verrätst?«

»Ja.«

Der Herrscher machte eine Bewegung, doch ich packte seinen Unterarm und hielt ihn zurück. Ja, es war eine schwere Zeit für ihn. Als düsterer Umriß stand er in der Tür dicht neben mir, und gemeinsam hörten wir das niederschmetternde Geständnis der Königin.

Phu-Si-Yantong.

Sie hatte den Zauberer nicht persönlich kennengelernt. Aber seine Abgesandten und die Lupu-Projektion des Mannes hatten sie überzeugt; ihr Entsetzen spielte sich in den stockenden, stammelnden Worten. Yantong hatte sich nach der Auflösung der hamalischen Armeen in Pandahem umgetan und sich auf hinterlistige, raffinierte Weise als Machtfaktor etabliert. Seine Marionetten waren nun die Herrscher der Königreiche Pandahems.

»Schau her!« rief Königin Lust, und ein hysterisches Lachen kam über ihre Lippen. Sie zog eine schwarze Feder aus ihrem Ärmel. »Schau! Ich war drauf und dran, den Herrscher zum Großen Chyyan zu bekehren, aber du, Dray Prescot, hast diesen Plan zunichtegemacht. Jetzt schickt mein Herr seine Krieger.« Aus ihrem Ausschnitt zog sie einen verzierten Dolch in einer Scheide, von Juwelen überkrustet, eine Waffe, wie sie zu einer Königin paßte. Sie schwenkte die Waffe hin und her. »Diese Klinge ist vergiftet. Die winzigste Wunde, und der Herrscher ist tot. Ich soll ihn erdolchen, wenn ich meine Aufgabe erfüllt habe – aber ich kann es nicht, kann es nicht! Ich liebe ihn!«

Vorsichtig griff ich quer über das Bett nach dem Rapier, das am Bettpfosten hing. Ich mußte damit rechnen, daß Phu-Si-Yantong versuchen würde, die Klinge in der Hand der schönen Frau zu beeinflussen.

»Und hat der Tod des Herrschers eine so große Bedeutung für die Pläne Phu-Si-Yantongs?« fragte ich energisch.

»Er muß sterben. Das hat der Herr befohlen, ihm muß ich gehorchen.«

»Dieser böse Mann ist dein Herr nicht mehr, Königin.«

Langsam wandte sie den Kopf und blickte mich an. Sie schien nicht mehr Herr ihrer Gedanken zu sein. »Nein. Er ist mein Herr ...«

»Das ist er nicht. Er ist ein gemeiner Ränkeschmied und Kleesh – ein verdammter Zauberer aus Loh. Aber er hat keine Macht mehr über dich.«

Der vergiftete Dolch funkelte gefährlich.

Der Herrscher war der Herrscher Vallias, und wer das vergessen haben sollte, hätte es verdient, einen Kopf kürzer gemacht zu werden. Außerdem war er der Vater meiner Delia. Das war der Umstand, der ihm in meinen Augen Charakter verlieh, einen Charakter, den er in diesem Augenblick bewies.

Ohne zu zögern trat er hinter dem Bett hervor und stellte sich vor Königin Lust auf, die ihn mit entsetzten Blicken musterte. Meine Hand, die sich um den Rapiergriff gelegt hatte, zuckte unwillkürlich.

»Königin!« sagte der Herrscher. »Du sagst, du liebst mich,

so wie ich dich liebe. Wir haben uns in diesen schlimmen Zeiten gegenseitig Halt gegeben. Willst du mich jetzt erdolchen? Kannst du mich töten? Ich bin hier – schau! Ich hebe die Arme. Stich zu, wenn du kannst!«

Königin Lushfymi machte einen unsicheren Schritt, einen zweiten. Der Dolch fuhr empor. Ich zog das Rapier und stand auf.

Mit einem Schrei, in dem haltlose Wut oder hysterischer Triumph zum Ausdruck kam, schleuderte sie den Dolch zu Boden.

»Nein, mein Herrscher . . .« Und die beiden sanken einander in die Arme.

Plötzlich lag ein seltsamer Duft in der Luft. Königin Lust begann zu schreien. Der Herrscher fuhr herum, ohne sie loszulassen. Wir starrten auf die gegenüberliegende Wand.

Dort bildete sich in einem gespenstischen Wirbel aus Farben und Schatten eine Gestalt. Geduckt, ein unheildrohender Umriß, Bosheit ausstrahlend, als in zwei tiefen Augenhöhlen plötzlich Lichtreflexe aufzuckten. Die gespenstische Gestalt festigte sich und blieb zugleich durchsichtig, unwirklich, eine Projektion des Geistes.

»Herr . . .?« ächzte die Königin. Sie wäre zu Boden gesunken, wenn der Herrscher sie nicht gehalten hätte.

Die lupale Projektion Phu-Si-Yantongs flimmerte. Welche Kräfte er aufbieten mußte, um die Sperren zu überwinden, die Khe-Hi-Bjanching errichtet hatte, wußte ich nicht, doch sein lupales Bild war ziemlich undeutlich.

Ein Arm fuhr empor. Klauenfinger deuteten auf die Königin, die zu schreien begann, als würde sie von glühenden Zangen berührt.

Das Zauberbildnis verschwand. »Dray!« keuchte der Herrscher.

Sein Gesicht wirkte grau im Lampenschein, grau und von einem Entsetzen überwältigt, das er kaum zu ertragen vermochte.

Die Frau sank in seinen Armen zusammen, das weiße Kleid wirkte plötzlich seltsam weit.

Er drehte sie herum, bis ich ihr Gesicht sehen konnte.

Königin Lushfymi, eine prachtvolle, königliche Erscheinung, reizvoll und wunderschön, hing haltlos in den Armen des Herrschers. Phu-Si-Yantong hatte sie mit Chivrel gestraft. Ihr weißes Haar hing in trockenen, wirren Strähnen herab, über das schrumpelige Gesicht zogen sich tiefe Falten. Speichel sabberte über ledrige braune Lippen.

Eine häßliche Greisin war Königin Lust. Sie wimmerte und krallte sich mit Skelettarmen an den Herrscher von Vallia.

Der Gestank ihres kranken Körpers stieg uns in die Nase.

19

Der nächste Tag dämmerte herauf – ein Tag, der das Ende Vondiums bringen mochte, das Ende des Vallianischen Reiches.

Wir taten alles, was wir für Königin Lushfymi tun konnten. Vor ihrer Zeit gealtert, war sie dem Tode so nahe wie das Vallianische Reich.

»Mein starker rechter Arm«, sagte der Herrscher entsetzt und stütze den Kopf in die Hände. »Er ist mir abgerissen worden in dem Augenblick, da ich ihn am dringendsten brauchte.«

Auch mich bekümmerte der Anblick des mächtigen Herrschers, der keinen Ausweg wußte. Eigentlich hatte ich wenig Grund, ihn zu mögen – hatte er mich einst doch zum Tode verurteilt und verbannt, ehe er sich eines Besseren besann, und ich weiß bis heute nicht, ob er mich haßte oder lediglich tolerierte. Bei den Diensten, die ich ihm erwies, ließ er sich nur selten anmerken, ob er sie zu schätzen wußte. Aber das alles war jetzt unwichtig. Vondium brannte.

Allerdings gab es dabei seltsame Umstände – entstand irgendwo ein Brandherd, der seine dunklen Wolken in den Himmel schickte, so schwanden sie bald wieder und erstarben. Dann wallten an einem anderen Ort neue Rauchwolken auf, gefolgt vom Lärmen von Menschenmengen, woraufhin der Brand dann wieder gelöscht wurde. Chuktar Wang-Nalgre-Bartong hatte die Erklärung.

»Der Mob brandschatzt und plündert, und andere Gruppen löschen die Brände wieder, um die Stadt zu erhalten. Und da wir die hamalischen Himmelsschiffe nicht zu Gesicht bekommen haben, muß es sich wohl um die hamalische Armee handeln.«

Darin lag eine gewisse Logik. Phu-Si-Yantong hatte keine Lust, seine Marionetten über eine zerstörte Stadt herrschen zu lassen. Methodisch riß er die Macht an sich. Seine Männer schufen Ordnung im neuen Haus. Von der Eroberung waren bisher nur der Palast des Herrschers, der große Kyro und das Netz der umliegenden Kanäle ausgenommen. Anscheinend hatte es das hamalische Oberkommando nicht eilig.

Zwei schwächere Angriffe wurden mühelos zurückgeschlagen, allerdings mußten wir Verluste hinnehmen. Wir verfügten über die Reste der Roten Bogenschützen, eine Handvoll Chuliks und Khibils, einige Rapas und Fristles, ausnahmslos Söldner, und die Pachaks. An Artillerie waren wir jämmerlich ausgerüstet, mit zwei Katapulten und drei Varters. Unsere Kavallerie bestand aus zwei Totrix-Schwadronen, die aber in beklagenswertem Zustand waren. Wir hätten keinen Großangriff überstehen können.

Kov Lykon Crimahan wandte sich an den Herrscher: »Du mußt fliehen, Majister. Anders können wir dein Leben nicht mehr schützen.«

»Und wohin sollte ich fliehen?«

Darum gab es eine große Diskussion. Für meine Begriffe kam keines der Länder auf der Hauptinsel in Frage, nicht einmal Valka mochte noch Schutz bieten vor den rachedürstenden Horden, die dem Herrscher an den Kragen wollten.

»Am besten fliehst du nach Zenicce«, warf ich ein. »Meine Enklave Strombor wird dich aufnehmen.«

»Ich kann unmöglich . . .«

»Sie kommen!« brüllte ein Deldar, und wir wandten uns den Mauern zu, um den dritten Angriff zurückzuschlagen. Diesmal stürmten die Hamalier schon energischer an, bereit, den Palast zu überrennen, wenn wir uns nicht wehrten, doch auch gewillt unserer Opposition nachzugeben und uns ein wenig länger schmoren zu lassen. Sie spielten Leem und Ponsho mit uns.

»Selbstbewußte Cramphs!« fauchte Jiktar Laka Pa-Re. Er war am Oberarm verwundet. Den Kyro hatten wir verloren und waren über den ersten Kanal zurückgedrängt worden. Wir bezogen nun auf einer inneren Verteidigungslinie im Palast Stellung, denn unsere Zahl war zu gering, um sämtliche Außenmauern halten zu können.

Mehr als einmal mußte ich den Herrscher bitten, sich nicht zu ungeschützt auf den Zinnen zu zeigen. Er hatte jeden Gedanken an Flucht mit der Bemerkung von sich gewiesen, daß er für sein Reich kämpfen müsse.

»Ach?« hatte ich geantwortet. »Dein Reich ist aber zerbrochen. Verweht wie Daunenfedern. Du hast deine Freunde eingesperrt, du hast alle vertrieben, die dir helfen wollten, du hast dich dem Feind an die Brust geworfen . . .«

Zornig fuhr er zu mir herum, und ich sagte besänftigend: »Wenigstens hast du sie wieder freigelassen, ehe es zu spät war. Aber wenn sie jetzt bei uns wären – Lord Farris, der alte Foke, Vad Atherston, all die anderen, die dir treu gedient hätten . . .«

»Ich weiß, ich weiß! Sie alle sind mir durch die Machenschaften der Königin entfremdet worden. Ich weiß. Aber sie hat ihr Tun bereut und einen hohen Preis dafür bezahlt.«

Ich nickte. Königin Lust tat mir leid . . .

Es heißt, wenn man vom Teufel spricht . . . Plötzlich tauchte ein Flugboot am Himmel auf. Es bewegte sich schwerfällig über die Stadt. Qualm wallte über die Reling;

anscheinend hatte man das Gefährt mit Brandpfeilen beschossen. Der Voller landete unsicher auf einer hohen Plattform, und die Wächter führten Lord Farris herbei – und in seiner Begleitung Delia!

Sie bot in ihrem rötlichen Lederanzug einen prächtigen Anblick, bewehrt mit Rapier und Dolch, geschmeidig ausschreitend, das Haar im Licht der Sonnen leuchtend. Sie umarmte mich stürmisch und erkundigte sich sofort nach Dayra.

»Ich habe sie gesehen, mein Schatz. Aber darüber müssen wir ausführlich sprechen. Zunächst solltest du deinen Vater, diesen sturen alten Onker, überreden, den Palast aufzugeben und sich in Sicherheit zu bringen.«

»Ich spreche mit ihm.«

Anschließend begrüßte ich Lord Farris, der ein großherziger Mann war, und schilderte ihm Königin Lusts tragisches Schicksal. Delia berührte kurz ihre Lippen mit den Fingern und senkte den Blick.

»Ich hatte gleich das Gefühl, daß sie einen schlechten Einfluß auf ihn hatte – diesen Eindruck hatten viele von uns. Hat sie noch lange zu leben?«

»Nicht mehr lange, möchte ich meinen. Sie sieht aus, als wäre sie zweihundertundfünfzig Jahre alt.«

Delia erschauderte.

Der Herrscher begrüßte seine Tochter und behandelte Farris mit ausgesuchter Höflichkeit, was mich amüsierte. Der alte Teufel versuchte seinen Fehler wiedergutzumachen.

Unsere Lage war hoffnungslos. Aus Richtung Valka rührte sich nichts. Delia berichtete, daß Delphond wie im Schlaf liege, was mich nicht überraschte. Was die Blauen Berge anging – oder Strombor . . . Nun ja, wir standen einer hamalischen Armee gegenüber, außerdem Massen von Aufständischen und Interessengruppen, die sich mit falschen Meldungen, Gerüchten, von Phu-Si-Yantong geförderten Animositäten immer wieder gegenseitig anstachelten. Wir waren isoliert.

»Lange hat die Herrscherin Thyllis auf diesen Tag der Rache an Vallia gewartet«, sagte der Herrscher und umklammerte seinen Rapiergriff. »Wenn nur die Königin bei voller Gesundheit neben mir säße – wenn sie nur wieder sie selbst wäre!«

Ich blickte zu Delia hinüber. »Vielleicht ist sie das bald wieder.«

Der Herrscher fuhr zu mir herum. »Was meinst du damit? Sprich!«

»Ich kann nichts versprechen. Aber ...« Ich versuchte Delia anzublicken, die aber den Kopf gesenkt hatte. »Dazu muß ich meine valkanische Villa in der Stadt aufsuchen. Wenn ich zurückkehre, werden wir sehen, was wir machen können.«

»Dray ...«, sagte Delia.

»Du kannst nicht in die Stadt, Prinz«, unterbrach sie Farris. »Dort wimmelt es von Räubern und Aufständischen und Hamaliern, die Ordnung zu schaffen versuchen. Sie alle wären deine Feinde.«

»Ich werde fliegen«, sagte ich und stand auf. »Mit deinem Flugboot, Jen Farris. Der Voller, den ich Udo gestohlen habe, ist ein erstklassiges hamalisches Modell. Er wird Delia und den Herrscher tragen, und auch dich, Farris, wenn es auch ein wenig eng werden dürfte.«

»Und dich!« rief Delia.

»O ja. Ich bin bald zurück. Verlaß dich darauf!«

Das Flugboot bewegte sich schwerfällig über das besiegte Vondium. Die einst mächtige Stadt, stolz und prachtvoll in ihrer Schönheit, war nun Raub und Plünderei hilflos ausgeliefert. Kein feindlicher Voller stellte sich mir entgegen, und ich begann schon zu hoffen, das Fehlen hamalischer Himmelsschiffe mochte bedeuten, daß sie irgendwo über Vallia in einen letzten verzweifelten Luftkampf gegen den Vallianischen Luftdienst verwickelt waren.

Die valkanische Villa lag verlassen da. Ihr ungepflegtes Äußeres hatte die Plünderer sie vermutlich übersehen lassen. Die Schlüssel befanden sich in der Wandöffnung, und die eisenbeschlagene Kiste öffnete sich mühelos. Ich befestigte die Wasserflasche an meinem Gürtel.

Sobald wir Königin Lust geholfen hatten, sollte der Herrscher das Flugboot nehmen und mit ihr und Delia und Farris die Stadt verlassen. Ob ich diesem Beispiel folgen würde, wußte ich noch nicht. Delias Ansichten dazu waren mir klar.

Der Voller stieg wieder auf und trug mich etwa eine halbe Ulm in Richtung Palast. Dann verlor er abrupt an Höhe, und ich mußte mein ganzes Geschick aufbieten, um ihn einigermaßen sicher in einem Kanal zu landen. Das Flugboot sank gurgelnd, und ich schwamm an Land.

Jetzt mußte ich zu Fuß weitergehen.

Da und dort wurde mir der Weg durch eingestürzte Gebäude versperrt. Eine große Gruppe Plünderer versuchte mir meine Habe abzunehmen, doch nachdem ein halbes Dutzend Blut und andere wichtige Körpterteile gelassen hatten, zogen sich die anderen fluchend zurück.

Ein Pfeil sirrte an meinem Ohr vorbei und kündigte den Versuch der hamalischen Armee an, mich am Vorankommen zu hindern. Aber es waren nur zehn Mann, und nachdem ich dreimal den lohischen Langbogen gehoben hatte, entschlossen sich die überlebenden Sieben klugerweise dazu, abzuziehen und neue Befehle einzuholen.

Meine Lage wurde brenzliger, als ich mich dem Palast näherte und in den Rücken der Truppen geriet, die unsere Stellungen belagerten. Die Swods und ihre Offiziere bewegten sich mit großer Zuversicht; für sie bestand kein Zweifel mehr an einem baldigen Sieg. Ich sah ihre Helme und Waffen, ihre eckigen Schilde und merkte mir ihre Fahnen. Sorgfältig suchte ich mir die Stelle aus, an der ich durchbrechen wollte. – Eine hübsche kleine blumenbewachsene Brücke führte über einen Kanal weiter vorn, und der hamalische Swod, der darauf aufpassen sollte, schwenkte lässig seinen Speer und pfiff ein fröhliches Lied vor sich hin.

Ein Kampf hätte seine Kameraden alarmiert. So fiel ich in den Refrain seines Liedes ein, und marschierte energisch und wie selbstverständlich auf ihn zu. Der Swod mustertete mich und hob seine Waffe.

Auf seinem Schild stand das Zeichen des Neunundzwanzigsten Infanterieregiments. Ich winkte ihm freundlich zu und rief: »Wo sind die Fünfzehnten Infanteristen, Dom? Bei Krun! Diese Stadt verwirrt mich noch mehr als Ruathytu. Was würde ich dafür geben, jetzt durch das Ghat-Tor zum Jikhorkdun der Swods gehen zu können!«

Beim Klang dieser vertrauten Namen ließ er in seiner Wachsamkeit nach, was ein Fehler war. So kam ich dicht an ihn heran, indem ich weiter über Dopa-Tavernen in Ruathytu plapperte, der Hauptstadt Hamals, und schon packte ich ihn lächelnd an der Kehle und drückte kurz zu. Vorsichtig ließ ich ihn gegen die Seitenmauer der Brücke sinken. Ich salutierte dem Bewußtlosen, sah mich um, ob andere Swods in meine Richtung blickten, lief geduckt über den Kanal und verschwand in der Deckung einer Hecke. Die Hecke zerkratzte mir etwas das Gesicht, ließ mich aber schließlich durch, und ich huschte über den Rasen und in das Haus. So arbeitete ich mich durch Häuser und Gärten weiter in Richtung Palast und überwand auf diese Weise den Belagerungsgürtel. Niemand gab Alarm. Der arme Swod würde sich nach einiger Zeit erholen; ob er dann von seiner Unachtsamkeit Meldung machte, blieb ihm überlassen.

Durch Nebenstraßen und über Kanäle näherte ich mich dem Palast. Ungesehen schlängelte ich mich auf diese Weise an den großen Kyro heran. Noch wenige Murs . . .

Drei hamalische Kundschaftervoller flogen in Keilformation über den Palast, ihre Flaggen wehten stolz. Von den wenigen Varterschüssen, die von den hohen Mauern auf sie abgegeben wurden, nahmen sie keine Notiz.

Die drei Flugboote verschwanden im Gewirr der Dächer, doch schon raste ein anderer Voller vom Palast empor. Ich erkannte das Boot, das ich Udo gestohlen hatte. In schnellem Flug entfernte es sich von dem Befestigungswerk. Doch ehe der Voller Höhe gewinnen konnte, kehrte die hamalische Patrouille zurück. Die drei Boote holten den Fliehenden ein. Pfeile flogen. Die Flugboote wendeten über meinem Kopf – und der fliehende Voller stürzte kreiselnd aus dem Himmel und zerschellte auf dem großen Platz vor dem Kyro.

20

In dem nun entstehenden Durcheinander vorpreschender Soldaten schlüpfte ich durch den Belagerungsgürtel. Eines wußte ich ganz sicher. Wer immer in dem Flugboot gesessen hatte, Delia gehörte nicht dazu. Ein Chulik drohte mir Böses an, bis ich ihm das Losungswort »Zamra!« zurief und er mich durchließ.

»Du hast es?« fragte Delia. Sie eilte auf mich zu.

Gemeinsam suchten wir das Privatzimmer auf, in dem Königin Lust lag, schwach atmend, dahinsiechend. Neben ihr saß der Herrscher und traute sich nicht, ihre Hand zu ergreifen, aus Angst, die brüchigen Knochen könnten brechen.

Die Männer in dem fliehenden Voller waren drei Pallans gewesen, deren Namen ich an dieser Stelle verschweigen will. Sie fanden ein böses Ende, wie Sie wissen. Aber sie waren ein Indiz dafür, wie es um die Moral im Palast bestellt war. Durch ihr Tun war dem Herrscher die Fluchtmöglichkeit geraubt worden.

Während Delia sich über Königin Lust beugte, beschäftigte ich mich mit den Konsequenzen dieser neuen Entwicklung. Die Flugboote, die den Palast überflogen, warfen keine Brandbomben ab. Es wäre Phu-Si-Yantong ein Leichtes gewesen, den Palast dem Erdboden gleichzumachen und größer und prächtiger wieder aufzubauen. Aber das hätte die in ihm lodernde Gier nicht gestillt, dessen war ich sicher.

»Wasser?« krächzte der Herrscher. »Ist das alles . . .«

»Still, Vater!« sagte Delia.

Die verdorrten alten Lippen öffneten sich, und einige Tropfen der milchigen Flüssigkeit aus dem Heiligen Taufteich des Zelph-Flusses glitten hinein. Delia füllte einen goldenen Kelch, und wir halfen Königin Lust auf, Delia flößte ihr vorsichtig das Wasser ein. Die Greisin ächzte und verschüttete einige Tropfen.

»Was meinst du – wieviel soll ich ihr geben, Liebling?«

»Keine Ahnung«, sagte ich. »Aber Yantong ist ein mächtiger Teufelszauberer. Gib ihr lieber mehr als weniger.«

Der Herrscher fuhr entsetzt zurück. Er begann zu zittern und riß die Augen auf. »Beim süßen Opaz!«

»Ja, Vater«, sagte Delia ungeduldig. »Und stoß mich nicht an! Das Zeug ist kostbar.«

Königin Lushfymi veränderte sich vor unseren Augen. Die Falten verschwanden, die Haut gewann ihre Glätte und Pfirsichfarbe zurück. Eine dunkle Tönung lief durch das struppige weiße Haar, das sofort wieder seinen alten Glanz zeigte. Ihr Körper streckte sich, das geschrumpfte Fleisch nahm die alten verlockenden Konturen an, die Skelettklauen festigten sich zu den zarten Händen, die anmutige Gesten zu beschreiben vermochten. Nach kurzer Zeit lag Königin Lust verführerisch vor uns, im Glanz ihrer alten Schönheit.

»Liebling ...« Ihre violetten Augen richteten sich auf den Herrscher, und Delia blinzelte und lächelte. »Wie kann ich dir nur danken? Du hast mich ... hast mich wieder gesund gemacht ...«

»Das war nicht ich, meine Königin. Du mußt vielmehr dem wilden Leem Dray Prescot danken – und meiner Tochter Delia.«

Sie ergriff Delias Hand. Es hätte eine rührselige Szene werden können, doch das Lärmen eines Kampfes und die Schreie Verwundeter und Sterbender störten uns. Ich stand auf.

»Es gibt zu tun – aber, Herrscher, wir sind hier fertig. Du mußt den Söldnern ihre ehrenvolle Entlassung geben, dann müssen wir verschwinden.«

»Wir haben kein Flugboot.«

»Dafür sorge ich.«

Er stand auf und blickte mich an. Einen Herzschlag lang musterten wir uns. Kov Lykon und Lord Farris eilten herein. »Die Teufel haben das Peral-Tor erobert! Wir müssen uns zurückziehen . . .«

»Ich komme«, sagte ich. »Wir halten sie an der Mauer von Larghos Risslaca.« Das war dem Herzen des Palasts schon gefährlich nahe.

»Halt!« rief der Herrscher laut. »Es mag sein, daß ich bald sterben muß. Ich weiß es nicht. Doch ich möchte hier und jetzt mein Testament beschwören. Lange habe ich meinen Schwiegersohn als Klansmann verachtet, insbesondere seine Sturheit, die er Integrität nennt. Er ist ein Hyr-Jikai, und . . .«

»Mach schnell!« sagte ich. »Ich muß los . . .«

»Warte! Wenn ich sterben sollte, wirst du, Dray Prescot, Herrscher von Vallia sein. Ihr alle sollt diese meine Willensäußerung bezeugen. Dies soll – soll meine Verordnung sein!«

»Du wirst nicht sterben, Herrscher«, sagte ich und fügte aufgebracht hinzu: »Noch lange nicht! Du hast noch tausend Jahre vor dir! Aber jetzt müssen wir kämpfen!«

Delia lief mit mir ins Freie, doch ich drehte mich um und brüllte sie an: »Ich will dich nicht auf den Mauern haben! Du bleibst bei deinem Vater und leistest ihm Gesellschaft.«

»Du hast es ihm gesagt – ein tausendjähriges Leben. Er wird wissen wollen . . .«

»Später, Liebling . . .«

Der neue Kampf erwies sich als der schwerste von allen. Wir brachten den Angriff zum Erliegen, mußten aber einen hohen Preis dafür bezahlen. Die nächste Attacke würde uns noch mehr schwächen. Ich kehrte zum Herrscher zurück. Er saß an Königin Lusts Lager und starrte sie wie gebannt an. Ich riß ihn aus seiner Erstarrung.

»Die hamalischen Cramphs haben jede Menge Flugboote«, sagte ich ohne Einleitung. »Ich besorge uns eins. Unterdessen wirst du unsere Paktuns und Söldner entlassen, auch die Roten Bogenschützen. Mach ihnen die Auflage, daß wir Vallianer sicheres Geleit von ihnen bekommen.«

»Und ich . . .?« fragte Königin Lust.

»Du bist jetzt auch Vallianerin – Kraft Verlobung.«

»Tausend Jahre . . . was hast du vorhin damit gemeint?«

»Delia kann es dir erklären, wenn sie will. Du solltest nur sehen, daß du dich aus allem Ärger heraushältst.« Ich gab Delia einen Kuß und hastete los.

Meine Stimmung hatte sich gebessert, als ich mich dem System geheimer Tunnel anvertraute, das ich von früher kannte. Vondium war ein gefährlicher Bienenstock, doch ich fühlte mich in meinem Verhalten ungebunden. Es bereitete mir großes Vergnügen zu sehen, daß sich Delias Vater von Tag zu Tag mehr als Mensch entpuppte. Im Grunde würde er sich natürlich nicht so weit ändern, daß er mich wirklich in sein Herz schloß. Aber darauf kam es nicht an. Wichtig war allein Vallia – ein Land, das im Augenblick in beklagenswertem Zustand war. Wenn Phu-Si-Yantong seine Position erst richtig festigte, würden die Leute erkennen, wie gut sie es eigentlich gehabt hatten.

Draußen huschte ich in einem Ziergarten wie ein Grundal von Busch zu Busch, überquerte einen Kanal und schlängelte mich an einer Gruppe verwundeter Hamalier vorbei. Dann legte ich mir die Verkleidung eines Söldners zu, der von Herrscherin Thyllis angeworben worden war, und machte mich auf den Weg zu den Flugbooten. Sie zu finden bereitete mir keine Mühe. Nur im letzten Augenblick, als ich schon startete, gab es ein wenig Ärger. Mit einem alten öligen Lappen im Voller wischte ich meine Langschwertklinge sauber.

Im Tiefflug bleibend, in rasendem Tempo um die Tempel und über die Villen huschend, vermied ich eine Entdeckung aus der Luft. Vor mir ragte die Masse des Palasts empor. Ich hob den Blick.

Unzählige Reihen von Flugbooten stürzten dem Palast entgegen. Ich wußte sofort Bescheid: Trylon Udo und seine Hawkwas waren gekommen, um den letzten Schlag zu führen.

Hinter der Armada aus dem Nordosten kam eine weitere

Flotte in Sicht, die nicht so zahlreich war. Sie führte die Flagge von Kov Layco Jhansi, des Ersten Pallan von Vallia. Ich jubelte nicht, doch am liebsten hätte ich vor Freude gegrinst.

Bei den Flugbooten Jhansis entdeckte ich viele Einheiten, deren Flaggen braun und ockerfarben kariert waren, die Farben von Falinur. Ich runzelte die Stirn. Layco Jhansi kämpfte angeblich gegen die aufständischen Falinurer. Nun sah es so aus, als steckte er mit ihnen unter einer Decke. Ich ließ den Voller auf den Palast zurasen. Verrat lag in der Luft.

Im und um den Palast herrschte große Verwirrung. Das mächtige Bauwerk war zum Mittelpunkt aller Aktivitäten geworden – ihm galt der rachedürstende Haß der Angreifer, er war das Ziel aller Pläne, der schieren Teufelei all jener, die Vondium bestürmten und den Herrscher niederzureißen versuchten. Der Voller schoß durch den Himmel. Pfeile sirrten an mir vorbei, Steine flogen mir um die Ohren, die von Varters geschleudert wurden. Rauch quoll aus dem Gewirr der Kuppeln und Türme des weitläufigen Palastes. Das endlose Geschrei Kämpfender stieg zum strahlenden Himmel empor. Die Sonnen bewegten sich durch den Himmel, und ihr vermengtes Licht fiel auf die Reste eines Reiches, das in Flammen und Blut unterging.

Hoch auf einem blumenverhangenen Balkon landete ich den Voller in einer winzigen Nische. Ich sprang hinab. Beißender Rauch wehte herüber. Im Hof unter mir kämpften und rangen Männer – und starben. Ich sah die Farben. Ich hastete über vertraute Treppen hinab – auf der Suche nach Delia. – Interessengruppe gegen Interessengruppe, Haß- und Eifersuchtsgefühle zerstörten das Herz des Reiches. Die Farben dort unten – Jhansis Männer bekämpften sie beide, und die Hamalier bekämpften alle. Es war Wahnsinn. Die prächtigen Wandbehänge und kostbaren Teppiche waren blutbesudelt. Ich hastete durch die Korridore und erreichte endlich die Stelle, wo Laka Pa-Re und seine Pachaks bis zum letzten Mann Widerstand leisteten.

Das Langschwert blitzte auf und fuhr hierhin und dorthin mit dem gefährlichen, doch genau gesteuerten Kampfbewegungen der Krozairs von Zy. Die Hamalier wichen zurück. Dafür stieß eine Horde Hawkwas schreiend vor, die von den Pachaks und mir in die Flucht geschlagen wurde.

Chuktar Pola Je-Du war an der Schulter verwundet. Sein Gesicht war zu einer Maske der Entschlossenheit erstarrt.

»Pola – man hat euch nicht aus eurem Nikobi entlassen?«

»Nein, Prinz. Wir kämpfen bis zum Ende.«

»Das ist Wahnsinn! Ihr braucht euch nicht zu opfern. Nimmst du von mir die ehrenvolle Entlassung an? Willst du deine Männer retten?«

»Wenn ich es tue, wirst du hier sterben.«

»Das mag sein, bei Zair! Der Herrscher . . .«

»Der Herrscher ist schwer verwundet.«

Ich spürte den Schock. »Dieser Onker! Ich hatte ihm gesagt, er solle sich in acht nehmen!« Rauch wallte durch den Gang, und die Pachaks machten sich auf den nächsten Angriff gefaßt. »Nimm dein Nikobi in Ehren zurück, Pola Je-Du! Und du ebenfalls Laka Pa-Re! Als Bezahlung für eure Dienste nehmt ihr euch aus dem Palast, was ihr wollt – und mein Dank für eure Treue, im Namen Papachaks des Allmächtigen!«

»Damit gilt der Pakt als aufgelöst«, sagte Pola und fügte hinzu: »Und du, Prinz?«

»Beim Schwarzen Chunkrah! Ich muß dem Herrscher noch ein paar kräftige Worte sagen, das könnt ihr mir glauben. Remberee, Ihr Pachaks!« Und ich machte kehrt und hastete durch den Gang zu den Privatgemächern.

Im Grunde war ich erstaunt, daß die Pachaks sich von mir aus ihrer Verpflichtung hatten befreien lassen; schließlich war ich nur Prinz Majister von Vallia. Ihre Verpflichtung hatte gegenüber dem Herrscher gegolten . . .

An der Tür zu den luxuriösen Gemächern kam mir Delia entgegen. Schimmernde Tränen liefen ihr über die Wangen, doch sie weinte nicht. Noch nicht . . .

»Mein Vater ... o Liebling! Mein Vater ist tot.«

Ich traute meinen Ohren nicht.

Ich drängte mich an ihr vorbei. Lykon Crimahan und Lord Farris standen mit bluttriefenden Schwertern an der Tür. Ihre Gesichter waren fahl. Königin Lushfymi beugte sich über den Körper des Herrschers. Er war einem Schwerthieb zum Opfer gefallen, der beinahe den Kopf vom Körper getrennt hätte. Trotz seines Bades im Taufteich war er tot. Von einem solchen tödlichen Streich konnte sich niemand rechtzeitig erholen.

Ich starrte auf ihn herab. Ich weiß nicht mehr, was ich in jenem Augenblick empfand.

Dann nahm ich Delia in die Arme.

»Er hat gesagt ... er hat gesagt, du wärst jetzt der Herrscher, Dray.«

»Richtig!« rief Farris und wurde lebendig. »Hai Jikai! Dray Prescot, Herrscher von Vallia!«

»Dafür haben wir jetzt keine Zeit«, sagte ich barsch. »Wir müssen hier raus! Und bringt den Herrscher mit. Wir werden ihn begraben, wie es sich gehört.«

Delia schüttelte den Kopf.

»Wir können ihn nicht tragen und gleichzeitig kämpfen. Er wird hier liegen bleiben und in seinem Palast verbrennen. Könnte sich ein Herrscher einen schöneren Scheiterhaufen wünschen?«

Ich beugte mich ihren Wünschen. Er war ihr Vater.

»Wie ist es geschehen ...«

»Hawkwas. Wir haben sie verjagt – aber einer hat sich bis zu ihm durchgekämpft.«

Da wußte ich Bescheid. »Ein nervöser, zappeliger Schweinehund ...?«

Sie nickte. »Ja, ich glaube.« Wir hasteten durch den Korridor, vorbei an den Pachaks, die den letzten Kampf nicht überstanden hatten. »Deine Beschreibung stimmt.«

Mit einigen weiteren Fragen überzeugte ich mich, daß Zankov den tödlichen Streich geführt hatte. Zankov. Er hatte den vallianischen Herrscher getötet. Vorsichtig fragte ich: »Hatte er Frauen bei sich. Jikai-Vuvushis?«

»Ja – und sie führten sich schrecklich auf, Abtrünnige der Schwestern . . .«

»War darunter eine, die . . . die mit einer Stahlklaue gekämpft hat?«

»Nein.«

Zair sei Dank! sagte ich lautlos vor mich hin.

Delia hielt sich wie eine Prinzessin. Doch ich beobachtete sie genau. Der tiefsitzende Schock würde sich bei ihr noch bemerkbar machen, und mein Mitgefühl für sie machte mir schwer zu schaffen. Ich hatte zusehen müssen, wie mein Vater an einem Skorpionstich starb, und ich war damals noch sehr jung gewesen. Delia hatte ihren Vater viel länger gekannt, und das Gefühl des Verlusts, der Schmerz, der Schock mußten ihr viel mehr zusetzen.

Sinnlos, darüber zu schimpfen, daß ich ihn gewarnt hatte. Von sich selbst überzeugt und fest entschlossen war er in die vorderste Front des Kampfes gestürmt. Jetzt war er tot.

Wir erreichten eine nach oben führende Treppe. Eine Gruppe Falinurer versuchte uns aufzuhalten, doch wir schlugen uns durch. Erbitterung bestimmte unseren Kampf, Zorn und Rachedurst und Kummer. Wir kämpften uns rücksichtslos voran und hasteten die Stufen empor.

Anschließend ließen wir eine wild kämpfende Horde von Layco Jhansis Männern hinter uns, die im Nahkampf mit Hamaliern begriffen waren. Jhansi hatte also die höchste Macht für sich allein angestrebt. Ashti Melekhi . . . Einige Unklarheiten erschienen plötzlich in anderem Licht. Und Jhansi störte die Pläne Phu-Si-Yantongs. Obwohl Zankov den Herrscher getötet hatte, würde ihm der Weg auf den Thron nicht leichtfallen, wenn er mit den heimlichen Plänen Kov Layco Jhansis in Konflikt geriet.

Wir eilten auf den hohen Balkon und in die Nische, in der der Voller wartete.

Delia stellte sich entschlossen an die Kontrollen. Königin

Lust saß zusammengesunken auf einer Bank und hüllte sich in ihren Umhang. Sie konnte nicht aufhören zu weinen. Lykon Crimahan und Lord Farris deckten unseren Rückzug. Begierig warteten sie darauf, daß sich ein Kopf über dem Geländer zeigte und ihnen Gelegenheit gab, einen weiteren Schlag gegen den Feind zu führen, der ihr Vallia vernichtet hatte.

»Jhansi«, sagte Delia. »Er erweist sich heute als Verräter. Er muß Ashti Melekhi den Befehl gegeben haben, meinen Vater zu vergiften.« Sie hielt inne, und ihre Lippen begannen zu zittern. »Mein Vater . . .«

»Bring uns endlich fort von diesem verfluchten Ort, Liebling!« sagte ich drängend.

»Ja, Dray. Wir fliegen. Aber . . . eines Tages werden wir zurückkehren. Wir müssen zurückkehren . . .«

Ich legte meinen Arm um ihre Hüfte, als sie den Voller in die schrägen Strahlen von Zim und Genodras lenkte. Die Sonnen von Scorpio leuchteten am Horizont und tauchten die brennende Stadt in grünes und rotes Feuer.

»O ja, wir werden zurückkehren. Ich will nicht behaupten, daß ich vollkommen bin oder mich für diesen Posten besonders eigne – aber im Augenblick ist ganz Vallia Phu-Si-Yantong und den anderen Schurken ausgeliefert, ein Zustand, der mir ganz und gar nicht gefällt und den ich ändern muß. Zumindest werde ich den Versuch machen.« Ich drückte Delia an mich, während wir über die besiegte Stadt dahinrasten. »Außerdem müssen wir an unsere Kinder denken. Was soll aus ihnen werden?«

»Ausgestoßene«, sagte Lykon Crimahan mit erstickter Stimme. »Wir sind Geächtete, unerwünscht, dazu verurteilt, ewig herumzuziehen ohne Heimat . . .«

»Das glaube ich nicht«, sagte Lord Farris.

»Aber Vondium ist gefallen. Der Herrscher ist tot.«

Farris deutete auf mich. »O nein! Der Herrscher von Vallia steht vor dir!«

Mir gefiel die Einstellung dieses Mannes; aber solche Gedanken waren im Moment Unsinn. Crimahan hob eine zitternde Hand an den Mund; die Erkenntnis dessen, was er gesehen und gehört hatte, breitete sich in ihm aus. Ich sah den Ausdruck in seinen Augen, die Veränderungen auf seinem Gesicht, das Heraufziehen schmerzhafter Emotionen.

»Das ist jetzt ohne Belang«, sagte ich mit barscher Seemannsstimme. »Wenn ich schon Herrscher sein soll, dann bin ich im Moment eben Herrscher über ein Nichts.«

Delia schmiegte sich an mich und blickte zu mir empor, und die letzten rötlichen Strahlen Zims überfluteten ihr Gesicht.

»Vondium ist am Ende – doch es gibt in Vallia noch andere Orte und Landschaften.«

»Aber natürlich. Wir fliegen nach Valka. Wir holen dort Velia und Didi und Katri ab. Sollte Valka schon vom Feind überrannt sein, finden wir andere . . .«

»Strombor?«

»Jawohl, mein Schatz, Strombor. Meine Enklave wird uns mit offenen Armen empfangen und Velia und Didi so sehr lieben wie dich.« Ich wandte den Blick von ihren tränenfeuchten braunen Augen. Mir lag auf der Zunge, daß ich genausogern in Strombor leben würde. Ich, Dray Prescot, Erdenbürger und Kreger, Lord von Strombor. Aber – Vallia, das stolze, mächtige Reich, war auseinandergefallen. Konnte ich seinem Todeskampf ehrenhaft den Rücken kehren?

Im gleichen Augenblick hob ich den Kopf. Vor den schwefelgelben Rauchwolken, die über der brennenden Stadt hingen, schwebten zwei Vögel.

Ich kannte sie beide.

O ja, ich kannte sie gut. Der mächtige Jagdvogel mit den rotgoldenen Federn, der da hoch über mir kreiste, war der Gdoinye, der Bote und Spion der Herren der Sterne. Und die weiße Taube, die mich wachsam beobachtete, kam von Savanti. Die beiden Mächte, die mein Leben auf Kregen weitgehend bestimmt hatten, behielten mich also auch in solchen

Momenten im Auge, da das Schicksal einer ganzen Stadt, eines ganzen Reiches auf Messers Schneide stand.

Die Vögel schlugen mit den Flügeln und bewegten sich im Kreis und entfernten sich, sobald sie sicher sein konnten, daß ich sie gesehen hatte. Sie erinnerten mich daran, daß ihre Herren nach wie vor existierten. Sie sprachen nicht zu mir.

Delia brachte den Voller auf Ostkurs, in Richtung Valka.

Die brennende Stadt verschwand unter uns, riesig, prachtvoll, doch angeschlagen. Ich würde Delia erzählen müssen, was ich über Dayra in Erfahrung gebracht hatte, über Ros die Klaue. Diese Informationen hatte sie bestimmt noch nicht. Eines kam zum anderen, und die Wichtigkeit jedes Details verzerrte sich im Licht der anderen und mit dem Verstreichen der Zeit und dem Emporwallen der Gefühle. Das Schicksal einer irregeleiteten Tochter im Angesicht eines sterbenden Reiches . . . war hier eine Balance möglich?

Ich, Dray Prescot, Lord von Strombor und Krozair von Zy, preßte meine Delia an mich. Gab es etwas Wichtigeres auf zwei Welten?

»Herrscherin . . .« sagte eine leise, keuchende Stimme. Im ersten Augenblick achtete niemand darauf. Dann verstanden wir. Und dieses Begreifen erlegte meinen Plänen eine kleine, doch wichtige Veränderung auf. Für sie würde ich alles wagen. »Herrscherin«, sagte Königin Lushfymi, bleich, weinend, schluchzend. »Du wirst mich nicht verstoßen?«

»Sei unbesorgt, Königin«, sagte Delia, Herrscherin von Vallia.

Das Flugboot schoß aus dem Rauch heraus, und in unserem Rücken warfen die Sonnen von Scorpio ihre letzten rotgrünen Strahlen wie eine letzte mächtige Lichtflut gegen den Himmel Kregens, der bald der Nacht angehören würde.